KB125413

아버지의 유산

고지석 지음

아버지의 유산

초판 1쇄 발행 2019년 9월 18일

지 은 이 고지석
발 행 인 권선복
편   집 유수정
디 자 인 유수정
전 자 책 서보미
발 행 처 도서출판 행복에너지
출판등록 제315-2011-000035호
주   소 (07679) 서울특별시 강서구 화곡로 232
전   화 0505-613-6133
팩   스 0303-0799-1560
홈페이지 www.happybook.or.kr
이 메 일 ksbdata@daum.net

값 20,000원
ISBN 979-11-5602-746-1 (03810)

도서출판 행복에너지는 독자 여러분의 아이디어와 원고 투고를 기다립니다. 책으로 만들기를 원하는 콘텐츠가 있으신 분은 이메일이나 홈페이지를 통해 간단한 기획서와 기획의도, 연락처 등을 보내주십시오. 행복에너지의 문은 언제나 활짝 열려 있습니다.

아버지의 유산

인생의 모든 걸음은
꽃을 피우기 위해 다가가는 과정이다

나는 어려서 남쪽으로 무등산을 바라보며 자랐다. 결국 내 인생도 무등(無等)과 함께 살아왔다. 나의 삶 역시 무등의 뜻 그대로 등위를 가리지 않고 본질을 찾아가는 길을 추구해 왔다. 삶은 오르락내리락을 반복하고, 좌충우돌하며 많이 흔들렸다. 살아있다는 것은 결국 흔들리는 과정이라는 사실을 깨달았다. 이제는 흔들림에 익숙해졌다. 삶은 결국 무등과 본질을 찾는 행위이며 평생 끝내지 못할 과업과도 같다.

필자는 인생 수양에 좋은 문구나 세상을 살아가는 데 지표가 될 수 있는 선인들의 주옥같은 글들을 엄선하여 30~40쪽 분량을 모았다. 모음집에 '자경록'이라는 제목을 붙였다. 자경(自警)은 나를 일깨워 주기 위한 방책이었다. 책상 옆에 놓고 나태해지거나 의기소침해질 때마다 자주 꺼내어 정독을 하고 있다. 자경록을 통해 나 스스로에게 용기와 경각심을 주기도 하고, 저기압인 마음을 자극하여 용기를 내고 다시 새 출발을 하곤 하였다. 필자에게는 자경록이 스스로를 일깨워 주고 끊임없이 노력하고 또 적극적인 자세로 다시 살아갈 수 있게 해주는 지표가 되었다.

필자에게 생명과 사랑 그리고 지혜와 용기를 가르쳐주신 아버님이 5년 전에 우리 곁을 떠나가셨다. 아버지는 74세가 되던 해에 평소 즐겨 부르시던 시조를 정식으로 CD로 만들어 가족과 친지들에게 나누어주셨다. 가끔 아버지가 생각나면 그 시조 CD를 통해서 음성으로나마 아버지를 만날 수 있어 다행이었다. 그럴 때마다 나도 글을 써서 친지들에게 나누어주고 싶은 생각이 들었다. 처음에는 책상 옆에 두고 자주 정독하고 있던 자경록을 더 보완해 세상을 살아가는데 도움이 되는 책으로 인쇄해서 자녀와 친지들에게 나누어주려고 했다. 그러나 자경록은 내 생각이나 경험에서 우러나온 것이 아니었다. 따라서 진정한 내 것이 아니라는 생각이 들었다. 문학적으로 좀 부족한 점이 있더라도 필자가 실제 겪은 인생 체험과 느낌들을 쓰면, 실감이 나고 진솔하게 받아들일 수 있을 것이라는 생각이 들었다. 그래서 필력은 약하지만 나의 글을 쓰기로 결심을 했다. 막연히 시간 날 때 글을 써야겠다는 생각으로 쓰면,

마냥 미루어질 것 같았다. 아버지가 74세에 시조 CD를 냈으니 나도 74세에 수필집을 내자는 목표를 정했다. 그리고 밤늦게까지 열심히 썼다.

필자는 평소에 딱딱한 세법과 서술적이고 논술적인 글로 50 평생을 살아온 사람이다. 그래서 이 수필집은 문학적인 소질이 빈약하여 글이 덕석같이 거칠고 어설프리라. 좋게 보면 그것이 오히려 적나라한 참 나의 것이란 생각이 들어 좋을 수도 있다. 수필이라지만 본받거나 내놓을 것도 없는 개인적인 과거사만 나열한 것 같아 감히 출판하기까지 망설임이 많았다. 하지만 5년 동안 밤늦게까지 힘들여 쓴 것이 너무나 아까운 생각이 들었다. 또 그간 내가 쓴 글들은 70 평생 살아온 삶의 경험과 깨달음을 담은 글이었다. 나의 글이 독자로 하여금 조금이라도 위안이 되고 용기를 낼 수 있는 계기가 될 수 있다면 좋겠다는 기대와 희망을 갖고 출판을 결심했다.

수필을 쓰면서 달라진 게 있다. 먼저 평소보다 책을 더 많이 보게 되었다. 또 지나간 세월의 나 자신을 돌아보며 참회를 할 수 있는 기회를 가졌다. 삶의 의미와 인생이 무엇인가에 대해서도 많은 것을 깨달았다. 나아가 앞으로 여생을 살아가면서 보다 더 보람되고 가치 있는 삶을 살아야겠다는 각오와 다짐을 하였다. 인생의 모든 걸음은 꽃을 피우기 위해 다가가는 과정이었음을 이제야 느꼈다. 비록 밤에 피어난 무지개와 같은 꽃이었지만 깨달음과 행복이었다.

그동안 수필을 쓰는 데 용기를 주신 김낙효 선생님과 많은 지도와 편달을 해주신 손광성 교수님, 그리고 신광철 작가님에게 깊은 감사를 드린다. 그리고 교정을 꼼꼼하게 잘 봐주신 정태인 박사와 손창현, 김학섭 친구들에게 지면을 통하여 진심으로 감사하다는 말을 전하고 싶다. 또한 수필집을 출판해 주신 행복에너지 출판사 권선복 사장님과 편집실 직원들에게도 감사를 드린다. 무엇보다 인생의 동반자이며, 늦은 밤까지 글쓰기의 뒷바라지를 해준 아내, 표지그림도 그려줘서 감사하고 사랑합니다. 끝으로 쑥떡같이 거칠고 어설픈 글을 독자 여러분이 넓은 아량과 이해심으로 잘 봐주시길 바란다. 또한 독자 분들의 충고와 조언을 바라 마지않는다.

2019년 9월 18일
저자 고 지 석

차례

7장

아버지의
유산

1장

부베의 여인

난생처음 쓴 연애편지

한 사람을 사랑한다는 것은 새로운 세계 하나를 만나는 기적 같은 일이다. 누구나 사랑에 첫눈 뜰 때, 그때가 있다. 꽃 한 송이 피어나는 것과 같이 신비한 때였다. 내게도 그때가 있었다. 사랑은 내부발전소에서 일어났다.

광주에서 고등학교를 졸업하고 서울로 이사를 왔다. 20여 년이 지난 다음에 서울에서 초등학교 동창들의 모임이 있었다. 모임에 내가 보고 싶은 사람이 있었다. 내 인생 최초의 연애편지를 쓰게 했던 아이였다. 그 여학생도 참석할까. 은근히 기대가 되었다. 하지만 그 여학생은 나오지 않았다.

그 여학생은 두 번째 모임에도 참석을 안 했다. 마음속에서 이는 궁금증을 참지 못했다.

"정○○는 어디에서 산대?"

모두들 소식을 잘 모른다고 했다. 절로 들어갔다는 말도 있었다. 소식을 알 수 없으니 더 궁금했다. 이미 세월도 많이 지나버린 어린 시절의 일이라 이제 흉보지 않겠지 하고 실토했다.

"사실은 학교 다닐 때 내가 정 ○○이를 좋아했다!"

"그랬어? 전혀 몰랐는데!"

모두가 웃었다. 우리 학교는 남녀공학이었다. 초등학교6학년 때의 일이다. 어린 나이에 처음으로 여자로 보인 아이가 있었다. 우리 반에는 남학생 약 40명, 여학생 약 20명 정도가 있었다. 나는 5살 때 차에 치여 몸도 아주 약하고 키도 중간이 못 되는 작은 키였다. 옛날 시골학교에서는 흔히 그랬듯이 초등학교를 9살이나 10살에야 늦게 입학했기 때문에 우리 반에는 나보다 2~3살 더 많은 애들도 여러 명 있었다. 그래서 키도 나보다 훨씬 크고 덩치도 좋은 학생들이 꽤 많았다. 물론 여학생들도 나보다 컸다. 다 큰 처녀 같은 애들도 있었다.

그중에 내가 좋아하는 애가 하나 생겼다. 얼굴도 예쁘장하고 공부도 잘하고 심성도 좋은 애였다. 5학년 때까지는 그런 감정이 전혀 없었다. 인생의 생각하는 봄인 사춘기로 접어들기 시작했을 무렵, 6학년이 되면서 그 여학생이 내 눈에 들어왔다. 나도 모르게 자주 쳐다보게 되었다. 수업이 끝나고 쉬는 시간에는 잘 볼 기회가 없어서, 주로 수업시간 중에 다른 애들이 눈치챌까 봐 남모르게 힐끔힐끔 쳐다보았다. 속이 탔다.

한번 예쁘다고 마음에 들기 시작하면서부터는 나도 모르게 더 자주 쳐다보게 되었다. 어쩌다 선생님이 그 애한테 질문을 하면, 그 애가 답을 틀리게 말할까 봐 마음을 졸였다. 그 아이는 이미 내 안에 있었다. 대답을 잘 하거나 책을 잘 읽어나가면 내가 잘한 것보다도 더 기분이 좋았다.

내가 어찌나 그 애를 넋 놓고 쳐다보았는지, 종종 그 아이와 눈이 마주칠 때도 있었다. 그럴 때면 나는 시선을 황급히 선생님 쪽으로 외면해 버렸다. 그래도 그 아이가 나를 쳐다봤다는 것만으로 내 가슴은 한참 동안을 콩닥거리며 뛰고 콧김이 뜨거워졌다.

벌써 2학기가 되었는데도 말 한번 제대로 해보지도 못하고, 벙어리 냉가슴 앓듯 나 혼자만 좋아하고 있었다. 그러면서도 마음 한 켠에선 어쩌면 그 아이도 나를 좋아할지도 모른다는 생각이 들었다. 어떻게 하면 나의 마음을 전할 수 있을까 고민했다. 우리 집은 가게를 하고 있었으니까 "가게에 있는 밀크 캐러멜이나 웨하스 과자라도 훔쳐서 갖다 줄까?" 하는 생각도 했다. 그러다가 다른 애들한테 들키게 되면 '얼레리 꼴레리' 하고 놀림을 받을까 봐 그러지도 못하고 계속 가슴만 태우고 있었다.

그러던 어느 날 밤에 공부를 하다가 기발한 방법을 생각해냈다. 내가 그 아이를 좋아한다는 편지를 써서 그 아이의 필통에 넣어 놓으면 되겠다는 생각이 들었다. 그래서 쪽지를 썼다. 쪽지에는 "나는 너를 좋아한다. 고지석."이라고 적었다. 쪽지를 연필 굵기 정도로 조그맣게 또르르 말았다. 다음 날 학교에 가서 그 아이 필통에만 넣어놓으면 된다는 생각을 하고 그것을 내 필통에 넣어놓고는 설레는 마음을 안고 한참을 뒤척이다가 잠이 들었다.

운명의 날, 나는 지각을 했다. 전날 저녁 밤늦게까지 뒤척이던 나머지 늦잠을 잤기 때문이었다. 교실에 들어서니 이미 선생님이 칠판에 산수 문제를 적고 계셨다. 연애편지를 필통에 넣어두었다는 사실을 까마득히 잊고서 생각도 없이 바로 필통을 열고 연필을 꺼내어 문제를 받아썼다. 얼떨결에 수업이 끝나고 휴식시간이었다. 옆자리에 앉아 있는 짝꿍이 내 필통에 동그랗게 말아서 넣어놓은 것을 집어 들었다.

"어? 이게 뭐야?"

그 순간 나는 번개보다도 더 빨리 낚아챘다.

"아무것도 아니야!"

그러자 짝꿍은 호기심이 발동했는지 쪽지를 뺏으려고 내 손을 강제로 펴기 시작했다. 나는 몸이 약해서 손힘이 약했다. 얼마 못 가서 곧 내 손에서 극소형의 연애편지를 뺏길 것 같은 두려움이 앞섰다. 나는 머리를 숙여 손에 들어있는 쪽지를 입속에 넣었다. 짝꿍은 궁금증이 더 났는지 연필로 내 머리를 찌르면서 빨리 내놓으라고 계속 윽박질렀다. 빼앗기면 창피해서 학교도 못 다닐지도 모른다는 생각이 들어서 결사적이었다. 머리에 피가 날 정도로 찔리면서도 아픔을 참으며 쪽지를 입속에서 질근질근 씹어버렸다. 나중에 보니 연필심이 머릿속으로 반이나 들어갔다. 연필심이 부러지고 피까지 났다. 그래도 다행히 연애편지의 소동은 그것으로 끝났다. 훗날 어느 첩보 영화를 보니 나와 비슷한 상황이 일어난 장면을 보고 웃음이 나왔다. 그때의 내 행동이 얼마나 절박했는지 실감 났기 때문이었다.

며칠 후 토요일, 학교 수업이 끝난 뒤에 집에 왔을 때였다. 내가 좋아한 그 여학생이 우리 집 마루에 앉아있었다. 깜짝 놀랐다. 순간 내 머릿속은 복잡해졌다. 이 아이도 혹시 나를 좋아하고 있던 게 아닐까? 나를 좋아하는 마음이 다른 애들에게 들킬까 봐 나를 조용히 만나고 싶었던 게 아닐까? 그래서 우리 집으로 온 것일까? 하지만 그건 순전히 나만의 공상이었다. 우리 집에서 숙식을 같이하며 집안일을 도와주는 아줌마가 부엌에서 나오더니 말했다.

"지석아! 이리 와봐. 얘는 내 조카야."

아줌마는 그 아이를 나에게 소개해 주었다. 그 아이는 나를 보러 온 것이 아니었다. 자기 할머니의 심부름 때문에 잠시 우리 집에 온 것이었다. 나는 아무 말도 못하고 얼굴을 붉히며 쏜살같이 내 방으로 들어가 버렸다.

부베의 여인

너무나 예쁜 여학생 한 명이 눈에 들어왔다. 순창 같은 시골에서 정말 보기 드문 미인이었다. 아니, 그동안 내가 본 여자들 중에서 제일 예뻤다. 좀 과장하면 여학생의 주변이 환하게 광채가 나는 것 같았다. 예배를 보는 중간에 강력한 자석에 끌린 듯 나도 모르게 그 여학생이 있는 쪽을 자주 쳐다보았다. 내 옆에 있는 사람들이 이상하게 생각할까 얼굴이 화끈거렸다. 예배 중에 기도를 할 때, 기회는 이때다 싶어 마지막 구절이 끝나기 전에 미리 먼저 눈을 뜨고 여학생을 계속 쳐다보았다.

저 여학생은 누굴까. 어디에서 사는지, 이름은 무엇인지 여러 가지가 궁금했다. 그러나 이 교회는 내가 다니는 우리 교회가 아니고, 순창 큰집 가족이 다니는 교회였다. 다른 교인들을 알지도 못했다. 여학생이 누구인지도 알 수 없고 또 만날 수도 없을 것 같은 아쉬운 생각만 들었다. 예배 보는 동안 줄곧 목사님 설교말씀이 귀에 하나도 들어오지 않았다. 아쉽고 안타까운 마음을 안은 채 교회 예배가 어느덧 벌써 끝나버렸다. 너무나 아쉽고 허전하여 머릿속이 텅 빈 것 같고 어찌할 바를 몰라 얼굴에 뜨거운 열기만 올라왔다.

예배를 마치고 나오는데 큰집의 형님이 나에게 말했다.

"동생은 붓글씨를 잘 쓰니까 조금 후에 주일학교 학생들에게 줄 상장을 좀 써주라."

교인들이 거의 다 빠져나갈 즈음에 주일학교에 관련된 몇몇 사람들과 같이 교회의 뒷방으로 갔다. 그런데 이게 어찌된 일인가. 그 방에는 조금 전에 교회에서 내가 정신없이 쳐다보고 있었던 예쁜 여학생이 앉아있질 않은가! 이게 꿈인가? 생시인가. 어안이 벙벙하여 얼굴이 붉어졌다. 심장이 멎을 것 같았다. 방에 들어서자 형님이 말했다.

"아! 여기는 목사님의 따님이야."

"그리고 여기는 우리 작은 집 동생이야. 서로 인사해."

얼떨결에 얼굴을 붉히면서 목례를 주고받았다. 여학생은 전주에 있는 여고 1학년이라고 했다. 엊그제 보았던 곱고 예쁜 사모님의 딸이라서 그런지 피부도 곱고 정말 예뻤다. 엄마를 닮아서 정숙하고 교양도 있어 보였다.

소개인사가 끝나고 이어서 주일학교 학생들에게 줄 상장을 쓰게 되었다. 요즘은 상장의 내용문구가 다 인쇄된 것을 사다가 이름만 쓰게 되어있지만, 그 시절에는 상장의 문구를 모두 다 붓글씨로 써야 했다. 글씨를 쓰자면 먹을 갈아야 하는데 큰

집 형이 먹을 갈다가 부상으로 줄 상품 포장을 해야 한다면서, 먹은 여학생에게 갈도록 했다.

붓글씨를 쓰기 시작하자 여학생이 바로 앞에서 보고 있었다. 그 여학생이 바로 옆에서 보고 있으니까 손이 떨리고 마음도 떨렸다. 나는 초등학교 들어가기 전에 유치원 대신 1년간 서당에 다녀서 붓글씨를 많이 써봤다. 또 중학교 때도 1년씩이나 서당에서 붓글씨를 많이 써봐서 손이 떨린 적이 없었다. 그런데 이게 웬일인가! 처음에는 손이 조금 떨리더니, 안 떨려고 할 수록 야속하게 점점 더 심하게 떨렸다. 가슴에서 심장까지 쿵쿵 큰 소리가 빠르게 울렸다. 심장 뛰는 소리가 여학생 귀에도 들릴 것만 같았다. 심장소리를 좀 가라앉히려고 숨소리를 죽여 보았지만, 뜻대로 되지 않았다. 얼굴이 홧홧해졌다. 이미 얼굴은 홍당무가 되어있을 것이 뻔했다. 평소에 잘 쓰던 붓글씨가 제대로 써지질 않았다. 밑으로 내려 긋는 획이 반듯하게 써지질 않고 울퉁불퉁하게 써졌다. 속마음을 여학생에게 들킨 것 같아서 정말 창피했다.

겨우 붓글씨를 다 쓰고 상장과 부상을 들고 교회당으로 가야 했다. 하나님이 나에게 기회를 주시려는 것인지, 여학생과 내가 같이 가게 되었다. 물건 정리를 마치고 나오는 동안 우리 둘은 서로 아무 말도 못 하고 있었다. 그러나 내 머릿속에는 '무슨 말을 할까? 이 여학생과 어떻게 하면 다시 만날 수 있을까?' 등을 궁리하고 있었다. 갖은 방법으로 고민했다. 편지라도 하고 싶어서 주소를 가르쳐달라는 말을 하고 싶었다. 하지만 그렇게 했다가 거절당하면 너무나 창피한 일이었다. 용기가 나질 않았다. 어떻게 해야 하지? 궁리를 하다 보니 순간 좋은 생각이 떠올랐다. 다행히 주머니에 아버지 명함이 한 장이 있었던 것이다. 명함에다가 내 이름을 적어서 용기를 내어 말했다.

"이거 우리 아버님 명함인데 이 주소로 편지 한번 해주세요."

명함을 불쑥 내미니 여학생도 얼떨결에 받았다.

다음 날 광주에 있는 집에 올라온 후로 나는 매일같이 편지를 기다렸다. 이른 봄에 매화가 피기를 기다리듯 편지를 기다렸다. 일주일이 지나도록 편지가 없었다. '그러면 그렇지, 딱 한 번 본 남학생에게 여학생이 먼저 편지한다는 것은 어려울 거야.'라고 자위했다. 그러면서도 혹시나 하고 며칠간 편지를 기다렸다.

며칠 후 학교에서 집에 들어오자 동생이 편지를 불쑥 내밀었다. 마음 안에 꽃이 활짝 피었다. 누구의 편지인지를 확인해 보지 않았음에도 마음 풍경은 이미 꽃밭이 되어있었다. 편지의 발신자를 확인했다. 발신자는 분명 그 여학생이었다. 순간 나는 마음속으로 쾌재를 불렀다. 편지를 뜯는 순간 여학생을 직접 만난 것보다 더 떨렸다. 편지 한 통에 세상이 변했다. 나는 그날 저녁에 답장을 몇 번이나 고쳐 써서 여학생에게 보냈다.

고등학교 3학년이던 그해, 젊은 남녀 간의 애잔한 사랑 얘기를 담은 '부베의 연인'이라는 영화가 우리나라에서 상영되었다. 영화의 주제곡인 '부베의 연인'이라는 노래가 유행하고 있었다. 노래의 악보를 구해서 편지에 넣어 보내주기도 했다. 답장을 보아하니 여학생도 나를 좋아하는 눈치였다. 그래서 몇 달 동안 편지 왕래가 계속되었다.

　아버지가 하시던 사업은 봄부터 부진한 기미를 보였다. 그리고 그해 겨울, 결국 부도가 나고 말았다. 나는 결국 경제적인 이유로 대학교 진학을 못 하게 되었다. 어린 마음에 창피해서 여학생에게 편지를 할 수가 없었다. 내가 계속 답장을 안 하니 여학생도 더 이상 편지를 안 보냈다. 사실은 여학생이 너무 보고 싶었다. 하지만 대학진학을 못 하게 된 것이 너무나 자존심이 상하고 창피한 일이었다. 한번 만나자고 하기는커녕 편지마저도 더 이상 할 수가 없었다.

　그로부터 몇 년이 지난 후, 나의 위치가 어느 정도 안정되었을 시기였다. 여학생에게 소식을 물었다. 하지만 그땐 이미 여학생의 집주소가 바뀌어있을 때였다. 교회 목사님도 애들 교육 때문에 서울로 이사를 갔다고 했다. 어디에 사는지 아는 사람도 없고, 연락할 수 있는 방법도 없었다.

　김소월의 「초혼」이라는 시가 있다. 이 시를 읽을 때마다 내 마음을 그대로 표현한 것 같아 가끔 혼자 읊어보기도 한다.

산산이 부서진 이름이여!

허공중에 헤어진 이름이여!

불러도 주인 없는 이름이여

부르다가 내가 죽을 이름이여!

　　　　　　　　　　　　－ 김소월, 「초혼」

　한동안은 그 여학생과 우연히 마주치지 않을까 하고 은근히 기대를 많이 했다. 여학생과 비슷한 여자만 보면 다시 쳐다보기도 했다. 하지만 행운은 일어나지 않았다. 이제는 반세기의 세월이 흘렀다. 전철에서 그 여학생이 바로 앞좌석에 앉아있다고 한들 알아볼 수 있기나 할는지. 단 한 번의 만남과 몇 번 이어진 편지만이 인연의 전부로 남았다. 내 기억 속 편지는 지금도 꽃으로 피어나고 있다. '부베의 연인'이라는 노래에서 들려오는 선율은 강물이 되어 지금도 내 가슴을 적시고 흐른다.

연애편지 심부름

시골 우리 집 사랑채에는 면내에서 하나밖에 없는 이발소와 잡화가게가 있었다. 이발소는 의자가 두 대밖에 없을 정도로 규모가 작았다. 기술자도 신 씨 아저씨와 일 배우는 나이가 어린 보조 한 명뿐이었다. 신 씨 아저씨는 기타도 잘 치고 노래도 잘 부르는 멋쟁이 노총각이었다.

어느 일요일, 교회 다녀오는 길에 이발소에 들렀더니 신 씨 아저씨가 이발을 해주겠다고 했다. 아직 머리도 길지 않아 이발할 때가 되지 않았다. 그래도 신 씨 아저씨는 굳이 이발을 해주겠다며 의자에 앉으라고 했다. 어차피 돈 내는 것도 아니니까 한가할 때 하는 것도 좋겠다 싶어 의자에 앉았다. 다른 때와는 다르게 이발을 더 정성스럽게 예쁘게 잘해주었다. 그리고 면도도 해주겠다며 의자를 뒤로 눕혔다. 그런데 나는 그동안 면도를 한 번도 해본 적이 없었다. 초등학생들은 아무도 면도를 하지 않는다. 나는 초등학교 6학년이었다. 아직 어려서 수염이 나지 않았다.

"아직 수염도 없는데 무슨 면도를 해요."

"야, 그래도 코밑에 솜털 같은 것이 많이 나있잖아."

생각해 보니 사춘기가 올 징조인지 요즘 코 밑에 털이 유난히 보송보송했다. 난생처음 하는 면도에 대한 호기심도 있었다. 못 이기는 척하고 의자에 등을 기대고 누웠다. 아저씨는 면도솔에 비누거품을 많이 묻혀 들고 와서는 내 턱 주위에 발랐다. 그리고 긴 가죽 피대에 면도 칼을 여러 번 쓱쓱 문지른 다음에 면도를 하기 시작했다. 입 주변에 손길이 닿자 간지러운 감촉 때문에 온몸이 꼬였다. 뭐라 표현하기 어려운 이상한 느낌이었다. 순간 내 성기를 만지는 것 같은 부끄러운 느낌이었다. 야릇한 간지러움에 입가에는 나도 모르게 웃음이 삐져나왔다. 이어서 입술이 미세하게 바르르 떨리기도 했다.

"야, 너는 면도하는데 왜 피식피식 웃고 그러냐?"

"면도를 처음 해봐서 그래요. 간지럽고 이상해요."

면도를 마치자 아저씨가 머리까지 감겨주었다. 이발을 마치자 주머니에서 쪽지를 꺼냈다. 쪽지를 내게 건네주면서 심부름을 시켰다.

"지석아, 이거 저 옆집에 사는 ○○누나한테 좀 전해주고 와라. 누가 안 보게 잘 전해주어야 한다."

직감적으로 쪽지가 연애편지일 것이라는 생각이 들었다. 편지 내용이 궁금했다. 뭐라고 썼을까. 호기심이 일었다. 도저히 그냥 갖다줄 수가 없었다. ○○누나 집에 가다가 쪽지를 펼쳐보기로 마음먹었다. 담벼락 뒤 으슥한 곳에서 편지를 꺼냈다. 편지는 봉투에 들어있는 것이 아니라, 여러 번 비틀어 접어서 만든 딱지 모양이었다. 만약 읽다가 찢어지기라도 하면 큰일이다. 가슴이 두근거리고 손이 파르르 떨렸다. 숨죽여 조심스럽게 편지를 펴보았다.

"○○ 씨, 할 말이 있으니 저녁 먹고 8시쯤 면사무소 뒤에 있는 창고 앞으로 좀 나오세요."

생각과는 달리 너무나 간단한 내용이었다. 상상하기로는 사랑을 고백하는 멋있는 내용의 연애편지인 줄 알았는데, 좀 실망스러웠다. 혹시 누가 볼까 봐 편지를 빨리 접어서 주머니에 넣었다. 그리고는 아무 일 없었다는 듯이 태연하게 ○○누나네 집 앞으로 갔다. 부엌과 여기저기를 기웃거려 봐도 누나가 보이지 않았다. 누나의 동생한테 물었다.

"야, 너네 누님 어디 갔냐?"

"요 앞에 빨래하러 갔어."

신작로 길 건너에 있는 빨래터로 갔다. 거기에는 하필 다른 아줌마도 빨래를 같이 하고 있었다. 나는 멀리 떨어져 아줌마가 빨리 돌아가기를 기다렸다. 한참이나 기다렸다. 아줌마는 안 가고 있었다. 거의 30분 이상이나 지났을 쯤에 그 누나가 먼저 일어서려고 빨래를 챙겼다. 오른손에는 빨랫감이 가득 담긴 양동이를 들고, 왼손에는 세숫대야에 비누 등을 담아 옆

구리에 끼고 걸어가고 있었다. 사람들이 안 볼 때 재빠르게 결행해야 했다. 사방을 둘러봤더니 다행히 아무도 보이지 않았다. 편지를 전해주려고 하니, 마치 내 연애편지를 전해주려는 것만큼이나 가슴이 뛰고 떨렸다. 때는 지금이다 싶어서 그 누나 앞으로 뛰어갔다. 그러고선 누나가 들고 있는 양동이에 재빨리 편지를 올려놓았다.

"이발소 신 씨 아저씨가 전해주래요."

누나도 얼떨결에 벌어진 일이라, 어찌할 바를 모르는 것 같았다. 혹시라도 편지를 다시 가져가라고 할까 봐, 되돌아서 쏜살같이 뛰어왔다. 마치 장작불이 활활 타고 있는 아궁이를 쳐다보고 있을 때만큼이나 얼굴이 화끈거리고, 쿵쾅거리는 소리가 밖에서 들릴 정도로 심장이 크게 뛰었다. 숨까지 가빴다. 나는 내가 해야 할 일을 성공적으로 무사히 잘 마쳤다는 생각에 이발소로 신나게 달려갔다.

"아저씨, 잘 전해주고 왔어요."

"뭐라고 하던?"

"그냥 주자마자 도망치듯 와버려서 몰라요."

"잘했다."

신 씨 아저씨는 내가 좋아하는 밀크캬라멜을 한 움큼이나 사줬다.

그날 저녁에 창고 앞으로 가보고 싶었지만 가슴이 떨려서 차마 가지 못했다. 두 사람이 만났을까. 만나서 어떻게 했을

까. 너무나 궁금하고 가슴이 두근거려 그날 저녁 밤늦게까지
잠에 들지 못하고 한참을 뒤척거렸다.

여자친구 만들기

　인생 최초의 여자친구 만들기를 시도하는 날이었다. 그동안 마음을 가다듬고, 결심을 했다. 친구가 시범도 보여주었다.

　집안 형편이 복잡해진 시기였다. 나는 대학을 못 가고 공무원시험 준비를 하고 있었다. 집에는 책상 놓을 자리도 없어서 할 수 없이 독서실에서 공부를 했다. 독서실에서 같이 공부하는 어떤 친구는 여자친구가 간식을 사다줬다고 자랑했다. 그때마다 나는 부러웠다. 나는 여자친구가 없었다. 대학교도 가지 못했기에 여자 친구를 사귈 마음의 여유조차 없었다. 아니 그보다도 내 성격이 너무나 내성적이었기 때문에 감히 사귀자고 말을 꺼낼 용기조차도 없었다.

　독서실에 다니면서 2~3일에 한 번씩 용산역 앞에 있는 이발소에 수금을 하러 갔다. 이발소 종업원 중에 내 또래의 기술자 J라는 친구는 일만 마치면 거의 매일 여자 친구를 만나러 다녔다. 더구나 그 친구는 여자친구를 두 명이나 번갈아 가며 만나고 있었다. 그 사실을 알게 되자 나는 은근히 화가 났다.

"따지고 보면 나는 J라는 그 친구보다 못할 것이 없는데 왜 여자친구가 없단 말인가?"

날이 갈수록 그 친구는 어떻게 해서 여자 친구를 잘 사귀는지 궁금했다.

하루는 J라는 친구가 나에게 제안을 했다.

"고(高)형! 내일은 이발소가 쉬는 날이니까, 공부만 하지 말고 같이 나가서 영화도 보고 여자도 하나 꼬셔봅시다!"

사실은 그 다음 주 월요일까지 다 보고 돌려주어야 될 책도 있었지만, 내심 호기심이 들었다. 어떻게 여자를 사귀는지 확인도 해보고 싶어서 엉겁결에 그러자고 대답을 했다.

다음 날 용산극장에서 조조할인으로 영화를 보고, 기대와 호기심을 가득 안고 친구와 함께 명동으로 갔다. 한참 동안 명동 거리를 구경하며 가다가 우리 앞에 예쁘장한 아가씨가 지나갔다. 친구가 그 아가씨에게 다가갔다.

"저기요. 아가씨는 내가 굉장히 좋아하는 스타일인데, 시간 있으면 차나 한잔합시다."

여자는 그 친구를 한 번 훑어보더니

"시간 없어요."

라고 대답했다. 그러더니 홱 돌아서서 가버렸다. 조금 있다가 다른 여자에게 또 다가가서 같은 방법으로 제안했다. 그러나 또 거절당했다. 한참을 더 가다가 두 여자가 가고 있는 것을 보고 달려가서 또 말을 걸었다.

"두 분이 친구세요? 나도 친구하고 둘이 같이 왔는데. 이 집이 우리나라에서 제일 유명한 아이스크림 집이라는데 우리 아이스크림 맛이나 한번 보고 갑시다. 내가 살게요."

여자들이 망설이고 서있자 친구는 한 여자의 옷소매를 끌어당기며 아이스크림 가게로 들어갔다. 두 여자는 서로 얼굴을 쳐다보며 못 이기는 척하고 따라 들어왔다. 아이스크림을 시켜놓고 서로 인사도 하고 이런저런 얘기를 하다가 나왔다.

"정 형! 왜 다음에 만날 약속을 안 하고 그냥 나왔지?"

"요즘 한참 유행하는 극장식 쇼를 보러 가자고 제안했으면 따라왔을 텐데, 여자애들이 좀 촌스러워서 그만뒀어."

오늘은 일진이 안 좋아서 고기도 못 잡고 돈만 썼다고 투덜거렸다. 친구가 여자 꼬시는 비결을 알아차렸다. 뾰족한 묘수라도 있는 줄 알았는데 별것이 아니었다. 결국은 성공을 하게 되든 안 하든 말을 붙여보는 것이고, 만나자고 제안을 해보는 방법이었다. 어떻게 보면 참 간단한 방법이었다. 꼭 물고기 잡는 낚시질과 똑같다는 생각이 들었다. 다만, 차 한잔하자고 말할 용기만 있으면 되었다.

순간 나는 친구보다도 더 멋있는 말로 더 세련되게 그 말을 할 수 있을 것 같다는 생각이 들었다. 나는 친구보다 인물도 더 좋고 여러 가지로 더 나은 점이 많은데, 왜 나는 여자 친구도 못 만든다는 말인가?

"간단한 방법이 있는데도 용기가 없어 시도도 못 해본다는 것은 남자가 아니다."

나도 해보고 싶었다. 용기를 내어 실습을 한번 해보자고 마음을 먹었다.

서울역에서 전차를 타고 용산으로 가는 길이었다. 지금의 전철이 아니라, 1898년에 운행을 시작해서 1969년까지 약 70년간 차가 다니는 도로 위에서 운행을 했던 옛날식 전차다. 마침 건너편에 마주 보고 앉아있는 여자가 아주 예뻐 보였다. 일행도 없이 혼자인 것 같았다. 순간 나는 오늘 저 여자를 상대로 실습을 한번 해보겠다고 마음속으로 다짐했다. 여자가 전차에서 내리면 따라서 내리려고 벼르고 있었다. 나는 삼각지에서 내려야 하는데, 그 여자가 내리지 않아서 계속 타고 갔다. 그 여자는 원효로 종점까지 가서야 내렸다. 나도 내려서 그 여자 뒤를 따라갔다. 그 여자가 골목에 들어서자 빠른 걸음으로 다가가서 용기 내어 말을 걸었다.

"아가씨! 내가 좋아하는 타입이라, 그동안 여러 번 얘기하려고 했었는데 오늘 또 만났네요. 잠깐 커피나 한잔합시다."

그러자 여자가 말했다.

"나는 다방에서 일하기 때문에 매일 커피를 많이 마셔서 더 먹을 수가 없어요. 그리고 우리 집, 여기 다 왔어요."

떨리는 가슴을 안고 모처럼 말을 걸었는데 아주 예상 밖의 대답을 듣자 그다음 무슨 말을 해야 할지 전혀 생각이 나질 않앉다. 아마 그때 내 얼굴은 홍당무가 되었을 것이다. 그리고 틀림없이 내 목소리는 떨리고 있었을 것이다. 나는 결국 허탕을 치고 말았다. 다음에 한 번 더 실습해 봐야겠다. 아니 성공할 때까지 계속 시도해 보기로 다짐을 했다.

며칠 후에 아는 사람이 입장권을 한 장 주어서 용산극장에서 공연하는 코미디쇼를 보러 갔다. 텔레비전이 귀한 시절이었다. 코미디쇼는 극장에서만 볼 수 있었다. 극장에서 하는 코미디 쇼가 인기가 많았다. 입장료도 영화 보다 두세 배 비쌌다. 코미디 쇼의 단골 출연진은 곽규석 후라이보이, 구봉서, 그리고 장소팔, 고춘자 콤비 같은 사람들이었다. 내 좌석은 중간 줄의 맨 왼쪽 끝이었다. 내 옆에 누가 앉을까 궁금했다. 오른쪽 옆자리를 보니 괜찮은 아가씨가 와서 앉았다. 혼자 왔는지, 누구랑 같이 왔는지가 궁금했다. 여자의 오른쪽에 앉은 사람과 같이 왔는지 알아보기 위해서 여러 번 눈여겨봤다. 오른쪽 옆 사람과는 대화를 하거나 얼굴을 마주 보지 않는 것으로 봐서 혼자 온 여자가 분명했다.

혼자 온 여자라는 것을 확인하고 작전을 개시하기로 마음먹었다. 코미디를 할 때 웃기는 장면에서 크게 웃으면서 오른손으로 일부러 옆에 앉은 여자의 다리를 치면서 웃었다. 여자가 나를 쳐다봤다. 나는 정중히 웃으며 목례를 했다. 여자는 나를 한 번 쳐다볼 뿐 신경질을 내지는 않았다. 요즘 같으면 성

추행이라고 난리를 쳤을지도 모른다. 코미디언들이 웃길 때마다 일부러 오른손으로 여자의 허벅지를 두드리며 더 크게 웃었다. 여자도 화를 내지 않고 같이 웃었다.

그때 나는 마음속으로 쇼가 끝나면 나갈 때 여자와 같이 차한잔하자고 얘기하려고 마음먹었다. 막상 쇼가 끝나고 나오는 동안에 여자가 여러 사람들 사이로 사라져버렸다. 나오면서도 한참을 더 찾아보았지만 보이지 않았다. 오늘도 일이 안 되는 날이었다. 서운하지만 어쩔 수가 없어서 극장 앞 버스정류장에서 대방동 집으로 가는 버스를 기다리고 있었다. 우연히 뒤를 보니 여자가 한두 사람 뒤쪽에 와 서 있지 않은가. 순간 나는 너무 반가워서 나도 모르게 여자한테 말을 했다.

"어디 갔다 왔어요? 그렇지 않아도 차 한잔 같이하려고 한참 찾았었는데."

"화장실에 좀 갔다 왔어요."

"어디로 가는 버스를 탈 겁니까?"

"신림동 가는 거요."

"아. 그래요. 나는 대방동 가는데 노선이 같으니 같이 타면 되겠네요."

한참을 기다려도 우리가 타야 할 버스가 오지를 않았다. 여자에게 제안을 했다.

"대방동 거쳐서 신림동까지 갈 거니까, 기다리느니 얘기도 하면서 다음 정거장까지 걸어가다가 탑시다. 다음 정거장인 시외버스터미널에서는 사람들이 많이 내리니까 자리도 많이 나고 좋아요. 다음 정거장으로 갑시다."

그러면서 옷소매를 살짝 끌면서 내가 앞장을 섰다. 그러자 그 여자도 못 이긴 척 따라나섰다. 시외버스터미널 앞까지 가면서 재미있었던 코미디 쇼에 대한 얘기도 하고, 서로 통성명도 나누면서 걸어갔다. 목적지에 도착해서 좀 기다렸지만, 그때는 버스가 자주 다니는 때가 아니었기 때문에 버스가 바로 오지를 않았다. 나는 다시 제안을 했다.

"어차피 기다리느니 천천히 걸어가서 다음 정거장에서 타요."

여자도 말없이 따라나섰다. 다음 정거장은 한강 대교를 건너 사육신묘까지 가야 버스 정거장이 있었다. 3키로미터 이상 걸어가야 할 거리였다. 우리 두 사람은 한강에서 불어오는 시원한 강바람을 맞으며 걸었다. 이런 얘기 저런 얘기들을 서로 많이 하면서 한강대교를 건너갔다. 한강대교를 건너 사육신묘 쪽으로 가는 길은 가로등이 없어서 좀 어두웠다. 어느 정도 친숙해진 것 같아서 손을 잡고 걸어가려고 했더니, 부끄러운지 말없이 손을 배배 꼬며 빼냈다.

"이런 낭만적인 분위기에서 손 한번 잡아보는 것도 괜찮지 않아요? 그리고 여기는 가로등도 없어서 누가 볼 사람도 없잖아요."

다시 또 손을 잡았다. 완강히 거절을 안 했다. 그때부터는 자연스럽게 손을 잡고 나란히 걸어갔다. 손이 너무 부드럽고 따뜻했다. 어두운 밤길을 난생처음 여자의 손을 잡고 걸어가자니 가슴이 너무 쿵쾅거리고 뛰었다. 어렸을 때 자라온 고향 얘기도 하다가, 대학을 못가고 공무원시험 준비를 하고 있다는 등 많은 이야기를 나누면서 손을 잡고 계속 걸었다. 거의 2시간 이상을 다음 정거장으로, 또 다음 정거장으로 계속 걸어갔다.

손을 잡고 한참 걷다 보니 또 다른 욕심이 생겼다. 키스도 한번 해보고 싶었다. 자동차 전조등이 뜸한 순간에, 여자의 얼굴을 두 손으로 잡고 갑자기 키스를 해버렸다. 그런데 그동안 아주 친해져서 그런지, 크게 화를 많이 내지는 않았다. 용기를 내어 또다시 키스를 했다. 내 평생에 처음 해본 키스였다. 그렇게 뜨겁고 감미로울 수가 없었다. 가슴이 터질 것 같이 두근거리고 쿵쾅거렸다.

그렇게 한참을 걸어가다 보니 어느덧 11시가 넘었다. 할 수 없이 독서실에서 만나자고 약속을 하고 막차를 태워 보내고 집으로 왔다. 그날 나는 너무나 기분이 좋았다. 나도 해냈다는 성취감에 하늘을 날아오를 것만 같았다. 집에 오는 동안에 나는 구름 위를 걷는 것만 같았다. 나는 뭐든지 할 수 있을 것 같은 용기와 자신감으로 충만했다. 그날 밤은 설레는 가슴이 두근거려 잠도 쉽게 들지 못했다.

며칠 후 그녀가 독서실로 찾아와서 만났다. 이름은 장○○

이었다. 시험 준비생이라 돈도 없어서 식사는 중국집에서 짜장면이나 볶음밥밖에 못 먹었다. 몇 번 더 만났으나, 사랑하는 사이도 아니고 결혼할 사람도 아니기 때문에 더 이상 계속 만나면 안 되겠다는 생각이 들었다. 그래서 우리 더 정들기 전에 그만 만나자고 얘기했다. 그래도 그 사람은 몇 번이나 더 나를 찾아왔다. 공부하는 데 지장도 있고 해서 결국 나는 독서실을 다른 곳으로 옮겼다. 더 이상 계속 만나봐야 더 큰 상처만 줄 것이었다. 나는 그 여자를 처음부터 좋아하지도 않았고, 사랑해서 만난 것도 아니었다. 다만 나의 용기를 시험해 보기 위해 여자를 사귀어본 것이었다. 지금 생각하면 너무나 미안하다. 큰 죄를 지었다.

고은 씨의 수필집에서 '첫사랑 또는 젊은 시절의 사랑에서 상처를 받은 여자는 그 사랑의 상처가 언젠가는 다른 모습으로 나타나 그 불행이 될 수도 있을 것이다.'라는 구절을 읽었다. 새삼 미안한 생각이 들고 마음이 아팠다. 진심으로 용서를 빌고, 행복하게 잘 살기를 간절히 빌어드리고 싶다. 그 후로 나는 더 이상 재미로 여자를 만나본 적이 없다. 그렇지만 그 일이 있은 후 나는 여자에 대한 두려움이 없어졌다.

얼마 전 모 조찬모임의 강연에서 소설가 김진명 씨가 부인을 만나게 된 얘기를 들려주었다. 도서관에서 몇 년간을 책만 계속 보다가 결혼할 때쯤의 나이가 되었다는 생각이 들자, 도서관에서 책을 덮어두고 이름 있는 Y여자대학교로 갔다고 했다. 등교시간에 맞추어 학교 정문 앞에 가서 삼 일 동안 줄곧 서서 지나가는 여학생들 중에서 자기 취향에 맞는 여학생을 골랐다고 했다. 그런 다음, 그 여학생을 몇 날 며칠을 쫓아다니며 설득했다고 한다. 그 후로 만나기 시작해서 결국 그 여자와 결혼하여 지금까지 잘 살고 있다고 했다. 인생에 있어서 결혼은 가장 중요한 일 중에 하나다. 젊은이라면 평생 같이 살아야 할 배필을 적극적으로 찾아서 용기를 갖고 도전이라도 해보라고 권하고 싶다.

나는 어느 날 친구들과 셋이서 탁구장에 갔다. 그날 탁구장에서 그녀를 처음 보았다. 처음 만난 여자였지만 마음에 들었다. 용기를 내어 탁구 한 판 같이 치자고 여자에게 말을 건넸다. 우리는 탁구를 함께 친 다음 식사도 같이했다. 그 후로 계속 만나게 되었다. 그때 만나기 시작한 여자와 지금까지 45년 이상을 한집에서 같이 살고 있다. 훈련이나 실습은 참 중요한 것이라고 생각한다. 그런 경험 때문에 나는 중매를 보지 않고 아내를 만나게 되었다.

선혈이 맺어준 사랑

아침에 세수하면서 가래를 뱉었더니 새빨간 피가 섞여 나왔다. 세무서에서 근무를 시작한 지 2년이 되던 어느 가을날이었다. 감기 기운도 없는데, 아무래도 이상한 일이었다. 놀란 나는 다시 뱉어보았다. 이번에도 마찬가지였다. 당황스럽고 놀랐다. 순간, 결핵일지도 모른다는 불길한 생각이 스쳐갔다. 설마, 정말 결핵일까. 요즘 사무실 일이 좀 많아 피곤해서 그런 거겠지, 하고 마음을 애써 달랬다.

아침 내내 불안한 마음이 계속 가슴을 조여왔다. 출근도장만 찍고 바로 수원기독병원으로 달려갔다. 평소에 잘 알고 지내는 내과 의사를 찾아갔다. 진찰을 마친 후 엑스레이도 찍었다. 검진 결과가 궁금했다. 불안한 마음으로 의사의 입을 뚫어져라 쳐다보며 첫 마디를 초조하게 기다렸다.

"폐결핵인 것 같은데요."

청천벽력 같은 말이었다.

"네?"

나도 모르게 소리를 크게 내지르고 말았다.

"가능한 빨리 입원해서 치료를 하세요. 그래야 완치할 수 있습니다."

순간 뒷머리를 둔기로 얻어맞은 것처럼 머릿속이 멍해졌다. 너무 충격적이라 아무 생각도 나질 않았다. 다리에 힘이 쫙 빠졌다.

나는 이제 어떻게 해야 하나, 의사가 얘기하는 주의사항도 귀에 들어오지 않았다. 나는 어려서 교통사고를 당했다. 그로 인해 좌측 폐가 파열되어 전혀 기능을 못 한 상태다. 그래서 나는 오른쪽 폐 하나밖에 없었다. 그마저 결핵이라니! 너무나 치명적인 문제였다.

문득 28세의 젊은 나이에 폐결핵으로 요절한 시인 이상이 생각났다. 나도 죽을 수 있다는 생각을 하니 무서웠다. 더구나 나는 아직 결혼도 안 한 상태이다. 아무것도 해놓은 것이 없다. 그런데 스물넷이라는 젊디젊은 나이에 각혈을 하다니.

'하느님, 제발 마흔 살까지 만이라도 살게 해주십시오. 치료를 위해서는 뱀이든 굼벵이든 무엇이든지 다 먹고, 무슨 짓이든 다 하겠습니다.'

현재의 상황이 꿈이었으면 얼마나 좋을까 하는 생각이 들었다. 그러나 꿈이 아니었다. 어떻게 해야 한단 말인가. 사무실 업무를 좀 적게 맡고, 출근을 하면서 약으로 치료를 해볼까 하는 생각도 해봤다. 당시에 결핵은 걸리면 죽을 수도 있는 무서운 병이라서 겁이 났다. 왜, 하필 내가 결핵에 걸렸단 말인가. 하늘이 원망스러웠다.

밤새도록 고민하고 또 생각했다. 뾰족한 방법이 없었다. 어쩔 수 없이 의사의 말대로 입원을 해서 집중 치료를 받아야겠다고 마음을 굳혔다. 다음 날 직장에 가서 거짓말을 했다.

"급성폐렴이라 바로 입원해야 한답니다."

우선 급한 업무만 동료직원에게 인계하고 일찍 퇴근했다.

갈아입을 옷과 세면도구 등을 챙겨 들고 이런저런 걱정으로 넋 빠진 사람처럼 힘없이 터벅터벅 병원으로 걸어가고 있었다. 걷다가 길에서 우연히 알고 지내던 여자 친구를 만났다. 가볍게 밥이나 같이 먹고 영화 한두 번 봤을 정도로 그냥 알고 지내는 사이였다. 그녀는 키가 크고 늘씬한 멋쟁이였다. 장남인 나로서는 그녀가 나의 아내, 아니, 우리 집 맏며느릿감으로는 걸맞지 않는다고 생각을 했었다. 그래서 자주 만나지 않고 지내왔다.

가볍게 인사만 하고 지나칠 수도 있었다. 하지만 그날은 달랐다. 20대 초반 젊은 사람의 패기는 어디로 다 사라지고 마음이 한없이 약해졌다. 이 세상에 나 혼자인 것만 같은 외로움에 가슴이 시려왔다. 아니, 누가 옆에서 위로해 주고 간호해 주어야 병이 나을 것만 같은 생각이 들었다. 나도 모르게 거짓말을 했다.

"요즘 내가 운동을 좀 많이 했더니 늑막염이 왔대요. 의사가 입원치료를 하라고 해서 오늘 기독병원에 입원하려고 갑니다."

"그래요? 무슨 운동을 얼마나 심하게 했기에 그래요?"

"복근도 만들고 근육을 키우려고 아령을 좀 많이 했더니, 그래서 그런가 봐요."

막상 입원을 하니 별것 없었다. 특별한 병세가 있는 것이 아니다 보니 그냥 오전에 엉덩이 주사 하나, 오후에 혈관 주사 한 대 맞고, 약만 하루에 3번 먹는 것이 전부였다. 멀쩡한 젊은 놈이 온종일 좁은 병실에 무료하게 갇혀 있는 것이 가슴이 답답하고 지루했다. 걱정만 쌓여갔다. 책을 봐도 눈에 들어오지를 않았다.

입원한 날, 저녁에 혹시 '미스 강'이 오려나 하고 기다려졌다. 오지 않았다. 그다음 날은 병원 옥상에 올라가서 병원 입구를 내려다보고 있었다. 오후 내내 어두워질 때까지 그녀를 기다렸다. 그러나 그녀는 그날도 오지 않았다. 병실에 돌아와 무거운 몸을 침상에 뉘었다. 천장만 맥없이 쳐다보고 있자니, 참참함과 외로움이 몰려왔다. 잠도 오지 않았다.

"평소에 그다지 애틋한 감정도 없었는데, 젊은 나이에 병원에 입원한 남자가 뭐 좋다고 병원까지 찾아오겠나?"

그러면서도 은근히 기다려지고, 한 번만이라도 병원에 와주기를 바라고 있었다. 그녀가 나를 만나러 온다면 병이 나을 것만 같았다. 병약해져서 그런지 그런 생각은 매일 더 짙어졌다.

입원한 지 3일째 되는 날이었다. 옥상에 올라가 보지도 않고 아예 포기하고 침대에 누워있었다. 어느 순간, 평소와 같이 병실 문이 열렸다. 무의식적으로 문 쪽을 쳐다봤다. 그녀였다. 그녀가 들어오고 있었다. 천사같이 얼굴이 환하고 유난히 예뻐 보였다. 포기하고 있었는데 그녀가 밝은 미소를 지으며 나에게로 다가왔다. 너무나 반가웠다. 가슴이 쿵쾅쿵쾅 제멋대로 뛰었다. 몸이 뜨거워졌다. 이제 금방 병이 나을 것 같았다.

그녀는 매일 퇴근하자마자 병원으로 왔다. 내가 먹고 싶어 하는 음식을 직접 해주기도 했다. 그리고는 밤늦게까지 같이 있어 주었다. 그녀를 가까이서 지켜보니 그동안 생각했던 것과는 달리 성격이 차분하면서도 자상하고 이지적이었다. 한편으로 어머니 같은 포근함과 따스함도 느껴졌다.

그녀가 매일 병원에 찾아와줘서 너무나 좋았지만, 한편 나는 고민이 생겼다.

"나의 병이 폐결핵이라는 사실을 그녀에게 말해야 할 것인가, 말 것인가?"

나는 며칠간 머리가 아프도록 고민했다. 만약, 폐결핵이라는 사실을 말하면 그녀가 더 이상 병원에도 오지 않을 것 같았다. 두려워서 며칠 동안 말을 못 하고 끙끙거리고 지냈다. 나중에 그녀가 알게 되면 크게 실망할 것이 두려웠다. 또 늑막염이라는 말로 자기를 기만한 것에 더욱 기분 상할 것이라는 생각이 들었다. 결국 용기를 내어 내 입으로 얘기를 하기로 결심했다.

"임선 씨, 나, 사실은…늑막염이 아니라, 폐결핵이래요. 그때 거짓말해서 미안해요."

"간호사 김 양이 제 친구예요. 그래서 진즉 알고 있었어요."

"그래요?"

"멀쩡한 젊은 사람이 갑자기 입원했다고 해서, 물어봤지요."

순간 나는 얼굴이 화끈거렸다. 그녀의 얼굴을 제대로 쳐다볼 수가 없었다. 그녀는 내가 폐결핵인 것을 알고서도 병원에 계속 온 것이었다. 미안함과 고마움이 한데 뒤섞였다. 가슴이 벅차고 눈시울이 뜨거웠다. 순간 그녀가 천사보다도 더 예뻐 보였다. 그녀를 위해서라도 지겨운 혈관주사도 열심히 맞고, 치료에 최선을 다해야겠다고 마음속으로 굳게 다짐했다.

그 시절에 결핵은 무서운 병이었다. 사람들은 감히 폐병환자 옆에 가기조차 꺼려했다. 그러나 그녀는 전혀 개의치 않고, 매일 가까이서 나를 돌보아 주었다. 그리고 초기에 발견했으니 꼭 완치될 것이라고 용기와 믿음도 주었다. 입맞춤까지 해 주었다. 그 순간 뜨거운 사랑을 느꼈다. 잘못하면 자기도 결핵에 걸릴 수도 있다는 것을 생각하면 그것은 죽음을 각오한 사랑이었다. 나를 거리낌 없이 돌봐준 그녀가 마냥 고맙고 좋기만 했다. 만약에 그녀에게 무슨 일이 생기면 대신 죽어야겠다고 마음속으로 굳게 다짐했다. 그런데도 그때는 사랑한다는 말 한마디 하지 못했다. 그때 사랑한다고 말하는 것은 부끄럽기도 하였지만, 한편으론 나라는 존재가 그녀를 묶어놓는 오랏줄이 될 것만 같은 생각이 들었기 때문이었다. 그녀의 뜨거운 사랑이 나의 결핵을 이기게 해주었다. 우리는 병실에서 춘희의 사랑보다 더 진한 사랑의 꽃을 피웠다. 애정이 가득한 간호로 다행히 나는 치료가 잘 되었다. 입원한 지 한 달 만에 퇴원할 수 있었다. 사무실에 다시 출근하여 정상근무를 하게 되었다. 그 후로 우리의 사랑은 나날이 더 무르익어갔다. 2년 후, 12월이었다. 첫눈이 오는 날 우리는 결혼했다.

남편에 대한 평가

사랑의 힘은 받는 것에서 오지 않고, 주는 것에서 온다. 베푼 만큼이 힘이다. 베푸는 순간 내 주위는 천사에게 둘러싸인다. 나는 베풀어야 하는 것을 아내에게서 배웠다. 나는 아내의 천사가 되었다.

어느 날 학교에서 숙제가 떨어졌다. 제목은 '아내의 입장에서 본 남편에 대한 평가'였다. 서울교대 평생교육원에서 운영하는 '창작과 수필'에 대한 공부를 시작한 지 얼마 안 되었을 때였다. 수업시간에 교수님이 숙제를 내주었다. 아내에게 글을 부탁하려고 하니 어색하기도 하고, 부끄럽기도 했다. 대필을 생각했다. 아내 대신 내가 쓰는 대필이었다. 아내가 나에대해서 어떻게 생각할지 잘 몰랐다. 그렇다고 내 생각을 적당히 써낼 수도 없었다. 쉬운 것 같으면서도 어려운 숙제였다. 같이 산 세월이 40여 년이었다. 40년 이상을 같이 살면서 아내가 나를 어떻게 생각하는지를 생각을 안 해봤다. 새삼스럽게 생각해 보니 아내가 나에 대해서 정말 어떻게 생각하고 있을지 궁금했다. 한편 그동안 아내에게 당당하고 떳떳하게 살지 못 했던 것이 새삼 아쉽게 느껴졌다.

무엇을 어떻게 써야 할지 참 막막했다. 한참 궁리를 하다가, 우선 아내가 나에 대한 평가를 어떻게 하는지 들어보고, 앞뒤에 살을 좀 붙여서 글을 써야겠다는 생각이 들었다.

저녁에 집사람에게 거짓말을 했다.

"아내가 본 남편에 대한 평가 7가지씩을 써오라고 교수님이 숙제를 내주었어. 그러니 내일 저녁까지 좀 써주세요."

"아니, 그런 걸 어떻게 써요. 교수님이 참 이상한 숙제도 다 내주셨네."

아내가 한참이나 불평을 늘어놓았다. 그래도 교수님이 내준 숙제니까 좀 써보라고 했다. 다음 날 저녁에 퇴근을 하고 집에 와서 숙제 써놨느냐고 물었다. 바빠서 못 썼다고 했다. 이 핑계 저 핑계를 대면서 써주지 않았다. 내 짐작에는 아마도 아내가 남편에 대하여 안 좋은 점들을 쓰자니 남들에게 남편을 흉보는 것 같아서 곤란하고, 그렇다고 자랑스러운 점들을 쓰자니 자기 남편 자랑하는 팔푼이 같은 여자로 보일까 못 쓰는 듯했다.

그 일이 있고 나서부터 우리 사이에 이상한 변화가 생겼다. 나에 대한 아내의 배려가 갑자기 늘어났다. 다음 날 아침에 아내가 갑자기 홍삼 중탕을 직접 달여주었다.

"나이 들면 면역력이 떨어진다는데 홍삼이 좋다고 하니, 사무실에 가서도 잊지 말고 수시로 드세요."

출근할 때 진하게 달인 홍삼을 보온병에 듬뿍 담아주기까지 했다. 다음 날에는 새로 나온 소재로 만든 가볍고 포근한 이불이 나와서 사 왔다고 하면서 보료 외피와 함께 이부자리를 새 침구로 예쁘게 바꾸어놓았다. 다음 날은 주말이라 친구들과 등산을 갔다 왔더니, 내가 좋아하는 총각김치를 담아서 저녁 밥상에 내놓았다.

"당신이 좋아하는 총각김치를 담았으니 먹어보세요."

"당신 손맛이 최고야. 수고했어."

고마워하는 호들갑을 떨면서 맛있게 먹었다.

이런 일들이 우연의 일치이기도 하겠지만, 마냥 그렇게 볼 수만은 없었다. 경험으로 미루어 보아 이런 일련의 상황이 예삿일이 아니었다. 평상시에는 아내가 나에 대해 불평을 많이 했었다.

"당신은 다른 여자들한테는 눈웃음도 살살 잘치고 기분 좋게 돈도 잘 쓰면서, 나한테는 무뚝뚝하고, 너무 권위적이고 고지식해요."

요즘 아내가 자기 남편에 대한 평가에 대하여 새삼스럽게 생각해 보니, '그래도 스스로 자기관리도 잘하고, 사무실 일도 열심히 하며 건강도 잘 챙기는 등 괜찮은 점도 꽤 많다.'는 생각이 들었나 보다. 그래서 남편에 대해서 좀 더 잘해주어야겠다는 생각이 든 게 아닐까. 그래서 나를 잘 챙겨준 것은 아닐까.

'남편에 대한 평가'의 글을 써 오라는 교수님의 숙제가 처음에는 당황스럽고 어렵게만 느껴졌다. 이제와 생각하니 나는 교수님의 숙제 덕분에 아내로부터 좋은 면이 꽤 많은 남편으로 평가를 다시 받을 수 있었다. 나아가 아내가 '우리 남편이 최고'라는 생각이 들도록 나도 아내에게 더 잘해줘야겠다, 더 떳떳한 남편이 되어야겠다는 다짐을 하게 되었다. 우리 부부는 서로 상대방의 좋은 점을 다시 볼 수 있게 되었고 또 내놓고 자랑할 만한 괜찮은 사람이라는 것을 깨닫게 되었다.

한편 생각해 보니 결혼한 지가 40년이 넘어서 그런지 그동안 상당히 오랜 기간 서로 긴장감 없이 너무 편하고 무디게 지내왔음을 깨닫게 되었다. 검은 머리보다 흰머리가 더 많아지기 시작하면서부터 서서히 배터리가 거의 방전이 다 되어가는 부부간의 사랑이 '수필쓰기 공부' 때문에 가을과 함께 새로이 고운 빛깔로 알차게 익어갈 수 있게 되었다. 수필이 연결해 준 오작교가 가을 단풍처럼 고왔다.

가깝고도 먼 바위섬

나는 일요일마다 삼식이가 된다. 삼식이란 밥 세 끼를 다 챙겨먹는 사람을 이르는 말이다. 그 삼식이가 바로 나였다.

어느 일요일이었다. 점심시간이 되었다. 하루에 3번씩이나 밥상을 차리게 하는 것이 미안했다. 삼식이도 면할 겸 거실에서 TV를 보고 있는 아내에게 말했다.

"날씨도 축축하니 짬뽕이나 시켜 먹읍시다."

아내도 기다렸다는 듯이 좋아했다. 쌀쌀하거나 우중충한 날씨에는 뜨끈뜨끈한 짬뽕이 제격이었다. 해물짬뽕을 먹다보니 속살이 노랗게 잘 익은 홍합 몇 개가 들어있었다. 홍합을 보니 젊었을 때 경포대 해수욕장 앞 바다에서 있었던 홍합에 얽힌 일이 생각났다.

그때는 영동고속도로가 개통되기 전이라 아흔아홉 구비나 되는 대관령고개를 넘어 강릉해수욕장으로 놀러 갔다. 해수욕장에서 튜브를 태워주기도 하고 애들과 한참 같이 놀았다. 나는 수영장에서 정식으로 수영을 배우지 않았다. 어렸을 때 시골 강가에서 물속으로 들어가 피라미 등 물고기를 잡고 놀면서 수영을 익혔다. 수영이라기보다는 개헤엄 수준이었다. 옛날 시골에서 우리는 헤엄친다고 했지 수영이라는 용어 자체도 모르고 살았다. 어려서 헤엄치고 놀 때는 숨을 참고 물속으로 들어가서 돌 밑에 숨어있는 물고기를 잡거나, 친구들 빤스 벗기는 재미로 놀았다. 빤스는 옛날에 쓰던 팬티의 일본식 발음이다. 하지만 팬티 대신 빤스라고 해야 그 시절의 정서와 자연스럽게 이어진다. 어른이 된 지금도 물 위로 수영을 하고 노는 것보다는 물속으로 들어가서 노는 것을 더 좋아한다. 해수욕장에서는 물속으로 들어가도 할 놀이가 별로 없다. 모래 바닥 뿐이다. 물고기를 잡을 수도 없다. 가끔 해수욕장에 가면 물구나무서기를 해서 발만 물 밖으로 내놓고 물속에서 거꾸로 서서 걸어 다니는 짓을 장난삼아 자주 했다. 물속에서 거꾸로 서서 걸어가는 것은 중심 잡기가 힘들기 때문에 아무나 할 수 있는 짓은 아니다. 아마 나뿐만 아니라 다른 사람들도 이런 놀이를 좋아하기 때문에 싱크로나이즈(Synchronised Swimming)가 생겼는지도 모른다. 그러나 아내는 그런 짓을 못 하게 한다. 사람들이 쳐다보고 손가락질하면 창피하다고.

해수욕장의 물속은 사람들이 북적거려 모래가루가 많이 떠다닌다. 뿌옇게 흐리기 때문에 물속에서 눈을 뜰 수가 없다. 그래서 나는 해수욕장보다 맑은 물에서 노는 것을 좋아한다.

물속에 들어가는 일이 좋다. 가끔 고기도 잡을 수도 있고, 또 예쁜 돌멩이나 조개껍질을 주울 수 있어서 좋다.

애들하고 한참 놀다가 지루하던 차에 해수욕장 좌측 앞 바다 쪽을 건너다보니 약 20~30미터 정도 앞에 조그만 바위섬이 하나 보였다. 충분히 갈 수 있을 것 같았다. 바위에 가면 홍합도 있을 것 같고, 물속 구경이 재미있을 것 같다는 생각이 들었다. 나는 바위섬으로 가고 싶어서 아내에게 말했다.

"애들하고 잠깐 놀고 있어요. 나 저기 바위섬에 잠깐 갔다가 올게요."

"아니, 위험하게 저기를 뭐하러 가요. 여기서 애들하고 같이 놀아주기나 해요."

"잠깐만 애들하고 놀고 있어, 얼른 갔다 올게."

애들을 아내에게 맡기고 바위섬을 향하여 헤엄쳐 가기 시작했다. 해수욕장의 모래사장을 벗어나니 사람들도 별로 없어서 거치적거리는 것이 없어서 좋았다. 그런데 파도가 앞에서 밀려오기 때문에 수영을 해도 앞으로 잘 나아가지를 못했다. 한참이나 수영을 했는데도 바위섬이 가까워지지를 않았다. 어쩌다가 파도를 잘 못 피해 물이 코로 들어갔다. 콜록거리며 기침을 좀 하고 났더니 힘이 빠졌다. 이렇게 힘들게 가다가는 바위섬까지 못 갈 것 같다는 생각이 들었다.

그냥 돌아와 버릴까 하는 생각이 들었다. 뒤돌아보니 되돌아가는 길이 더 멀어 보였다. 할 수 없이 바위섬 쪽으로 가기로 했다. 바위 쪽으로 갈수록 바다가 깊어지니 파도가 더 크게 밀려왔다. 파도가 커질수록 앞으로 더 나아가지를 못하고 힘만 들었다. 제자리에 서있는 것만 같았다.

　힘은 서서히 빠져가고 있었다. 이러다간 큰일이 나겠다 싶었다. 옛말에 '나무 잘 타는 놈이 나무에서 떨어져서 죽고, 수영 잘한 놈이 물에 빠져 죽는다.'더니 이렇게 가다가 힘이 빠지면 빠져 죽을 수도 있겠다는 생각이 문득 들었다. 힘이 점점 빠지고 지쳐 갔다. 누가 옆에 있으면 좀 도와달라고 했을 텐데 주위에 사람이 아무도 없다. 그렇다고 창피하게 "사람 살려" 하고 큰 소리를 치는 것도 그렇다. 또 이미 해변에서 상당히 나왔기 때문에 큰 소리를 친다고 해도 들을 수도 없을 것 같았다. 힘은 빠지고 바위까지 거리는 아직 많이 남아있는 것을 보니 겁이 나기 시작했다. 물 위로 가면 파도 때문에 얼굴이 파도에 부딪혀서 수영하기가 힘드니까 물속으로 가는 것이 더 낫겠다 싶은 생각이 들었다. 최대한 힘을 빼고 바위를 향하여 물속으로 헤엄쳐 갔다. 밀려오는 바닷물 때문에 몇 미터 못 가고 숨 쉬러 올라와야 했다. 얼마 못 가고 또 물 위로 오르기를 반복하다 보니 숨이 턱 끝까지 차올랐다. 힘은 빠져가고 두려움이 엄습해 왔다. 무모한 짓을 한 것이 후회스러웠다. 만약 여기서 내가 힘이 부쳐 익사를 하게 되면, 완전히 개죽음이 되고 말 것이다. 마흔도 안 된 젊은 나이에 죽은들 아무도 동정하지 않을 것이다. 순간 아내와 애들이 나를 기다리고 있는 모습이 떠올랐다. 정신이 번쩍 들었다. 정말 젖 먹던 힘을 다하여 바위를 향하여 죽기 살기로 물속으로 헤엄을 쳐 갔다. 기진맥진한 상태로 겨우 바위섬에 도착했다. 한참 동안 가쁜 숨을 몰아쉬었다.

좀 진정이 되고 나니 바위 옆 물속으로 들어가 보고 싶었다. 어려서 시골에서 했던 대로 숨을 크게 들이마시고 바위 옆에 붙어서 물속으로 들어갔다. 2미터 정도 들어가 보니 물속이 캄캄했다. 맑은 물속이라 시야가 좋을 것으로 생각을 했었는데, 예상외로 물속이 깊어서 그런지 바닥이 칠흑같이 어둡게 보였다. 바위에는 홍합이 빽빽이 붙어있었다. 바위가 온통 홍합 섬 같았다. 크고 잘생긴 것으로 몇 개 잡았다. 그러나 발아래로는 깜깜해서 수심이 몇 미터인지 헤아릴 수가 없었다. 물속에 있으니 해변과는 다르게 찬 기운의 물줄기가 다리를 스쳐갔다. 느낌이 너무나 으스스하고 기분이 안 좋았다. 순간 무서움증이 들어 얼른 물 위로 올라왔다. 두 번 다시 물속으로 들어가고 싶은 생각이 없어졌다.

바위 위라고 해봐야 사방 2미터도 안된 조그만 바윗덩어리였다. 그마저도 바위 위는 평평하지를 않았다. 바가지를 엎어놓은 듯 볼록한 상태였다. 물에 젖은 발로 잘 못 움직이면 미끄러져서 넘어질 수도 있었다. 좀 큰 파도가 치면 바닷물이 바위 위로 올라와 물의 감촉이 섬뜩했다. 오래 앉아있는 것도 별로 기분이 좋지 않았다.

저쪽 해변에서 볼 때는 물도 맑고 바위 옆 물속을 구경하면 좋을 것 같아서 힘들게 왔는데, 막상 와보니 그런 재미가 전혀 없었다. 후회스러웠다. 좀 더 생각해 보고 올 걸, 또 마누라가 가지마라고 할 때 오지 말 걸. 순간적으로 바위에 가보고 싶다는 욕심만으로 다른 생각 없이 왔다가 고생만 했다.

나는 평상시에도 무슨 일을 하고 싶으면 별로 깊이 생각하지 않고 바로 행동으로 옮기곤 한다. 신중하지 못한 성격 탓이었다. 생각해 보니 고스톱을 할 때도 함부로 고(go)를 잘 해서 바가지를 쓴 경우가 많았다. 심지어 부동산을 살 때도 소개한 사람이 알아서 추천한 것으로 믿고 바로 샀다가, 손해를 본 경우가 여러 번 있었다. 다음부터는 매사에 미리 좀 더 생각해보고 신중해야겠다고 마음속으로 다짐을 했다.

그래도 애들에게 내가 바닷속에서 직접 따 왔다고 주면 좋아할 것 같아 기분이 좋았다. 홍합이 지천으로 많은데 더 잡아봐야 가져갈 수도 없어서 크고 예쁜 것으로 2개만 챙겼다. 아들하고 딸에게 줄 것들이다.

돌아가야겠다는 생각을 하고 해변 쪽을 보니, 가는 길이 굉장히 멀어 보였다. 다시 되돌아 갈 길이 막막했다. 해변에서 애들하고 놀고 있는 아내가 보이면 손짓을 해서 고무보트를 최대한 좀 가까이 가져 오라고 했으면 좋겠는데, 아무리 살펴봐도 인파에 섞여있는 우리 가족들을 찾을 수가 없다. 할 수 없이 심호흡을 여러 번 가다듬고 나서 파도가 덜치는 순간에 물속으로 뛰어들었다.

다행히 해변으로 가는 길이라 파도가 등 뒤에서 치기 때문에 올 때보다는 훨씬 힘이 덜 들었다. 파도가 치면 오히려 뒤에서 밀어주는 것 같았다. 파도를 안고 올 때보다는 힘이 덜 들었지만, 그래도 수영장보다는 훨씬 더 힘들었다. 더구나 홍합을 양손에 하나씩 들고 수영을 하니 쏟아야 할 힘이 두 배였다. 10미터 정도만 더 가면 되었다. 그런데 또 힘이 빠지기 시작했다. 그렇다고 거기까지 애쓰고 가져온 홍합을 버릴 수도 없었다.

보통 때는 숨 한 번 쉬고 물속으로 가면 10미터나 20미터도 갈 수 있었다. 하지만 이미 힘이 빠져서인지 숨 한 번 쉬고 물속으로 들어가서 헤엄을 쳐봐도 4~5미터도 못 갔다. 더구나 홍합을 쥐고 헤엄치자니 앞으로 잘 나아가지를 못했다. 아무래도 홍합을 버려야겠다는 생각이 들었으나, 애들이 좋아하는 얼굴이 떠올라 차마 그럴 수가 없었다. 드디어 모래바닥이 얕게 보였다. 모래사장에 나와있으니 온몸에 힘이 쭉 빠졌다. 한참 동안 모래톱에 앉아 숨을 몰아쉬고 있는데 애들을 데리고 아내가 다가왔다.

"애들아 이거 봐라, 내가 저기 바위에 가서 따온 홍합이다."

"야. 홍합이다. 엄청 크다."

"그깟 홍합 두 개 잡으러 거기까지 갔다 왔어요. 애들하고 놀아나 주시지."

"아빠. 진짜 저기 바위까지 가서 잡아왔어요?"

"그래. 아빠가 직접 거서 잡아왔지."

그래도 애들이 좋아하는 걸 보니 일시에 피로가 확 풀렸다. 결국 죽을 고생을 해서 바위섬까지 갔다 왔으나, 처음에 생각했던 것과는 다르게 별 소득이 없었다. 만약에 이렇게 고생만 할 줄 알았더라면 처음부터 가지 않았을 것이다. 그 뒤로 몇십 년이 지났지만 지금도 하고 싶은 일은 신중하게 생각하기도 전에 이미 실행을 하고 있는 나를 자주 본다.

병어조림의 전설

오후 3시쯤 아내로부터 전화가 왔다.

"오른팔이 부러졌대요."

"뭐, 팔이 부러졌다고?"

친구들과 점심을 먹고, 카페에서 커피 한잔하려고 2층 계단을 올라가다가 넘어졌는데 팔이 부러졌다고 했다.

"너무 아프고 움직일 수가 없어서 가까운 정형외과를 갔더니, 엑스레이를 찍어보고는 자기들이 치료하기 어려우니 큰 병원으로 가라고 해서 지금 삼성병원 응급실로 가고 있어요."

"알았어요. 나도 바로 삼성병원으로 갈게."

근무 중 전화라 예감이 안 좋더니만 기어코 일이 벌어졌구나 싶었다. 응급실에 들어가 보니 아내가 친구들과 같이 서있었다. 응급환자가 많아 병상이 없어서 엑스레이 찍고 전문의 판독을 기다리고 있었다. 조금 있으니 아들 내외도 애들을 데리고 황급히 병원으로 들어왔다. 한참 후에 정형외과 의사가 엑스레이 사진을 보여주며 설명을 했다.

"오른팔 맨 위쪽 어깨 바로 밑의 뼈가 부러졌는데, 네 조각으로 복잡하게 부서져서 깁스만 해서는 안 되고 수술을 해야 될 것 같습니다."

정형외과 교수한테 수술을 받으려면 한 달 이상 기다려야 한다고 했다. 그렇게 오래 기다리면 안 좋으니, 삼성병원과 협치 지정병원으로 가서 가능한 빨리 수술을 하라고 했다. 어깨 바로 밑에 팔뼈가 여러 조각으로 부러졌다고 하면 간단한 수술은 아닐 것이라는 생각이 들었다. 갑자기 머릿속이 혼란스럽고 걱정이 앞섰다. 오른팔은 자주 쓰고 또 힘도 많이 받는 부분이었다. 수술을 잘못 하면 평생 고생할 수도 있다. 가능한 빨리 큰 병원에 가서 수술을 해야겠다는 생각만 들었다.

'골절이 되었으면 가능한 빨리 수술을 해야 할 텐데.' 한 달 이상 기다려야 수술을 할 수 있다니 난감했다. 아들이 병원과 관련된 사업을 하고 있었다. 4일 후인 추석 다음 날 특별히 수술을 받게 되었다. 꽤 복잡한 수술이었다. 아내가 아직 체력이 좋고, 수술이 잘되어 일주일 만에 퇴원했다.

퇴원은 했지만 아내는 오른팔을 전혀 못 움직였다. 커다란 석고붕대를 하고 있는 중상환자였다. 잠잘 때도 전혀 못 움직이게 해야 했고, 또 통증이 심해서 고생을 많이 했다. 더군다나 오른팔을 묶어놔서 왼손으로만 밥을 먹어야 하니, 젓가락질은 엄두도 못 내고 숟가락질도 서툴렀다. 퇴원하는 날 며느리가 국과 반찬 등 여러 가지를 준비해서 집에 가져와 챙겨 먹기만 하면 되었다. 3일 동안 며느리가 매일 분당에서 서울까지 와서 밥을 챙겨 주고 갔다. 그러나 고등학교 다니는 딸과 초등학교 다니는 아들을 키우고 있는 며느리가 그렇게까지 하면 너무나 바빠서 힘들 것 같았다.

"우리가 어떻게든 해볼 테니, 이제 매일 오지 마라."

"그래도 아직 불편하신데 어떻게 안 와요."

"괜찮아. 이제 어머니가 밥은 챙겨 먹을 수 있으니까, 우리가 할 수 있다."

"그러면 제가 이틀에 한 번씩 반찬은 해다 드리겠습니다."

아내는 오른팔을 전혀 못 써 밥을 해 먹을 수 없었고, 설거지도 전혀 못 했다. 설거지는 당연히 내 몫이 되고 말았다. 설거지도 처음 하니 쉽지 않았다. 우선 고무장갑을 껴야 하는데, 내 손이 커서 잘 들어가지 않았다. 설거지를 하고 난 다음에는 또 땀이 나서 잘 빠지지 않았다. 한참 실랑이를 한 다음에야 겨우 손을 뺄 수가 있었다.

결혼한 지 40년이 넘었지만, 내가 집에서 밥을 하거나 설거지를 해본 적이 없었다. 요즘 젊은 사람들이 들으면 어떻게 그럴 수가 있느냐며 의리도 없고 부인을 사랑하는 마음이 전혀 없는 못된 남편이라고 꾸중할 것이다. 그러나 변명이 아니라 우리가 자랄 때는 달랐다.

"남자가 부엌에 들어가면 '뭐'가 떨어진다."는 말을 쉽게 하곤 했다.

남자는 밖의 일을 하고 여자는 집안일을 하는 것으로 역할 분담이 되어있었다. 남자들은 물론 여자들도 그것이 당연한 것으로 알고 살았다. 업무분담에 대해 불평을 하는 사람도 없었다. 설거지를 며칠 하고 나니, 기왕이면 내가 아내에게 따뜻한 밥도 해주고 싶은 욕심이 생겼다. 내가 해준 밥을 먹고 아내가 좋아할 것을 생각하니 발길이 저절로 가벼워졌다. 퇴근하고 와서 쌀을 씻었다. 그러자 아내가 말렸다.

"햇반을 전자레인지에 돌리기만 하면 되는데, 뭐하러 고생스럽게 밥을 하려고 해요."

"뭐하긴, 당신한테 따뜻한 밥 좀 해주고 싶어서 그러지."

"그럴 필요 없어요. 그냥 햇반 먹어요."

아내의 잔소리를 뒤로하고 쌀을 깨끗이 씻어 전기밥솥에 넣었다. 중학교 다닐 때 자취했던 기억을 되살려 손등이 잠길 만큼 물을 붓고 스위치를 눌렀다. 내가 한 밥이지만 정말 햇반과는 비교가 안 될 만큼 맛있게 잘 되었다. 그날 저녁 아내는 밥을 맛있게 먹었다. 숟가락을 놓자마자 아내는 며느리에게 전화를 걸었다.

"너의 시아버지가 손수 밥을 해주셨단다. 내일은 아침에 해가 서쪽에서 뜰지도 모르겠다."

아내가 야단을 떨었다.

한 열흘 동안 밥도 하고 설거지도 하다 보니 아내에게 맛있는 반찬도 해주고 싶다는 생각이 들었다. 열흘 이상을 외출도 못 하고 집안에만 있으니 짜증스러울 수도 있겠다는 생각도 들었다. 기왕에 하는 일이라면 조금 더 수고를 해서라도 아내를 더욱 기쁘게 해주고 싶었다. 토요일에 친구들과 산에 갔다 오면서, 생선 가게에 들러 큼직한 병어를 한 마리 사 왔다. 병어조림을 해보고 싶었다. 생선이기 때문에 영양가도 좋을 뿐 아니라 맛도 있고, 또 잘만 하면 그 모양도 진짜 요리 같기 때문이다. 그동안 먹어봤던 맛과 모양에 대한 기억을 꼼꼼히 되살려 최대한 멋있고, 맛있게 만들어 보기로 작정을 했다. 우선 생선의 비린내를 없애기 위하여 병어를 소주와 식초를 섞은 물에 담가놓고 양념을 준비했다. 그런데 주방에서 찬장 어느 칸에 어떤 양념이 들어있는지 알 수가 없었다. 하는 수 없이 주방의 찬장 문들을 전부 다 열어놓고 찾기 시작했다. 마늘과 생강을 다지고 또 내 생각에 최대한 맛있게 될 것 같은 조리법을 생각하며 요리했다. 중간에 간도 여러 번 봤다. 싱거운 것 같아서 간장을 좀 더 넣었다가, 또 짠 것 같아서 물을 좀 더 넣기도 했다. 여러 번을 거쳐서 겨우 완성을 했다. 아내 같으면 30~40분이면 충분히 만들 것을, 병어조림 하나 만드는데 2시간이 넘도록 낑낑거리며 만들었다. 그래도 내가 만든 병어조림을 아내가 맛있게 먹고 좋아하고, 또 빨리 쾌차하였으면 좋겠다는 생각이었다. 시간 가는 줄 모르고 만들었다. 저녁을 먹으면서 식탁에 병어조림을 내놓으니 집사람이 깜짝 놀랐다.

"김치찌개나 된장찌개도 아니고, 어떻게 남자가 병어조림을 다 만들었어요?"

더군다나 모양이 일품요리 같이 너무 멋있고, 맛있게 생겼다는 것이다. 아내는 밥 먹을 생각은 안 하고 핸드폰을 꺼내다가 병어조림을 여러 컷을 찍어 며느리에게, 딸에게, 아들에게 계속 전송했다. 먹어보더니 아내가 말했다.

"보기에만 맛있는 게 아니라 정말 맛있다."

감탄을 하며 맛있게 먹었다.

"야! 너희 아버지는 정말 대단하시다. 못 하는 게 없으시다."

"여보, 정말 고마워요."

아내에게 칭찬까지 듣고 나니, 그 뒤로 아내가 깁스를 풀 때까지 한 달 동안 밥하고 설거지하는 것이 전혀 힘들지 않았다. 주부들이 음식 만드는 일을 힘들어하지 않는 이유는 어쩌면 가족들이 자신이 만든 음식을 두고 맛있게 잘 먹었다며 칭찬하기 때문이 아닐까 싶었다. 결국 아내의 팔 골절 사고는 불행의 씨앗이 아니었다. 그 사고는 오히려 부부간의 애정이 깊어지는 계기가 되었다.

2장

교통사고로
태어난 왕자

교통사고로 태어난 왕자

어려서 우리 집은 남쪽 하늘 아래로 무등산이 꽤 가까이 보이는 면사무소 바로 옆에 자리했다. 아버지는 고서면 전체에서 하나밖에 없는 잡화상 가게를 운영하고 계셨다. 가게에서 사탕, 과자 그리고 학용품을 비롯하여 제사 용품 등 여러 가지 생활 잡화를 판매하고 있었다.

6·25 전쟁이 나던 해, 내가 5살 때의 어느 화창한 봄날이었다. 우리 집 앞에 공무로 면사무소에 들린 광주 형무소의 지프차가 서있었다. 그날 아침에도 나는 여느 때와 같이 가게에 따라 나와 놀고 있었다. 평상시에 못 보던 지프차를 발견한 나는 호기심이 일었다. 나는 차 뒤꽁무니에 달려있는 붉은색 백라이트를 신기한 듯 만지며 놀고 있었다. 그런데 큰일이었다. 지프차의 운전수가 미처 나를 발견하지 못하고 후진을 시작한 것이다. 차가 후진을 하게 되자 뒤에서 백라이트를 만지작거리며 놀고 있던 나는 차에 밀려 뒷걸음치다가 넘어져 버렸다.

넘어지면서 곧바로 차 밑으로 쓸려 들어갔다. 차 뒷바퀴는 어린 나를 치고 넘어갔다. 순간 나는 "아아―"하고 외마디 비명소리를 질렀다. 운전기사는 깜짝 놀라 차를 세우고 내렸다. 가게에서 물건을 정리하고 있던 아버지도 비명소리를 듣자마자 황급히 달려 나왔다. 이미 바퀴가 어린 나의 가슴을 타고 넘어간 뒤였다.

차 밑에서 아이를 끄집어 내고 보니 코와 입에서 피를 토하며 신음소리만 겨우 내고 있었다. 울지도 못했다. 의식도 거의 없는 상태였다. 운전수도 아버지도 당황하여 어찌할 줄을 몰랐다.

"지석아, 지석아! 얘야, 얘야!"

다급하게 큰 소리로 부르며 애의 볼을 두드렸다. 아이는 눈을 감은 채 신음소리만 내고 있었다. 아버지의 다급한 목소리를 듣고 부엌에 있던 어머니도 뛰쳐 나왔다.

"뭔 일이요! 지석이가 왜요?"

어머니는 얼굴과 온몸에 피범벅이 된 아기를 부둥켜안고 울부짖으셨다.

"지석아! 지석아! 아이고 이를 어쩐다냐!"

부모님은 서둘러서 차에 나를 태우고 함께 광주 도립병원으로 갔다. 광주까지는 그리 멀지 않는 거리였다. 하지만 비포장 도로였다. 급히 달렸지만 30분이 지나서 병원에 도착했다. 병원에서는 환자를 받아 주지 않았다. 어린 나는 의식이 거의 없어 살릴 가망이 없어 보였다고 한다. 의사들은 진료를 할 엄두를 못 내고 있었다. 어머니와 아버지는 빨리 치료 좀 해달라고 울면서 애원했다. 그래도 의사들은 진료를 하려고 하지 않았다. 그러자 아버지는 별안간 자리에서 벌떡 일어나 병원 현관문 앞에 애를 내려놓았다. 그러더니 병원 옆 음식점으로 가서 소주 한 병을 들고 벌컥벌컥 들이마시기 시작했다. 그러고는 식칼을 쥐고 병원으로 달려가는 게 아닌가.

"애를 살려내라. 치료해 주지 않으면 다 죽여버리겠다."

아버지가 실성한 사람이 되어 고성을 지르며 난리를 치자, 의사들은 사고 날까 무서워서 일단 입원을 시키고 치료를 시작했다. 그래도 나는 그동안 워낙 튼튼하고 건강했기 때문이었을까. 천지신조님의 가호를 받아서였을까. 응급처리를 하고 얼마 지나지 않아 의식을 되찾고 지혈이 되기 시작했다. 그러나 의사들은 걱정을 많이 했다.

"이미 좌측폐가 파열이 될 정도로 심하게 다쳐서 쉽게 회복되기는 어려울 것입니다. 그리고 2차적으로 폐에 염증과 또 늑막염도 생길 텐데 이를 이겨낼 수 있을지 걱정입니다."

염증치료엔 페니실린이 신비의 주사약이었다. 8·15해방과 동시에 미군이 우리나라에 들어오면서 주사약도 한국에 들어와 있었다. 항생제를 전혀 쓰지 않았던 시절이어서 사람들에게 아직 항생제에 대한 내성이 생기지 않은 상태였다. 그래서 페니실린 주사약은 정말 신기하게 염증 관련 질병들에 사용할 때 치료가 잘되었다. 그러나 페니실린은 주사 한 대에 쌀 한 가마 값이나 하는 아주 비싼 약이었다. 그래도 애를 살려야 한다는 욕심으로 비싼 페니실린 주사를 매일 놓아서 폐의 염증을 치료할 수가 있었다.

결국 나는 완전히 죽었다가 다시 살아난 것이다. 어린애의 가슴 위로 지프차가 넘어가서 폐가 파열된 큰 사고를 당하고도 살아났으니 완전히 새로 태어난 것이나 마찬가지다. 동생들은 3살 때 일도 많이 기억을 하는데 나는 그 사고 때문인지 5살 이전의 기억을 전혀 하지 못한다. 파열된 폐는 복원할 수 없었지만, 염증치료가 잘되어 나는 거의 2달 만에 퇴원했다.

사고를 당한 후로 건강하던 나는 몸이 약해졌다. 많이 여위었을 뿐만 아니라 키도 덜 자라고 감기도 자주 걸리는 등 병치레를 많이 했다. 우리 집에서 장남인 데다가 몸이 약하기 때문에 완전히 왕자 노릇을 하고 살게 되었다. 밥을 먹을 때도 여름에는 다른 식구들은 꽁보리밥을 먹었지만, 나는 흰쌀밥을 먹었다. 우리 어머니는 밥을 지을 때 꼭 2층 밥을 지으셨다. 보리쌀 위에 쌀을 얹어 밥을 지어서 위의 쌀밥만 살짝 떠서 나의 밥그릇에 담으셨다. 그다음 할머니 밥을 뜨신 후에 나머지는 보리밥과 모두 뒤섞어서 다른 식구들의 밥을 푸셨다. 그래서 내 밥은 흰쌀밥에 보리쌀이 한두 개 섞여있는 정도였다. 할머니 밥은 쌀밥과 보리밥이 반반이었지만, 다른 식구들의 밥은 보리밥에 쌀밥이 몇 톨 섞여있는 형국이었다. 그러니 밥 먹을 때마다 내가 조금만 딴청을 피우면 바로 밑의 남동생이 내 쌀밥을 한 숟갈씩 잽싸게 떠먹곤 했다. 그럴 때마다 동생은 어머니한테 혼쭐이 났다. 지금 생각하면 동생들한테 너무 미안한 일이었다.

나는 우리 집에서 밥 먹을 때만 특별대우를 받는 것이 아니었다. 아버지는 수시로 장어를 잡아다가 구워주었다. 또 어른 팔뚝보다도 더 큰 잉어를 고아서 몸보신을 시켜주기도 하셨다. 또 꿀을 사다가 먹도록 해주셨다. 그런데 나는 몸이 약해서 그랬는지 애써 해주신 것들은 비위가 약해서 잘 먹지를 못했다. 그때마다 잘 안 먹는다고 야단을 맞았다.

초등학교 다니는 동안 학교에서도 6년 내내 왕자 노릇을 했다. 나는 공부를 꽤 잘하기도 했지만, 아버지가 그 초등학교 육성회장이었다. 당시 육성회장은 학교에서 꽤 권위가 있었다. 또한 내가 교통사고로 죽었다 살아난 학생이라는 것이 학교에 소문나 있었다. 키도 작고 몸이 약해서 힘도 없었지만 어느 누가 나를 감히 때리거나 건드리지를 못했다.

나는 학교를 다니는 동안 몸이 약해서 병치레가 잦았다. 매년 결석을 많이 했다. 그래서 초등학교 6년 동안 단 한 번도 개근상은커녕 정근상도 한번 타지 못했다. 그때 나는 매년 우등상을 꼬박꼬박 받았지만 개근상이 그렇게 부러울 수가 없었다.

몸이 약한 것이 한스러웠고 건강한 사람이 부러웠다. 성인이 되고 보니 인생을 살아가는 데 몸이 약한 것이 좋은 점도 있었다는 생각이 든다. 나는 어려서부터 몸이 약했기 때문에 항상 건강에 신경을 많이 쓰고, 모든 일에 무리하지 않으려고 조심하며 운동도 남보다 더 열심히 했다. 성년이 되면서부터 체격은 건장하지는 않았지만 건강을 완전히 되찾았다. 부모님으로부터 DNA를 잘 타고나서 고혈압이나 당뇨병 등 성인병도 없었다. 그래서 나이가 든 지금은 친구들보다 오히려 더 건강한 상태가 되었다. 어려서 몸이 약했기 때문에 평소에 몸조심하고, 운동도 열심히 한 덕분에 나이가 든 뒤에 더 건강하게 되었다. 전화위복이라는 생각이 든다.

젊어서 건강한 사람이 오히려 건강을 빨리 잃게 되는 경우가 많다. 자만심 때문에 건강에 조심을 덜 하고 몸을 함부로 굴리다 보면 그럴 수가 있다. 그리고 보면 '고르롱 80'이라는 옛말이 맞는 것 같다. 친구들에게 내가 어렸을 때 교통사고가 나서 죽었다 살아났으며, 후유증으로 좌측 폐가 전혀 기능을 못 하고 있어서 한쪽 폐만 가지고 산다, 그래서 후유증으로 군대도 못 갔다고 하면 친구들은 깜짝 놀라며 믿으려 하지 않는다.

"그래? 우리보다 오히려 네가 훨씬 더 건강한데. 골프도 잘 치고 등산도 잘하고 술도 더 잘 마시고…."

실제로 나는 꾸준히 건강을 조심해서인지 젊었을 때보다 60이 넘어서가 더 건강한 편이다. 그렇지만, 지금도 사고가 난 계절인 봄만 되면, 폐와 기관지가 약해서 온다는 알레르기 비염에 걸린다. 매년 1~2주씩 콧물과 재채기로 고생을 많이 한다.

아들이 초등학교 4학년, 딸은 1학년 때였다. 겨울 방학 때

스키장에 처음 간 날

스키장에 갔다. 그날은 겨울인데도 춥지 않았다. 봄 날씨같이 포근해서 아내와 같이 서울에서 가까운 양지스키장에 갔다. 애들은 스키장을 한 번 다녀왔지만 나는 내 평생에 처음이었다. 그때만 해도 우리나라에는 스키 타는 인구가 그렇게 많지 않았으며 스키장도 몇 군데 되지 않았다. 우리 애들에게는 스키를 좀 가르쳐주어야겠다는 생각이 들어서 일부러 갔다. 방학이라서 그런지 스키장에는 형형색색의 스키복을 입은 사람들이 아주 많았다. 영화에서만 보던 그런 모습들이었다.

스키장에 도착한 후 스키를 빌려서 아들과 딸에게 스키를 타 보도록 했다. 그러나 애들이 스키장을 전년도 겨울에 한 번밖에 안 가봐서 그런지 스키를 잘 타지 못했다. 스키장 초입의 평지에서 10여 미터를 스틱으로 겨우 밀고 다니는 정도였다. 다른 사람들은 리프트를 타고 위로 올라가서 슬로프를 타고 멋지게 내려오는데, 우리 애들은 밑에서 엉거주춤 타고 있었다. 다른 사람들같이 쭉 미끄러지듯이 타는 것이 아니라, 평지에서 갓난아기 걸음마 배우듯이 엉거주춤하고 걷는 속도보다도 더 느리게 탔다. 스키를 타는 것이 아니라 넘어지지 않으려고 겨우 버티고 서있는 정도였다.

"너희들은 왜 리프트를 타고 저 위로 올라가지 않냐. 한번 올라가서 타고 내려와 봐라."

"우리는 잘 못 타니까 갈 수가 없어요. 아직 못 가요."

애들은 아직 스키를 제대로 배우지 못해서 무서워서 올라가지 못하고 있었다. 넘어지는 것에 너무 신경을 쓰다 보면 스키를 못 배울 것 같았다. 넘어졌다가 다시 일어나는 요령만 익히면 더 잘 배울 수 있을 것 같았다. 넘어지는 것에 대한 두려움을 이기고 어느 정도의 속도에 대한 무서움을 없애야만, 스키를 잘 탈 수 있을 것 같은 생각이 들었다. 애들에게 용기를 주기 위해서 일부러 리프트를 타고 맨 위에까지 올라가 보자고 했다. 나는 스키를 한 번도 타본 경험이 없었다. 옛날에 시골에서 대나무로 만든 발썰매를 눈밭에서 밀고 다녀본 경험이 전부였다. 발썰매를 타는 방식으로 밀고 다니면 되겠지 하는 생각을 했다. 용기를 내어 나도 스키를 빌려서 신었다. 스키를 신고 일어서자마자 어떻게 미끄러운지 금방 쭉 미끄러져 넘어지고 말았다. 지금 생각하면 무모한 짓이었다. 다시 스틱을 짚고 겨우 일어났다. 하지만 가만히 서있기도 힘들었다. 어렸을 때 시골에서 대나무로 만들어서 타 봤던 발썰매하고는 천지 차이로 더 미끄러웠다. 가만히 서있어도 금방 미끄러질 것 같아서 양손으로 스틱에 힘을 잔뜩 주고 겨우 버티고 있었다. 다른 곳을 쳐다보려고 고개만 들어도 또 미끄러지려고 했다. 그러자 애들이 알려주었다.

"아빠. 스키를 A자로 하고 서 있으세요. 그래야 안 미끄러져요. 그리고 또 스키가 밀려갈 때에도 A자로 만들면서 발 안쪽에 힘을 주면 멈추게 돼요."

애들이 가르쳐준 대로 스키를 A자로 만들고 있으니 덜 미끄러졌다. 아무리 나이가 많아도 모르면 애들한테도 배워야 된다는 말이 맞았다. 애들은 1년 전에 한 번 타봤다고 그 정도는 알고 있었다. 애들이 가르쳐준 대로 몇 미터를 밀고 다녀봤지만 사람들이 많아 거치적거려 타기도 힘들고 평지에서 겨우 밀고 다닐 정도로 타고 있으니 재미도 없었다.

"영국아. 우리 리프트 타고 저 위로 올라가 보자."

"에이. 안 돼요. 무서워서 못 가요."

"아빠하고 같이 가면 괜찮아. 내가 잡아 줄게"

"아빠는 스키도 못 타시잖아요."

"그래도 살살 타면 괜찮아."

8살인 딸은 어리니까 놔두고, 11살인 아들만 데리고 리프트를 타기 위해 줄을 섰다. 막상 올라가려고 하니 나도 겁이 났다. 어떻게 보면 정말로 무모한 짓이었다. 스키를 평생에 단 한 번도 타 보지도 않았고, 또 단 1시간도 배우지도 않은 사람이었다. 무작정 리프트를 타고 슬로프 위로 올라가려고 하는 것은 정말로 위험한 짓이었다. 하지만 위험하다는 생각은 전혀 들지 않았다. 만약 그때 위험하다는 생각을 했더라면 올라가려고 하지도 않았을 것이다. 다만 아들에게 용기를 주기 위해, 또 언젠가는 올라가 봐야 내가 없어도 올라갈 수 있을 것 같은 생각이었다. 또 올라가서 내려오며 많이 넘어져 봐야 스키를 제대로 배울 수 있을 것이란 생각에 결정한 거였다. 아내도 염려스러운 말투로 만류를 했다.

"스키를 탈 줄도 모르는데 어떻게 저 위에까지 올라가려고 해요."

"스키를 살살 타다가 잘 안되면 일부러 옆으로 넘어지면 돼요."

스키를 밀고 가다가 넘어져서 일어나는 방법을 몇 번 더 연습해 보고, 또 스키를 A자로 만들어 속도 줄이는 법을 애들에게 몇 번 더 배웠다. 곧바로 아들과 둘이서 리프트를 타고 정상으로 올라갔다. 리프트에서 내리는 순간 스키가 바닥에 닿자마자 꽈당, 하고 미끄러져서 뒤로 넘어졌다. 보조원의 도움으로 겨우 일어났다.

슬로프 위에 서서 아래를 내려다보니 아찔했다. 밑에서 쳐다볼 때는 그렇게 경사가 급하게 보이지 않았는데 막상 위에 올라와서 내려다보니 도저히 스키를 탈 엄두가 나지 않았다. 그렇다고 아들 앞에서 무서워서 못 타겠다는 약한 모습을 보여줘서는 안 되겠다는 생각만 들었다.

"영국아. 밑으로 막 바로 타고 가지 말고, 저 왼쪽 옆 끝으로 가서 일부러 넘어져. 그리고 거기서 일어나서 다시 이쪽 옆으로 또 와서 넘어지는 방법으로 내려가자. 내가 앞에 갈 테니 아빠를 따라와. 절대로 밑으로 가지 말고 옆으로 가야 한다. 그리고 속도가 빨라지면 일부러 넘어져라."

평지인 밑 부분과는 다르게 경사가 급해서 서있기도 힘들었다. 왼쪽 옆으로 방향을 잡고 스케를 살짝 밀었다. 그러자 어려서 시골에서 대나무로 만든 발스키와는 다르게 엄청난 속도로 미끄러지기 시작했다. 몸은 아직 뒤에 있는데 발만 먼저 앞으로 쭉 미끄러져 나갔다. 눈 깜짝할 사이에 넘어져 버렸다. 경사 아래로 몇 바퀴를 구른 다음에 겨우 멈추었다. 경사가 급한 슬로프라 일어나기조차 너무나 힘들었다. 폴대에 의지해 힘을 많이 주고 일어나려고 하다가 또 미끄러져 넘어지고 말았다.

그러기를 몇 번이나 해서 겨우 일어나기는 했다. 어찌어찌 일어나서 발만 앞으로 미끄러지는 것을 막기 위해 허리를 잔뜩 수그리고 서봤다. 또다시 내가 스키를 밀지도 않았는데 감당할 수 없이 빠른 속도로 앞으로 미끄러져 나갔다. 순간 이렇게 계속 미끄러져 내려가다가 큰일 나겠다 싶어서 일부러 옆으로 넘어졌다. 몇 바퀴를 구른 다음 겨우 정신이 좀 들어서 아들을 쳐다봤더니 아들도 스키를 타는 것이 아니라 거의 뒹

굴고 있었다. 그렇다고 내 몸도 전혀 못 가누는 형편이라 애를 도와줄 방법이 없었다.

아들에게 용기를 준다는 욕심으로 이렇게 높은 곳으로 끌고 와서 고생을 시키고 있는 것이 후회스럽고 미안하기만 했다. 나는 아들에게 어떻게 해줄 수가 없어서, 저쪽에서 일어나려고 안간힘을 쓰고 있는 아들에게 큰 소리만 질렀다.

"영국아. 절대로 밑을 향해 서지 말고 옆으로 서야 한다."

나도 계속 다시 일어나서 또 반대편 방향으로 스키를 타고 가다가 일부러 넘어졌다. 슬로프를 가로질러 가다가 넘어져서 다시 일어나고 또 가다가 넘어지면서 다시 일어나고, 이렇게 지그재그로 수십 번을 되풀이하면서 슬로프를 내려오고 있었다. 내려오는 도중에 내가 무모한 짓을 했구나 싶은 생각이 수 없이 들어서 아들 보기도 미안했다.

그렇게 반 구르면서 고생하다 보니 그래도 거의 밑에까지 내려오게 되었다. 이제 경사도 완만하고 10~20미터도 안 남았다.

"이 정도야."

스키를 한번 쭉 밀며 내려와 봤다. 금방 가속이 붙었다. 속도를 줄이려고 스키를 A자로 하려고 해도 잘 되지도 않고, 또 겨우 A자로 만들어봐도 속도가 전혀 줄어들지 않았다. 사람들도 옆에 많기 때문에 나도 모르게 "어~" 소리만 지르며 이러지도 저러지도 못하고 계속 가속이 붙어 내려가고 있었다. 결국 마지막 내리막 끝 지점에 설치해 놓은 울타리를 들이받고 넘어졌다. 누가 볼까 정말 창피해서 얼굴을 들 수가 없었다. 슬로프에서 내려올 때는 일부러 넘어져도 사람들이 잘 몰라보았지만, 사람들이 가까이서 보고 있는데 제동방법도 몰라서 나무토막같이 미끄러져 울타리를 탁 들이받고 넘어지니 정말 망신스럽고 창피했다. 하마터면 크게 다칠 뻔했다. 다행히 그렇지는 않았다. 옆에 아는 사람도 없어서 다행이었다.

아들에게 용기를 북돋아 주기 위해서 올라갔다가, 결국은 무모한 짓으로 끝난 것에 대해 마냥 미안한 생각만 들었다. 더구나 밑에서 쳐다보고 있던 집사람은 내가 겨우 일어나 가까이 다가가자 눈을 흘기며 한참을 나무랐다.

"그렇게 무모한 사람이 어디 있어요. 스키를 단 1시간도 배우지 않은 사람이 리프트를 타고 저 위에까지 올라가다니. 더구나 애까지 데리고 가서…. 그러다가 다치기라도 했으면 어쩔 뻔했어요."

아들도 넘어지고 일어나기를 수십 번이나 했지만 다행히 다치지 않고 다 내려와서 정말 다행이었다. 무모한 아빠 때문에 고생을 너무나 많이 한 아들을 보는 순간 눈물이 핑 돌았다. 나는 아들을 꼭 껴안아 주었다.

"영국아! 아빠 때문에 고생 많이 했지. 미안하다. 그래도 안 다쳐서 다행이다."

고생은 많이 했어도 나와 아들은 스키를 타다가 넘어지는 방법과 일어나는 방법을 완전히 터득하게 되었다. 내려올 때는 경황이 없어서 전혀 의식을 못 하고 있었는데, 정신을 차려보니 온몸이 흠뻑 젖어있었다. 땀이 줄줄 흘렀다. 덕분에 그 뒤로 나와 아들은 남들보다 스키를 빨리 배웠다.

검정고무신 흰 운동화

난생처음으로 가족들과 함께 광주 무등산으로 등산을 가게 되었다. 요즘은 등산이 생활화되어 있어서 주말이면 등산인파가 온 산을 누비고 있지만, 그때는 등산을 가는 사람들이 거의 없었다. 특히 시골에 사는 사람들은 등산을 해야 할 이유가 없었다. 매일 논밭에서 일을 하며 살았기에 운동을 하기 위해서 산에 갈 필요가 전혀 없었다. 우리 부모님은 물론 동네 사람들도 등산을 전혀 다니지 않았다. 나는 눈만 뜨면 우리 집에서 남쪽으로 보이는 광주 무등산 정상을 가보고 싶었다. 무등산 밑에 위치한 소쇄원은 초등학교 소풍 때 자주 다녔다. 중턱에 있는 원효사도 몇 번 가보았다. 하지만 정상에 있는 서석대는 한 번도 못 가봤다. 어느 날 나는 지역에서 제일 높은 산인 서석대를 가보고 싶어졌다.

첫 번째 등산을 한 것은 중학교 2학년 때였다. 부모님을 여러 번 조른 결과였다. 등산은 내 인생의 사건이었다. 여름 방학이 끝나갈 무렵, 부모님과 함께 무등산으로 출발했다. 나는 헌 운동화를 신고 갔다. 부모님께서 사준 새 운동화가 있었지만, 신지 않았다. 산에서 긁히거나 찢어질까 아까웠기 때문이다. 새 신은 선반 위에 놔두고 뒷부분이 거의 다 헤진 헌 운동화를 꺼냈다. 헌 운동화도 평지를 걸을 때는 별문제가 없었다. 하지만 경사진 산을 오를 때가 문제였다. 한참 오르기 시작하니, 발의 무게가 자연스레 뒤쪽으로 밀리면서 발뒤꿈치 부분이 다 낡기 시작했다. 실오라기 몇 개만 남아 곧 떨어져 버릴 것만 같았다. 신발 뒤쪽으로 발이 밀리지 않도록 발가락에 힘을 주어 조심조심 걸었다. 아무리 조심을 하고 발가락에 힘을 주어봐도 오르막길에서는 어쩔 수 없었다. 발이 뒤로 밀려가지 않을 수가 없었다.

무등산 등산길의 절반도 못 갔을 즈음, 운동화 뒤꿈치는 실오라기 하나 남지 않고 완전히 떨어져 슬리퍼가 되고 말았다. 그때부터 즐거워야 할 등산길이 고통의 길이 되었다. 우거진 숲과 맑은 공기도 즐기며 멋있게 피어있는 야생화도 구경하고, 계곡에 흐르는 물소리도 들으면서 산행을 해야 산에 오르는 멋이 있다. 그러나 나는 그런 걸 즐길 겨를이 없었다. 나의 온 신경은 신발에 쏠려있었다. 어떻게 하면 신발이 벗겨지지 않을까, 하는 생각에 신경이 곤두섰다.

칡넝쿨로 운동화를 동여매고 걷기 시작하니 신발이 덜 벗겨졌다. 그러나 정상 부근이 가까워지자 너덜강 지역이 나왔다.

너들강은 산비탈에 크고 작은 항아리만 한 바위들이 많이 널려있는 돌밭을 말한다. 너들강의 돌과 돌 사이를 풀쩍풀쩍 뛰면서 갔다. 묶어둔 칡끈마저 떨어져 나가는 바람에 신발이 벗겨지곤 했다. 벗겨진 신발이 저만큼 날아간 경우가 한두 번이 아니었다. 그 험한 너들강에 대해 멋있게 읊은 시인도 있었다.

많은 물이 흘러야 강인가요
돌이 흘러 한곳에 모인 돌밭도 강이지요

산바람 불어 더욱 시원한 곳
졸졸 물소리 들리나
물줄기 찾을 수 없는 너들강

우르릉쾅 벼락 맞아
집채만 한 암반이 산산이 부서져
너들강이 됐나요?

— 곽태성, 「너들강」

　나에게는 즐거운 산행이 아니라 정말로 고행길이었다. 고생 끝에 정상인 서석대 바위 위에 올랐다. 시원한 바람이 땀방울 어린 그간의 고통을 씻겨주었다. 사방을 둘러보니 온 세상이 내 발치에 있었다. 그렇게 먼 존재처럼 느껴졌던 지리산도 산

너머 산속에 넓고 웅장하게 자리를 잡고 있었다.

구경하는 재미도 잠시였다. 다시 내려갈 일이 걱정이었다. 칡넝쿨을 넉넉히 뜯어다가 단단히 동여매고 하산을 시작했다. 발에 얼마나 힘을 주고 걸었는지 나중에는 허벅지와 장단지가 아파서 걷기가 힘들었다. 무등산을 다녀와서 며칠간을 절뚝거리고 다녔다. 새 운동화를 신었더라면 그런 힘든 고생을 안 했을 텐데, 많이 후회스러웠다. 방학이 끝나 학교에 갈 때 산에 가서 긁히지 않은 깨끗한 새 운동화를 신게 되니 다행이었다. 아마 요즘 사람들은 그런 상황을 도저히 이해를 못 할 것이다.

"아니, 산에 갈 때는 당연히 새 운동화를 신어야지, 왜 헌 신발을 신고 가서 그 고생을 해?"

누군가는 내게 이런 핀잔을 줄지도 모른다.

1960년대는 시골에서는 검정 고무신도 손쉽게 사지를 못했다. 밑창이 다 닳아 구멍이 나도 구멍 난 신을 더 신어야 했고, 찢어지면 실로 꿰매서 신고 다니기가 일쑤였다. 시골에서 운동화는 구입하기 어려운 귀한 신발이었다. 신발은 소득수준을 알아보는 좋은 척도가 되는 것 같다. 소득수준이 낮은 아프리카나 캄보디아 등 동남아의 일부 지역에서는 아직도 신발 없이 맨발로 다닌다. 우리나라도 옛날엔 아주 오랫동안 천 년이 넘도록 짚신을 신었다. 짚신은 짚으로 엮어서 만든 신발이다. 간신히 맨발을 면한 정도다. 흙먼지는 물론 물기도 바로 다 들어오는 정말 원시적이고 열악한 신발이었다. 소재가 짚이라 내구성도 없어서 그나마 한 달도 신기 힘들다. 그래서 옛날에 과거시험을 보러 서울로 갈 때는 짚신 여러 켤레를 봇짐에 매달고 가야만 했었다.

일제 강점기에 와서야 고무로 만든 신발이 나왔다. 그것이 바로 검정고무신이다. 그때도 동네에서 한두 집 정도 부자들은 흰 고무신을 신었다. 흰 고무신은 검정고무신보다는 두 배나 더 비쌌다. 신발만 보면 그 집이 부자인지 아닌지 금방 알 수 있었다. 어느 사회건 소득수준이 높아지면 신발에 멋을 부리기 시작한다. 여자들의 신발 뒤축이 높아진 걸 보면 소득 수준을 알 수 있다. 실용성보다 멋을 생각하기 때문이다. 신발 가격의 수준은 소득수준만이 아니라, 그 사회의 교환가치, 물가 수준을 나타내기도 한다.

술자리에서 가끔 화제로 등장하는 말이 있다. '성매매 여성들의 몸값은 어느 나라나 그 나라의 구두 한 켤레 값 정도'라는 설이다. 어느 경제학자가 내 놓은 슈즈가설(shoes hypothesis)로 잘 알려져 있다. '그 나라의 구두 값과 실제 국민소득은 다 달라도 그 나라 여성들의 화대는 그 나라 구두 가격과 비슷하다'는 연구결과에서 나왔다는 것이다. 슈즈가설은 어떻게 보면 허무맹랑한 것 같지만 대부분의 남성들이 일리 있다고 고개를 끄덕이고 있다. 그만큼 구두가격이 소득수준을 잘 나타낸다고 볼 수 있다.

10여 년 전까지만 해도 교회나 음식점 같은 곳에서 신발을 잊어버린 경우가 많았다. 손님이 많은 어떤 음식점에서는 아예 비닐봉지에 신발을 싸 가지고 들어가도록 하는 식당도 있었다. 기발한 아이디어로 신발을 절대 안 잊어버린 비책을 가지고 있는 사람도 있었다. 그분은 자수성가하신 모 대기업 회장님이셨는데, 평소에 굉장히 검소하게 사시는 분이셨다. 점심은 자장면이나 설렁탕으로 때우면서도 평소 검소함과는 다르게 구두는 최고 비싼 것을 신고 다녔다. 그렇게 비싼 신발을 신고 다니다가 잊어버린 적은 없느냐고 물어봤더니 이렇게 대답했다.

"나는 절대로 신발을 잃어버린 적이 없어요."

"무슨 비결이라도 있나요?"

"있지. 장례식장이나 큰 식당같이 사람이 많이 모인 곳에 들어가면 신발을 벗어놓을 때, 한 짝은 왼쪽 구석에 벗어놓고 다른 한 짝은 오른쪽 구석에 벗어놓고 들어가요. 그러면 절대로 잊어버리지 않아요. 나는 아직 신발을 단 한 번도 잊어버린 적이 없어요."

그 말을 들은 뒤로는 나도 그렇게 하고 다닌다. 그 이후부터 신발 잊어버릴 염려에서 벗어나게 되었다.

소득수준이 높아지면 고가의 신발을 신게 될 뿐만 아니라, 신발 개수도 많이 늘어난다. 옛날에는 신발 한 켤레를 다 떨어질 때까지 신었다. 요즘은 거의 다 신발이 몇 켤레씩 있다. 나도 신발이 10켤레가 넘는 것 같다. 일반구두와 골프화는 계절별로 따로 있고, 등산화와 운동화도 일반 워킹용과 조깅용이 따로 있다. 나만 그런 것이 아니다. 요즘 사람들은 거의 그렇다.

아마 신발이 제일 많기로는 이멜다 여사가 최고일 것이다.

필리핀의 독재자 페르디난드 마르코스가 실각하여 미국으로 도망을 갔다. 시위대가 대통령 관저에 들어가 보니 이멜다 여사의 구두가 무려 3,000켤레나 있었다. 해외토픽에 크게 보도되었다. 구두에 관한 기사로는 아마 전무후무한 톱뉴스였을 것이다. 이멜다를 두고 겉으로는 욕을 하면서도 내심 부러워하는 여자도 많았을 것이다.

나도 어렸을 때 신발에 대한 애환이 있었다. 그래서 어른이 된 지금도 옷이나 모자보다는 유독 신발에 더 많은 애착을 갖고 또 욕심을 부리는 경향이 있다.

나는 탈영병이었다

고등학교를 졸업한 다음 해인 1967년 봄에 군 입대영장이 나왔다. 대학을 다니는 사람들은 졸업할 때까지 입대 연기가 쉬운 편이다. 하지만 나는 대학을 못 가 군 입대연기 사유가 없었다. 1~2년쯤은 무슨 핑계를 대든지 연기를 꼭 하려고 했으면 할 수도 있었다. 그러나 나는 대학을 못 간 형편이었기 때문에 차라리 군대나 가버리자는 생각을 했다.

"대학 갈 형편도 못 되고 크게 할 일도 없으니, 차라리 군대나 가서 잊어버리자."

이러한 현실도피 의식이 내 머릿속을 꽉 메우고 있었다. 자포자기의 심정으로 영장을 들고서 집결장소인 광주 모 초등학교 운동장으로 갔다. 병무청 직원과 논산훈련소 군인들이 나와서, 징집자 명단과 참석자를 일일이 다 대조하면서 줄을 세우고 있었다. 약 200명 정도 되는 것 같았다. 징집자와 불참자 대조가 다 끝난 다음에 병무청 직원이 큰 소리로 말했다.

"몸에 이상이 있어 군대 가기 힘든 사람은 앞으로 나오세요."

어디가 아파서 지금 당장 군대를 가기 어려운 것으로 판단이 된 사람은 일단 그날 징집을 보류하고 나중에 신체검사를 한 다음에 다시 영장을 발부하려는 것 같았다. 사실은 나도 어렸을 때 교통사고 후유증 때문에 엑스레이 상으로 보면 큰 병을 앓고 있는 것처럼 보였다. 아프다는 엄살을 부리면 그때 바로 군대를 안 갈 수도 있을 것 같다는 생각이 들었다. 하지만 그러고 싶지 않았다. 군대 갈 나이가 된 새파랗게 젊은 놈이 어디가 아프다고 손을 들고 나가기도 싫었고, 또 대학도 못 가고 희망도 없는 지금 내 형편에 군다내 가자는 생각엔 변함이 없었다. 지금 당장 몸이 많이 아픈 몇 사람을 제외한 나머지 징집자들과 함께 광주역으로 가서 논산행 기차를 탔다.

논산 훈련소로 가는 기차 안에서 이런저런 생각을 하니 만감이 교차했다. 대학에 들어간 친구들은 다 군 입대를 연기해서 지금 군대를 안 가는데, 나만 군대에 들어가 있어야 된다는 생각을 하니 앞이 캄캄했다. 순간 걱정이 엄습해 왔다.

'나의 진로도 정해지지 않은 상태에서 이대로 군에 가 3년을 썩고 나오게 되면, 그때 가서 나는 무엇을 할 수 있단 말인가?'

생각할수록 마음이 불안하고 답답해졌다. 지금 당장 대학을 못 가고, 희망이 없어 보여서 군대나 가버리려고 생각을 했었다. 그러나 군대에 가서 3년 후에 제대를 하게 되면 그때는 더 희망이 더 없을 것 같았다. 그러자 머릿속이 극도로 혼란스러웠다.

"이대로 군대를 가게 되면 큰일이다.", "내 인생은 그것으로 끝이다. 희망이 없다."

가슴이 답답하고 불안하여 안절부절했다. 그러다가 갑자기 딴생각이 들었다.

'어떤 수단을 쓰든지 이 대열에서 빠져나와야 한다. 이대로 논산훈련소에 들어가면 안 된다.'

절박감을 느끼는 순간이었다. 기차에서 뛰어내려 도망가 버릴까 생각했다. 밖을 내다보니 차마 내가 뛰어내릴 정도의 속도가 아니었다. 하지만 이렇게 논산훈련소로 끌려가면 내 인생은 정말 끝이라는 강박관념이 짙어졌다. 그것이 나를 극단적인 생각으로 치닫게 했다. 가슴이 두근거리고 호흡이 거칠어졌다. 차창 밖으로 지나가는 풍경이 전혀 눈에 들어오지 않았다. 초점 잃은 눈만 멍하니 뜨고 있었다. 어찌 해야 할까. 이럴까, 저럴까. 여러 가지 방법을 생각하다가 어느덧 논산역에 도착했다.

논산역에 도착하자 3열 종대로 줄을 서서 논산훈련소를 향하여 걸어가기 시작했다. 이대로 논산훈련소로 끌려가게 되면 내 인생은 끝이다. 어떤 방법을 써서라도 대열에서 도망가야 된다. 나는 기회만을 노리며 걸었다. 도망가기 용이하게 일부러 맨 오른쪽 줄에 서서 걸어갔다. 우리를 인솔해 가고 있는 앞에 서있는 군인과 뒤에서 따라오는 군인을 여러 번 살펴보았다. 내가 보기에 포로를 끌고 가듯이 그렇게 삼엄한 경계를 하지는 않는 것 같았다. 앞에 서서 가는 군인과 뒤에서 따라오는 군인을 살피면서 계속 도망갈 기회만 노리고 있었다.

만약 도망가다가 붙들리게 되면, 나는 탈영병이 될 것이다. 그러면 정말로 내 인생은 그것으로 끝장이 되어버릴 수도 있다. 무섭고 떨렸다. 심장이 무섭게 요동을 쳤다. 호흡도 흐트러지면서 이성을 잃어가고 있었다. 도망가야 하나, 말아야 하나. 머릿속이 혼란스러웠다. 그러나 점점 이 길로 군대로 들어가 버리면 내 인생은 끝이라는 불안한 마음이 나를 계속 옥죄었다. 그 무렵 3열 종대로 가는 일행이 좁은 길로 들어가게 되었다. 얼마 동안 지나가자 오른쪽으로 조그만 골목길이 보였다. 나는 순간 바로 이때다 하는 생각이 들었다.

"아이쿠, 오줌 마려워 못 참겠다!"

말을 크게 하며 골목으로 뛰어 들어갔다.

만약 옆에 서서 같이 가던 일행이 알리면 바로 잡힐 수도 있었다. 잡히면 '오줌이 너무 마려워서 할 수 없이 화장실 가려고 했다'고 변명할 생각을 하고 뛰었다. 골목길로 들어가서 또 오른쪽 골목길로 가다가, 다시 또 왼쪽 골목길로 계속 우리 대열이 있는 곳과는 반대 방향으로 앞만 보고 빠른 걸음으로 걸어갔다. 뛰어가면 사람들이 이상하게 생각할 것 같았다. 아마 그 정도로 빨리 걸어갈 수만 있다면 올림픽 경보 선수로 출전

해도 될 것이다. 골목길을 한참 가다 보니 여인숙이 보였다. 나는 태연하게 여인숙으로 들어갔다. 입구에서 최대한 먼 쪽의 방을 얻었다.

설령 일행이 고자질을 하지 않았더라도, 훈련소에 도착한 다음에 인원을 점검하고 난 뒤에는 분명히 한 사람이 도망갔다는 것을 알게 될 것이다. 그러면 헌병들이 나를 잡으러 올 것이라는 생각에 불안해서 가만히 앉아있을 수가 없었다. 여기에서 나가 더 멀리 도망가야 하나. 아니, 그러다가 오히려 발각되기 쉬울 수도 있다. 머릿속이 혼란스러웠다. 한편으로는 도망 와버린 것이 후회스럽기도 했다. 이제라도 논산 훈련소로 찾아가야 할까. 그러나 훈련이 고되다는데 탈영했다가 돌아온 놈이라고 내놓고 혼쭐낼 것 같은 생각이 들었다. 그렇지 않아도 몸이 약한 내가 도저히 견뎌내지 못할 것 같았다.

벌써 저녁이 되었지만 저녁밥 먹을 생각도 할 수가 없었다. 여인숙에 사람이 들어오는 인기척만 나도 나를 잡으러 온 헌병 아닌가 하는 두려움이 들었다. 긴장 속에 목이 말랐다. 여인숙 종업원이 이상하게 생각할까 봐, 물을 더 달라는 말도 하지 못했다. 방구석에 조용히 쭈그리고 앉아있었다. 대열에서 도망 나온 지역에서 더 먼 곳으로 도망가야 된다는 생각만 들었다. 허나 이미 통행금지 시간이 되어버렸다. 통행금지 시간만 지나면 바로 여기서 몸을 피해야겠다는 생각을 하고 자리에 누웠다. 하지만 잠이 전혀 오지 않았다. 새벽 4시까지 뜬

눈으로 지냈다. 그날 밤 약 10시간은 내 인생에서 가장 초조하고, 가장 길고, 가장 지루한 시간이었다.

새벽 4시가 지나자 바로 여인숙에서 나왔다. 서울로 가기 위해 논산역으로 갔다. 논산역으로 들어가려는 순간 논산역에는 헌병들이 많이 있을 것 같다는 생각이 들었다. 역으로 들어가려다가 말고 역사를 한참이나 지나서 철길로 들어갔다. 일반 도로보다 철길이 안전할 것 같아 철길을 따라 서울과 반대쪽으로 거의 3시간을 걸어서 강경역으로 갔다. 철길을 걸으면서 많은 것을 생각했다. 탈영을 한 것이 후회스럽기도 했다. 대학도 못 가고 특별한 앞날의 전망도 없는 내 신세가 너무나 처량하다는 생각이 들어 눈물이 났다. 푸른 꿈을 펼쳐볼 희망이 없을 바에 차라리 기차 길을 막고 서볼까 하는 생각도 들었다. 그러나 이대로 내 인생을 끝내기엔 너무 억울했다. 세상에 태어났으면 뭐라도 할 수 있는 데까지 해봐야 할 것이 아닌가 하는 책임감과 욕심이 나를 진정시켰다. 죽더라도 죽도록 열심히 해보고 죽자는 마음으로 강경에서 기차를 타고 서울 집으로 돌아왔다.

집에 들어서니 부모님이 깜짝 놀라셨다. 영장 받고 군대에 간 사람이 어떻게 돌아왔느냐는 것이다. 할 수 없이 사실대로 얘기를 했다. 부모님들이 걱정을 태산같이 하셨다.

"영장 받고 군대를 가다가 도망 나오면 탈영병이 된다."

"탈영한 사람은 앞으로 공직에도 못 들어간다."

"정말 무모한 짓을 했다."

헌병한테 안 잡히고 집에 잘 왔다는 안도감이 드는 순간도 잠시였다. 새로운 고민이 생겼다. 집에 오니 부모님들이 걱정을 너무나 많이 하셨다. 나는 내가 처한 현 상태에서 군대를 가면, 내 인생이 끝나게 되리라는 단순한 생각으로 도망온 것이다. 하지만 부모님 말씀을 듣고 정신을 차려보니 또한 큰일이었다. 또 다른 걱정이 나를 다시 괴롭혔다. 어떻게 해결해야 할 것인가. 밤잠을 설치며 걱정과 고민을 며칠 동안 계속 했다.

'궁즉통(窮則通)'이라 했던가. 좋은 생각이 떠올랐다. 다행히 고향인 본적지의 면장이 우리 집안 아저씨였다. 그래서 아저씨인 면장에게 편지를 썼다.

"대학교도 못 간 상태에서 군대를 가버리면, 제 인생에 큰 문제가 많을 것 같다는 어린 마음에 영장을 받고 군대를 가다가 논산에서 도망을 왔는데, 지금 생각하니 큰 잘못을 한 것 같습니다. 아저씨가 수습을 좀 잘해주시고, 영장을 다시 나오게 해 주시면, 그때는 꼭 군대를 가겠습니다."

다행히 면장으로부터 편지가 왔다. 병무청에 아는 사람이 있어서 서류 미비로 그날 소집을 못 하게 된 것으로 처리가 잘 되었다고, 다음에는 꼭 입대를 하라고 적혀 있었다. 일단 탈영병이 아닌 것으로 처리가 되었다니 천만 다행이었다.

6개월 후에 다시 입영 영장이 나왔다. 그동안 취업이 된 것도 아니고 진로에 대한 상황이 크게 바뀐 것도 없었다. 그렇다고 또 군 입대를 피할 수 없었다. 영장을 받고 보니 또 걱정이 되었다. 그러던 어느 날 잠을 못 이루고 뒤척이고 있다가 벌떡 일어났다. 고등학교 3학년 때의 일이 생각났다.

내가 다닌 고등학교는 전남지방에서는 꽤 명문 학교였다. 서울대를 비롯하여 일류대학에 몇 십 명씩 들어갔을 뿐만 아니라, 특히 사관학교를 전국에서 제일 많이 들어가는 학교였다. 3학년으로 올라갈 때 공대반, 상대반, 의대반 등으로 나누어 반 편성을 했고, 사관학교반도 만들어 더 많은 과목 수업을 했다. 나도 육군사관학교를 가고 싶어서 사관학교반인 2반으로 들어갔다. 여름 방학이 되자 학교 선생님과 선배들의 배려로 육군통합병원에서 체력검사와 사관학교 입학시험 때 수준의 신체검사를 미리 받도록 해주었다. 그런데 신체검사가 끝나자 군의관이 나를 따로 불렀다. 엑스레이를 크게 다시 찍어보자는 것이었다. 그 군의관은 대형 엑스레이를 보면서 몇 가지를 물어봤다.

"폐결핵을 앓았는가?"

"아니요. 그런 적 없었는데요."

"요즘 기침을 많이 하지 않는가?"

"아니요."

"고지석, 자네는 사관학교는 절대 못 가겠다. 사관학교는커녕 일반 군인도 못 가겠다."

"왜요?"

알고 보니 어렸을 때 교통사고로 가슴을 다친 것이, 엑스레이 상으로 폐결핵 환자같이 나온다는 것이었다. 사관학교를 못 가게 되었다는 것 때문에 실망이 아주 컸다. 이제야 그때 그 군의관이 얘기한 것이 생각이 났다. 가슴 엑스레이 사진이 지금도 또 그런 모양으로 나온다면 군대를 안 갈 수도 있다는 생각이 들었다.

잘만 되면 군대를 안 갈 수도 있다는 희망을 안고 가벼운 마음으로 논산훈련소로 갔다. 입소한 다음 날 징집자들에 대한 신체검사를 실시했다. 그때는 폐결핵이 아주 흔한 시절이었다. 반면 치료하기는 어려운 고질적인 전염병이었다. 군대 입대자들에 대해 폐결핵 유무를 확인하는 신체검사를 꼭 했다. 나는 신검을 하는 군의관에게 일부러 병색이 짙은 표정을 지으며 폐가 안 좋다고 했다. 엑스레이 결과가 나오자 군의관이 나를 찾았다. 폐결핵이 의심되니 집에 가서 치료 잘 하라고 귀향 조치를 내렸다. 엑스레이 사진상으로 좌측 폐가 하얗게 나왔다. 폐병 환자와 비슷하게 보였던 것이다. 나는 집으로 돌아왔다. 군대를 안 가게 될 것이라는 희망이 보이는 것 같았다. 그동안 공부하다가 시험도 못 보고 군대 가는 악몽을 여러 번 꾸었는데, 이제는 계획대로 공부든 뭐든 할 수 있을 것 같아 날아갈 것 같은 기분이었다. 또 다시 신체검사 통지서가 나왔다. 당시 신체검사를 너무나 엉성하게 해서 나를 또 건강한 사람으로 판정하여 다시 갑종합격 판정을 했다. 아마 그때 우리 집에 병무관계를 아는 사람이 있었다면, 엑스레이 사진을 근거로 영장도 나오기 전에 이미 병역면제를 받았을 것이다. 그러나 우리 같은 일반 사람들은 그런 제도가 있는지 조차도 몰랐다. 다음 해에 또 다시 입영영장을 받고, 논산훈련소에를 다시 갔다. 또 신체검사를 한 결과 폐가 안 좋은 것으로 나왔다. 결국 군의관은 폐결핵이 중증이며, 치료가 어려운 상황인 것으로 판정했다. 병역면제 처분을 해 귀가 조치했다. 나는 다시 떳떳하게 집으로 돌아왔다. 이제 나는 완전히 병역을 면제받은 것이다. 그동안 나는 군대문제로 여러 해 동안 고민을 많이 했었다. 이제 합법적으로 완전히 병역면제가 된 것이다. 탈영병에 대한 고민도 완전히 없어지게 되었다.

인간지사 새옹지마라고 했다. 교통사고 후유증으로 오랫동안 몸이 약해서 많이 불편하게 살았다. 하지만 교통사고 때문에 군대를 안 가게 되어 공부도 더 할 수 있게 되었고, 또 군대에 간 사람들보다 먼저 공무원시험에 합격하여 국가에 봉사할 수도 있었다. 나는 군대 의무복무기간 3년 대신에 그 4배인 12년 동안 국가에 봉사하고 퇴직했다. 나는 이제 떳떳하다.

제발 빨리 죽어라

초등학교 6학년 때 봄이었다. 나보다 두 살 아래인 최동순이는 우리 집 앞 큰길 건너편에 무등산으로 들어가는 삼거리 길가에 살고 있었다. 하루는 동순이가 우리 집으로 와서 부탁했다.

"형, 닭 잡아봤다고 했지?"

"그래. 왜?"

"우리 집 오리 좀 잡아줘."

"뭐? 오리?"

동순이네는 아빠가 안 계신다. 동생 둘과 엄마, 이렇게 넷이서 산다. 엄마는 삼거리 길갓집에서 선술집을 하고 계셨다. 탁자도 두 개밖에 없는 조그마한 가게에서 막걸리를 팔고 있었다. 동순이 아버지가 6·25 때 돌아가셨는지 또는 병으로 돌아가셨는지는 잘 모르겠다. 하여튼 아빠 없이 엄마와 살고 있는 것은 분명했다.

나는 닭을 그전 해인 가을에 딱 한 번 잡아봤다. 그때 친구들한테 자랑도 많이 했다. 나도 닭을 잡아봤다고. 실제로 그때 우리 동네에는 닭을 잡아본 경험이 있는 초등학교생이 거의 없었다. 동순이도 얘기를 듣고 나에게 오리를 잡아달라고 했다. 그러나 나는 오리는 잡아본 적이 없었다. 그렇지만 동순이네는 아빠가 안 계시기 때문에 어린 마음에 기사도 정신을 발휘해서 도와주고 싶은 욕심이 생겼다. 아니 어린 나이에 오리도 잡을 줄 알고 대단하다는 소리를 듣고도 싶었다.

"그래 내가 잡아줄게."

의기양양하게 동순이를 따라 집으로 갔다. 동순이 집에 들어서자 엄마가 말씀하셨다.

"야, 지석이가 벌써 다 컸네. 닭을 잡아봤다고? 지석이는 공부만 잘하는 줄 알았더니 별걸 다 잘하네. 고맙다. 우리 동순이는 언제나 저렇게 클까."

동순이 엄마는 약으로 쓰기 위해 오리 한 마리를 사다가 뒤뜰에 매어놓고 있었다. 보아하니 오리는 닭보다 두 배, 아니 세 배나 덩치가 컸다. 나는 어른들보다 손이 작고 힘이 약해서 은근히 부담스러웠다. 닭보다 너무 커서 쉽게 제압할 수 있을 것 같지 않았다. 그렇지만 동생들이 모두 나를 쳐다보고 있기에 그냥 포기하고 집으로 와버릴 수가 없었다. 내가 용기 있는 형이며 사나이임을 보여주고 싶은 욕심이 앞섰다. 결국 한번 해보기로 마음을 굳혔다.

오리는 닭보다 더 크다. 하지만 네 발 달린 짐승도 아니고, 닭과 비슷하니 닭 잡듯이 잡으면 되겠지 하는 생각이 들었다. 그래도 닭을 한번 잡아본 경험이 있기 때문에 오리도 잡을 수 있을 것 같은 자신감이 생겼다. 만약 닭을 잡아본 경험이 없었다면 오리를 잡겠다고 덤비지는 못 했을 것이다. 그래서 경험과 훈련이 인생을 살아가는 데 참 중요한 것이라고 본다. 어떤 한 가지를 해본 사람은 그와 비슷한 또 다른 일을 하게 될 때 자신감을 얻는다.

숨을 한 번 크게 쉬고 나서 손에 힘을 주었다. 닭 잡는 방식 그대로 했다. 왼손으론 날갯죽지를 잡고 오른손으로는 오리목을 잡았다. 그리고 오른손으로 오리 목을 비틀었다. 오리가 막 바둥거리니까 손과 팔이 흔들렸다. 아니 팔만 흔들리는 것이 아니라 온몸이 흔들리는 것 같았다. 오리 목도 잘 돌아가지 않았다. 닭목은 내 힘으로 비틀어도 쉽게 비틀어졌었다. 오리는 목이 두텁고 단단해서 잘 돌아가지 않았다. 빨래를 짜듯이 있는 힘을 다해 오른쪽으로 비틀어 돌렸다. 겨우 2바퀴를 돌려 비틀어서 날갯죽지 밑에 오리 머리를 집어넣고 두 손으로 날갯죽지와 함께 꽉 붙들고 있었다.

어렸을 때는 왜 그런 방식으로 닭을 잡는지 잘 몰랐다. 다만 어른들이 닭을 잡을 때 그렇게 목을 비틀어서 머리를 닭 날개 밑에 집어넣고 두 손으로 꽉 쥐고 있으면 닭이 죽는 것을 봐서 나도 그렇게 했었던 것이다. 지금 생각하니 그렇게 목을 비틀어 날갯죽지 밑에 넣고 꽉 누르고 있으면 닭이 숨을 못 쉬고 죽게 되기 때문이었다. 나는 1년 전에 닭을 처음 잡을 때 서툴 렀던 기억이 있기 때문에 오리 목을 한 번 더 돌려서 누르고 있었다.

1년 전 가을에 닭을 처음 잡을 때 일이 생각났다. 어머니가 닭을 잡아야 하는데 아버지가 안 오신다며 푸념을 하고 계셨다.

"어둡기 전에 빨리 닭을 잡아야 하는데, 네 아버지는 또 술 드시느라고 아직도 안 들어오신다. 네가 가서 아버지 빨리 오시라고 해라."

"닭 잡게요?"

"그래."

"그러면 내가 잡을게요."

"아니. 네가 무슨 닭을 잡는다고. 안 돼. 너는 못 한다. 아무나 하는 게 아니야. 초등학생이 무슨…."

"일단 한 번 해볼게요. 하다 안 되면 아빠 보고 하시라고 하지요. 뭐."

그렇게 해서 닭을 잡았는데, 닭 목을 한 번만 비튼 상태로 잡다가 큰 낭패를 본 경험이 있다. 어른들이 닭을 잡을 때는 힘이 좋기 때문에 닭목을 한 번만 비틀어서 날갯죽지 밑에 집 어넣고 눌러도 얼마 만에 숨을 못 쉬게 되어 바로 죽었다. 그 런데 내가 닭을 잡을 때는 좀 다르다. 어른들이 하는 그대로 목을 한 번만 비틀고 나서 누르고 있었다. 그래도 얼마 있으니까 닭이 바동거리지 않고 조용해졌다. 이제 됐다 싶어서 바로 밑에 남동생하고 둘이서 닭 털을 뽑기 시작했다.

한참 후 몸통의 털이 거의 다 뽑힌 상태가 되었다. 목의 털도 뽑으려고 목을 놨더니 갑자기 닭이 후다닥 튀어서 도망가 버렸다. 전혀 생각지도 못한 일이었다. 달아난 닭을 금방 잡을 수가 없었다.

"저 닭 잡아라!"

"닭 잡아!"

동생과 둘이서 닭의 뒤를 쫓았다. 성큼성큼 뛰어서 마당을 지나 울타리 밑구멍을 통해서 논으로 들어가 버렸다. 아마 닭도 정신이 반쯤 나간 상태에서 죽을힘을 다하여 무작정 뛰어 갔을 것이다. 마치 정신이 좀 이상한 아이가 옷을 홀딱 벗고 길가를 깡충깡충 뛰어가는 것 같았다. 동생과 나는 웃느라고 제대로 뛰지를 못했다.

동생과 둘이서 털이 다 뽑힌 닭을 찾느라고 한참이나 논을 뒤지고 다녔다. 초가을이라 벼가 상당히 크게 자라서 닭이 논 고랑 사이로 들어가 있으니 잘 보이질 않아 쉽게 찾을 수가 없었다. 여기저기 뒤져봤지만 눈에 보이지 않았다. 합세한 여동생들 덕분에 닭의 위치를 파악할 수 있었다. 우리는 겨우 닭을 잡을 수 있었다.

오리를 잡으며 그때의 경험을 떠올렸다. 오리를 잡을 때는 목을 한 번 더 돌린 다음 날갯죽지 밑에 넣고 힘껏 누르고 있었다. 처음에는 오리가 발을 사정없이 바동거렸지만 점차 움직임이 줄어들었다. 이윽고 오리는 조용해졌다. 그제야 오리 털을 뽑기 시작했다. 옆에서 보고 있는 동순이도 처음에는 무서워서 손도 못 대더니, 오리가 조용해지자 나를 따라 조심스럽게 털을 뽑기 시작했다. 그런데 조금 후에 갑자기 오리가 바동거리기 시작했다. 우리는 털을 뽑다가 깜짝 놀랐다. 오리 목을 또 한 번 더 비틀어서 더 세게 꽉 잡고 눌렀다. 그렇게 한참 있으니까 다시 조용해져서 또 털을 뽑기 시작했다. 닭은 털이 쉽게 뽑히는데, 오리는 털도 굵고 질겨서 잘 뽑히지 않았다. 털을 한 절반쯤 뽑았을 때 또 오리가 바동거리기 시작했다. 그렇게 여러 번 목을 비틀고, 털을 한 절반이나 뽑았는데도 다시 바동거리니까 은근히 겁이 나기 시작했다. 그래도 어린 동생들이 보고 있는 앞이라 겁먹은 내색을 할 수가 없어, 태연하게 다시 목을 두어 번 더 틀어 돌렸다. 그런데 이제는 목이 힘없이 돌아가 버린다. 자세히 살펴보니 목뼈가 다 부러지고 떨어져서 이제 껍질만 남아있었다. 몇 번을 돌려서 목이 힘없이 빙빙 돌아가는데도 오리는 죽지 않았다. 아니 죽을 기미가 보이질 않았다. 그러자 겁이 벌컥 났다. 그동안 너무 힘을 쓰고 긴장을 해서 그런지 손에 힘이 빠져 오리 가슴을 세게 눌러 잡고 있을 힘도 없었다. 오리 목이 완전히 부러져서 가죽만 남았는데도 죽지를 않고 있으니까 정말 겁이 나기 시작했다. 손의 힘까지 빠져서 오리를 완전히 제압할 수가 없었다.

"야, 동순아. 빨리 부엌에 가서 칼을 좀 가지고 와라."

오리 목을 잘라내면 죽을 것 같았다. 동순이가 커다란 부엌
칼을 가지고 왔다. 오리 목을 도마에 올려놓고 내리쳤다. 그런
데 목이 쉽게 잘려지지 않는다. 목에 있는 털을 아직 안 뽑았
기 때문인지 칼로 내리쳐도 목이 잘려나가지 않는다. 오리 목
만 잘라버리면 될 텐데…. 오리 목이 잘리지 않자 겁이 더 났
다. 그래서 더 사정없이 막 내리쳤다. 오리 목에서 피가 났다.
도마 위에 새빨간 피가 흐르는 것을 보니 더 무서웠다. 오리가
죽지 않고 살아나면 큰 오리 발톱으로 우리를 해칠 것만 같은
생각이 들었다. 무서웠다. 그래서 빠른 속도로 사정없이 목을
수십 번 후려쳤다. 사실은 당황해서 정확하게 한 곳을 내리친
것이 아니었다. 여기저기를 내리치다 보니 그 목이 쉽게 잘려
나가지도 않았다. 나는 큰 소리로 외쳤다.

"죽어라! 이놈의 오리야. 빨리 죽어라. 제발, 빨리 좀 죽어
라!"

무서움에 질려 울기 직전의 목소리였다. 눈물도 나올 것만
같았다. 점점 더 큰 소리로 외치며 계속 내리쳤다. 그러자 어
느 순간 오리 목이 완전히 두 동강이 났다. 그런데도 오리는
버둥거리고 있었다. 정말 무서웠다. 오리 목에 흘러나온 피
가 오리 몸통을 낭자하게 적셨다. 곁에서 보고 동생들은 무섭
다고 도망가 버렸다. 이제 동순이와 둘만 남게 되었다. 무서
웠다. 그냥 집으로 가서 어른들에게 잡아달라고 할까 하는 생

각이 여러 번 들었다. 그렇지만 오기가 생겼다. 사내자식이 오리 잡다가 무서워서 중간에 포기했다고 소문이 나면 어떻게 얼굴을 들고 다닌단 말인가. 그럴 수는 없었다. 이제 목까지 다 끊어졌으니 더 이상 살아날 수는 없을 것이다. 살아나지만 못한다면 나에게 어떤 해코지도 할 수 없을 것이라는 생각이 들었다. 지금 생각하니 그때는 나이가 어려서 몰랐지만, 오리 가슴을 꽉 쥐어 잡는 힘이 느슨하여 오리가 계속 숨을 쉴 수가 있었던 것이다. 그래서 오리는 완전히 죽지 않았던 것이다. 오리가 빨리 죽지 않아 무서움에 질려 허둥대기는 했지만, 그래도 결국 나는 오리를 잡았다. 오리 털을 완전히 다 뽑지 못한 상태로 나머지는 동순이에게 넘겨주었다. 나는 서둘러 집으로 돌아왔다.

"고맙다. 수고했다."

동순이 어머니의 말을 듣는 둥 마는 둥 뒤로하고 잰 걸음으로 집으로 돌아와 버렸다.

오리는 닭보다 덩치만 큰 것이 아니었다. 생명력이 엄청 강했다. 오리의 생명력이 그렇게 강하기 때문에 사람들이 몸에 좋다고, 약이 된다고 하는지도 모르겠다. 그때 집으로 돌아오면서 나는 앞으로 절대 오리는 잡지 않겠다고 다짐했다. 집에 와서 엄마에게 이 이야기를 들려주었다.

"동순이네 집에서 오리를 잡아주고 왔어요. 그런데 오리가 잘 안 죽는 바람에 무서워서 혼났어요."

"뭐라고? 오리는 어른들도 잡기 힘들어서 아무나 못 잡는데, 네가 무슨 오리를 잡았다는 거야. 왜 그런 위험한 짓을 했어."

"너는 몸도 약한데 어찌 그렇게 겁이 없냐. 그러다가 다치기라도 하면 어쩌려고 그런 겁 없는 짓을 했어."

"그러다가 얼굴이라도 할퀴면 어쩌려고…."

어머니는 한참 동안 야단을 치셨다. 그러나 아버지는 딱 한마디만 하셨다.

"네가 보기보다는 겁이 없구나."

그러자 어머니가 또 한 말씀하셨다.

"지 아버지 아들 아니라고 할까 봐. 그런 걸 보면 꼭 지 아버지를 빼닮았어요. 겁 없는 짓 좋은 것 아니다. 그런 짓 절대 하지 마라."

"네."

그래도 내일 동순이가 자랑하고 다닐 걸 생각하니 기분이 아주 좋았다.

"지석이 형이 우리 집 오리 잡아주었다."

남자는 본능적으로 명예를 먹고 사는 동물이라는 말이 맞는지도 모르겠다.

아코디언 연주를 하는 날

나는 아코디언 소리를 참 좋아했다. 아코디언을 좋아하게 된 것은 아주 오래전부터였다. 50여 년 전 시골에서 살 때인 초등학교 6학년 어느 가을날에 아버지를 따라 같은 동네 할아버지의 환갑잔치에 갔을 때의 일이었다. 그때는 동네잔치가 있으면 애들이 어른들을 잘 따라갔다. 잔칫집에 따라가면 떡이랑 맛있는 전 등을 얻어먹을 수 있어서 좋았다.

환갑잔치에선 보통 잘해야 북장구를 치며 민요 정도를 부르는 것이 보통이었다. 그런데 그날 잔치엔 생전 처음 보는 악기가 있었다. 아코디언과 색소폰이었다. 생김새와 음색이 지금까지 보아왔던 악기와는 사뭇 달랐다. 아코디언과 색소폰 반주에 맞추어 노래를 부르기 시작했다. 신식 악기 소리는 라디오에서나 들어봤지, 생음악으로 가까이서 들어보기는 난생처음이었다. 어른들이 하는 말을 들어보니, 할아버지의 아들이 광주방송국에 다니고 있어서 아코디언과 색소폰 연주자들을 특별히 모시고 왔다고 했다.

악기 연주자들은 술을 한 잔씩 걸쳤다. 술기운까지 더해져 아코디언 연주를 흥겹고 재미나게 했다. 아코디언 소리가 그렇게 듣기 좋을 수가 없었다. 경쾌하고 빠른 음악일 때는 아주 리드미컬하고 발랄하고 활기찬 소리가 났다. 반면 단조의 음악일 때는 슬프고 애잔한 소리가 가슴을 찡하게 했다. 소리가 정말 멋있었다. 어떤 때는 멜로디만 연주를 하다가 가끔 베이스를 넣으면 화음 소리도 아주 멋있고 아름다웠다. 하나의 악기로 그렇게 여러 가지의 음색과 분위기를 연주할 수 있는 악기가 있을까 싶었다. 세상에서 아코디언 소리가 제일 멋있고 아름답다고 생각했다. 어린 마음에 나도 언젠가 돈을 벌게 되면 아코디언을 사서 내가 직접 연주를 해보아야겠다고 생각했다.

친구들이 하나둘 나이가 들자 정년퇴직을 하기 시작했다. 퇴직한 몇몇 친구들이 소일거리로 취미 삼아 악기를 배웠다. 나이 들어 악기를 배운다고 하면 대개 색소폰을 많이 배웠다.

나는 아직 사무실을 운영하고는 있지만, 이제 시간 여유가 좀 있으니 악기를 하나 배워보고 싶었다. 무슨 악기를 배울까 생각을 하다가 옛날 생각이 나서 아코디언을 배우기로 했다.

아코디언은 소리가 좋기도 하지만 멜로디는 물론 자체적으로 화음을 낼 수가 있어서 좋다. 또 악기 하나만으로도 충분히 2대 이상의 악기를 연주하는 것이나 다름없는 좋은 소리를 낼 수 있다. 피아노와 같이 크기가 크지 않아 어디든지 가지고 가서 연주하기가 편리하다. 또 음량이 풍부해서 마이크 시설이 없는 곳에서도 불편함이 없이 충분히 같이 즐길 수 있어서 좋다. 그리고 전자오르간 같지 않아서 전기 없이도 실내는 물론 야외에서도 연주를 할 수가 있다. 특히 장년층이 주로 부르는 노래는 가요인데 아코디언 음색이 가요와 궁합이 아주 잘 맞아서 더욱 좋다.

나는 아코디언을 배우기로 마음을 굳혔다. 기왕에 배울 거라면 악기를 사서 배우자는 생각으로 음악학원에 등록한 다음 날 바로 지도 선생님을 모시고 악기점에 가서 독일제 호너(HONER) 아코디언을 샀다. 내 평생에 260만 원이나 되는 거금을 주고 산 것은 승용차를 제외하고는 처음 있는 일이었다. 일단 돈을 많이 들여야 열심히 할 것 같았다. 그래서 많은 돈을 주고 아코디언을 사기는 했지만, 막상 배우기 시작하니 어려움이 많았다. 우선 매주 토요일 정해진 시간에 음악학원에 주기적으로 간다는 것이 쉬운 일이 아니었다. 토요일에는 친구들과 같이 등산을 하러 가야 하는 경우도 있고, 또 꼭 참석해야 하는 결혼식도 많이 겹쳐서 음악학원에 자주 빠지게 되었다. 게다가 아코디언은 무게가 10키로그램 정도였다. 생각보다 꽤 무거워서 학원에 갈 때마다 들고 다니는 것도 부담스러웠다. 집에서 연습을 좀 많이 해야겠다는 생각이 들어 그리 해보았는데 매끄럽지 않았다. 아직 서툴러서 음이 계속 이어지지 않고 자주 끊기고, 자주 틀렸다. 아름답고 멋있는 소리가 나지 않았다. 오히려 듣는 사람에게 괴로움을 주는 소음이었다. 마음만 바빴지, 진도도 잘 안 나가 한 곡도 끝까지 다 연주하지 못했다. 베이스 없이 멜로디만 연주를 해도 힘이 들었다. 더구나 베이스는 왼손으로 짚어야 하는데 버튼이 보이지도 않고, 더듬어서 눌러야 하는데 아직 숙달이 안 되어 옆의 버튼을 눌러버리기 일쑤였다. 그럴수록 연습을 많이 해야 할 텐데 아코디언이 무거워 어깨가 많이 아프고 힘들어서 오랫동안 연습을 할 수가 없었다. 그래서 아코디언은 피아노같이 오래 연습하기가 어려웠다.

대학원에서 석사과정을 같이 다닌 친구와 함께 박사과정에 들어갔다. 우선 공부를 먼저 하고, 논문을 마치고 난 다음에 다시 시작하자는 생각이었다. 일단 아코디언 연습은 뒤로 미루어놓았다. 그런데 그로부터 한참이 지난 후에도 아코디언 연습을 시작하지 못하고 있었다. 중학교 때 음악 이론과 실기를 착실하게 잘 배웠으니 아코디언 연주 역시 그리 어렵지 않을 것이라 막연히 생각했다. 그 생각은 오산이었다. 색소폰 같은 경우는 멜로디만 연주하면 되지만, 아코디언은 아니었다. 멜로디는 오른손으로 누르고, 왼손으로 화음까지 넣어야 하므로 몇 곱절 더 어려운 악기다. 지금 생각해 보니 내가 천재도 아니고 음악성이 엄청나게 좋은 사람도 아닌데, 금방 배워서 동창회나 송년회에 나가서 연주를 해 보겠다는 생각 자체가 과욕이었다.

일전에 피카소에 대한 책을 보았다. 피카소 같은 천재는 그림을 쉽게 빨리 그리는 것으로 알고 있었다. 그런데 피카소가 1907년에 발표한 유명한 「아비뇽의 처녀들」이라는 작품은, 500번이나 연습을 하고나서 완성을 했다는 것을 알고 깜짝 놀랐다. 그런 천재도 500번씩이나 연습을 하고 나서 하나의 작품을 만들었는데, 음악교육을 전혀 받은 적도 없고 다른 악기를 하나도 배워보지 않은 나 같은 둔재는 어쩌겠는가. 겨우 학원에 2~3개월 다니고, 500번이 아닌 50번도 연습을 안 하고서 잘 안 된다고 짜증을 부린다는 것은 너무나 욕심 많은 소치라는 것을 깨달았다.

하늘이 높다 하되 하늘 아래 뫼이로다.
<u>오르고 또 오르면 못 오를 리 없건마는.</u>
― 양사언, 「태산가」

시 구절이 나에게 다시 용기를 준다. 내년부터 아코디언을 다시 시작해서 몇 년 후에는 송년회에 나가서 '내 나이가 어때서'를 멋들어지게 연주해 보고 싶다.

할아버지 죄송해요

　할아버지는 3·1운동이 발발하기 몇 년 전부터 교회를 열심히 다니셨다고 할머니가 자주 얘기를 해주셨다. 우리가 살았던 시골 면내에는 교회가 없었다. 할아버지와 할머니는 매 주일마다 교회에 나갔다. 집에서부터 창평면까지는 10리나 되는 거리였다. 그 길을 매 주일마다 걸어 다니셨다. 새벽기도를 거의 매일같이 다니셨으며, 하나님에 대한 믿음이 깊으셨다.

　교회를 다니기 시작한 지 몇 년째 되는 어느 날이었다. 할아버지는 5대 독자이며 장손이었다. 조상님들의 제사를 지내기 위해 모셔둔 신주(神主)를 꺼내어 마당에 내놓고 모두 불로 태워버리셨다. 신주는 제사 지낼 때 쓰는 나무로 만든 위패였다. 제사 때 지방을 써놓고 종이를 향하여 절을 하며 제사를 지내는 건 우상이나 허상에 대한 숭배이므로 아무런 의미가 없는 헛짓이라는 목사님 말씀 때문이었다. 신주를 태워버리는 광경을 본 동네 일가 어른들이 불효자식이라고 덕석몰이를 해서 두들겨 패려고 작대기를 하나씩 들고 몰려오자 허겁지겁 뒷산으로 도망을 가셨다.

그 당시 교촌이라는 우리 동네에는 약 30가구 정도가 살고 있었다. 단 2가구를 빼고는 전부 다 우리 일가들이었다. 동네엔 우리 할아버지보다 연세가 많으신 분들도 많았다. 특히 아저씨나 대부, 즉 할아버지 항렬뻘 되신 분들도 많이 사셨다. 신주를 태운다는 것은 양반집에서는 있을 수 없는 일이었다. 집안 어른들이 대로하여 몰매를 때리려 달려오셨다. 일단 할아버지는 산속으로 피신을 가셨다. 동네 사람들이 쌍놈이라고 욕을 하며 우리 집에 돌멩이를 수없이 던졌다. 마당에 돌멩이가 수북이 쌓였다. 할머니는 매일 밤 산속에 숨어있는 할아버지에게 밥을 몰래 가져다주셨다.

그로부터 3일 후, 할아버지는 동네 어른들을 한 분 한 분 찾아다니면서 잘못을 빌고, 또 설득을 하신 후에 겨우 산에서 내려오셨다. 할아버지는 사건 이후 교회를 더 열심히 다니셨다. 우연의 일치인지는 모르지만, 첫아들을 낳으신 다음에 또 딸을 얻으시고 연이어 아들 둘을 연속으로 낳게 되자 5대 독자 집안에 경사가 났다. 그것을 보고 동네 사람들이 교회를 다니면 하나님이 소원을 들어준다는 것으로 믿고 할아버지를 따라 교회를 다니기 시작했다.

결국 할아버지는 아들 넷, 딸 넷 모두 8남매를 두게 되셨다. 시골 우리 동네에서는 딸도 없이 5대 동안 아들 하나씩만 낳아 자손이 귀하게 지내오던 집이 교회를 다니면서 자녀가 번창하게 된 것을 보고, 하나님을 믿는 사람이 많아졌다. 점차 우리 면에서 교회를 다니는 분들이 늘어나자, 10리나 되는 창평까지 걸어 다니기가 힘들어서 일요일마다 광주에서 전도사님을 모셔다가 동네 사람들과 예배를 같이 보았다. 당연히 우리 집은 온 가족이 교회를 다니게 되었다.

나도 태어나자마자 어머니 젖을 먹을 때부터 어머니 품에 안겨 교회를 다니기 시작했다. 결국 나는 모태신앙을 갖게 되었다. 초등학교 때는 물론 중학교 다닐 때까지는 신앙이 무엇인지도 모르면서 습관적으로 매 주일마다 교회를 다녔다. 어른들을 따라 새벽기도에 나가기도 했다.

고등학교 때부터 서서히 목사님의 설교 말씀이 내가 알고 있는 이치와 안 맞는다는 생각이 들기 시작했다. 그래도 일요일이면 온 가족이 교회를 가게 되므로 혼자만 빠질 수가 없어서 같이 교회를 다니기는 했다. 하지만 다니면 다닐수록 점점 목사님 말씀과 성경말씀이 참이 아니라는 생각만 들었다. 나아가 하나님의 천지 창조와 전지전능하심 등에 대해 회의적인 생각이 들기 시작했다. 더구나 아버지의 사업이 부도가 나 광주에서 살 수 없게 되어 서울로 올라온 뒤부터는 교회에 거의 가지 않았다. 교회를 가봐야 아는 사람도 전혀 없고 겸연쩍었기 때문이다. 또 어린 마음에 온 가족이 교회를 오랫동안 열심히 다녔어도 사업에 실패하게 되는 걸 보니 아무 소용이 없다는 생각이 들기도 했다. 그보다도 성경 말씀이나 목사들의 말이 모두 모순 덩어리라는 생각이 들었다.

성경책을 봐도 맨 첫 장부터 이치에 맞지 않아서 성경의 내용에 믿음이 가질 않았다. 구약 성경 창세기 1장 8절을 보면 '하나님이 궁창을 하늘이라 칭하시니라.' 하셨다. 궁창이란 활같이 둥근 것을 말하는데 실제로 하늘은 둥근 것이 아니라는 것을 배워서 알았다. 하늘은 빛의 속도로 몇 억 광년이나 달려가도 끝이 없는, 대우주라는 것을 알게 되면서부터는 성경 말씀이 진리가 아니라는 생각이 들기 시작했다.

내가 기독신앙을 갖지 않는 이유가 몇 가지가 더 있다.

첫째는 예수의 부활에 관해서이다. 우선 예수가 부활할 능력이 있었다면 죽고 나서 부활할 것이 아니라, 죽지 않고 세상에 온 목적을 달성할 수도 있었을 것이다. 또 예수가 부활을 했다면 아주 친한 주위 몇 사람들만이 아닌 다른 사람들, 즉 예수를 죽인 사람들이나 예수를 죽이라고 한 사람들에게 나타나서 '나는 너희들이 죽일 수 없는 하나님의 아들이다'라는 것을 보여주고, 예수가 당초에 하고자 했던 일을 계속 했어야 옳았다. 예수와 특수 관계에 있는 극소수의 몇 사람들에게만 부활 사실을 알려주고 승천을 해버리니, 예수의 부활 사실을 일반 사람들에게 이해시키기가 어려웠다. 또 사람들을 믿을 수 없게 되었다.

둘째, 유태인을 수백만 명이나 죽인 히틀러나 많은 흉악범들에게 당시에 한 번도 벌을 내리지 않은 것으로 봐서, 하나님의 존재는 물론 하나님의 전지전능함이 믿어지지 않았다. 즉, 하나님이 정말로 존재하고 죄인을 벌할 능력이 있다면 처음부터 못 죽이도록 막아주던지, 아니면 단 몇 번만이라도 만인이 보고 느낄 수 있는 벌을 내렸어야 했다.

셋째, 교회의 목사들이 성경 말씀에 너무나 어긋난 행동을 하고 있었다. 목사들은 성경공부도 많이 하고 하나님의 존재와 전지전능하심을 굳게 믿고 있는 사람들이다. 그러나 목사들은 설교 등을 통해 신도들이 헌금을 많이 내도록 해서 거두어들인 돈을 목사 개인이나 자기가족의 영화에만 투자하고 있다. 또 교회 건물을 궁전같이 거대하고 호화롭게 짓는 데 헌금을 거의 다 쓰고 있다. 성직자들은 검소하게 살아야 한다. 헌금은 불쌍한 이들을 돕는 일에 더 많이 써야 마땅하다. 그래야 일반인들이 목사님을 존경하며 따르고 교회가 바로 서지 않을까. 목사들이 하나님의 존재를 믿고, 전지전능함을 믿는다면 그런 짓을 절대 못 할 것이다. 목사들이 그런 행동을 한다는 것은 이미 하나님이 존재하지 않다는 것을 알고 있기 때문일 것이다. 만약 그들이 하나님의 존재를 알고 있다면 무서워서 절대로 그런 비탄받을 짓은 못 할 것이다.

물론 교회를 다니는 것은 하나님을 믿기 위한 것이지, 목사를 믿기 위한 것은 아니다. 그렇지만 성직자들이 하나님을 무서워하지 않고 그런 행태를 벌이고 있는데, 일반인이 어떻게 하나님을 믿을 수가 있겠는가. 만약 성직자들이 하나님의 존재를 믿고 있다면 하나님으로부터 단죄가 두려워서 그런 작태는 절대로 하지 않을 것이 아닌가. 그런데도 그런 짓을 한다는 것은 성직자들도 이미 하나님의 존재를 믿지 않기 때문이라는 생각이다.

오히려 나에게는 불교의 교리가 더 과학적이며 이치에 맞아 더 친근감이 가기 시작했다. 그래서 나는 불교에 관련된 책을 많이 보았다. 성경은 하나님의 존재와 예수의 부활을 믿지 않으면, 읽을 수가 없다. 그러나 불교서적은 내용이 과학적으로도 모순이 없을 뿐만 아니라, 철학적이다. 마음 수양에도 도움이 많이 되어 자주 본다. 점점 나이가 들어갈수록 성경말씀보다 부처님의 말씀이 더 마음에 와닿았다. 또 우주 과학지식이 늘수록 성경말씀은 과학적인 이치에 맞지 않는 부분이 늘어나는 반면, 부처님의 말씀은 전혀 틀린 부분이 없음을 깨닫게 되었다. 오히려 석가모니는 2,500년 전에 어떻게 그런 진리를 터득하고 그런 설법을 했을까 하고 경외감을 느끼게 된다. 하지만 그렇다고 해서 불교의 교리가 다 맞는 말이라고 생각하진 않는다. 환생과 윤회도 믿지 않는다. 아직 불교를 나의 종교로 정하지는 않고 있다.

사람들은 누구나 나이가 들어가면서 종교에 관심을 갖게 된다. 죽음에 대한 두려움과 사후에 대한 무지 때문이다. 내 생각에 재산을 갈취한다든지, 집단 난교를 하는 등의 아주 특별한 사교(邪敎)를 제외하고는 무슨 종교를 믿든 상관이 없다고 본다. 그런 의미에서 나는 사교가 따로 없다고 생각한다. 일반 사람들이 사교라고 비난하는 종교라도 그 사람이 진실로 믿고 마음에 평화를 얻고 죽음에 대한 두려움이 없게 된다면 그 사람에게는 참종교가 될 수 있다. 그래서 나는 요즘 하나님이나 부처님을 진심으로 믿는 사람들을 보면 '당신들은 마음속에 그런 믿음이 있어서 좋겠다.'는 생각을 한다.

요즘도 미국에 있는 여동생은 나보고 교회 나가라고 만날 때마다 얘기를 한다.

"오빠, 하나님 믿고 교회 나가세요. 옛날에는 교회에 열심히 다니셨잖아요."

"알았어. 그런데 믿음이 생기지 않아서 못 다녀."

"믿음은 교회를 나가게 되면 저절로 다 생겨요."

가끔 미국에서 일부러 전화를 해서 하나님을 믿고 교회를 나가라고 간곡히 권유를 할 때도 있다. 그러나 종교는 신앙이다. 신앙은 자기 마음속의 믿음에서 온다. 나는 전혀 마음에 와닿지 않기 때문에, 믿음이 전혀 생기지 않는다. 나는 아직도 종교가 내 마음에 들어오질 않고 있다. 나에게도 언젠가는 믿음이 생길까.

하나님을 열심히 믿다가 돌아가신 할아버지와 할머니가 하늘나라에서 나를 보신다면, 교회에 안 다닌다고 걱정을 많이 하실지도 모르겠다.

"할아버지, 할머니가 원하시는 바대로 교회에 열심히 다니지 않아서 죄송해요."

요즘은 나도 나이가 꽤 들어서 그런지 '어떤 종교든 내 마음에 진실한 믿음이 와서 신앙을 갖게 되었으면 좋겠다.'는 생각을 자주 하고 있다.

3장

한밤중의
이사

지각대장의 속사정

나는 중학교 3학년 때 혼자 자취를 했다. 어린 나이에 직접 밥하고 반찬을 챙겨 먹고 학교를 다닌다는 것이 여간 어려운 일이 아니었다. 1960년대 대부분의 집들이 아궁이에 연탄불을 피워 밥도 하고 난방도 했다. 연탄불은 하루에 두 번씩 시간 맞추어 꼭 갈아주어야 했다. 연탄 한 장의 연소시간은 15시간 정도밖에 안 되었다. 어쩌다가 시간을 놓치면 연탄불이 꺼져버렸다. 그런 경우에는 할 수 없이 차디찬 방에서 이불을 뒤집어쓰고 자야만 했다. 그러다가 감기가 드는 경우도 있었다.

자취를 하다 보면 매 끼니를 챙겨먹는 일이 참 귀찮았으나 그보다도 반찬이 더 문제였다. 반찬을 만들 줄 모르니 일주일에 한 번씩 토요일에 집에 가서 어머니가 챙겨주신 반찬을 가져와 일주일을 살았는데, 반찬을 오래 두고 먹을 수가 없었다. 길어야 2~3일 먹고 나면 금세 쉬곤 하여 못 먹게 되는 경우가 많았다. 먹었다가 배탈이 나서 혼난 경우도 있었나. 아직 냉장고가 등장하지 않았고 아이스박스도 없는 시절이었다. 그래도 어머니가 애쓰고 해주신 것이라 버리기가 아까웠다.

수요일이나 목요일쯤 되면, 먹을 수 있는 반찬은 장조림이나 장아찌 조금하고 시어버린 김치밖에 남지 않았다. 집에서 해온 반찬이 떨어지면 할 수 없이 국이라도 끓여 먹어야 했다. 집에서 어머니가 끓여주신 콩나물국은 시원하고 얼큰하게 맛있는데, 내가 끓이면 이상하게 비린내가 났다. 또 간이 안 맞아, 심심하거나 짜기만 하고 맛이 없었다. 또 된장국을 끓여보아도 어머니가 해주신 구수한 된장국 맛하고는 영 딴판이었다. 결국 내가 끓인 국은 맛으로 먹는 것이 아니었다. 억지로 밥을 넘기기 위해 먹는 경우가 대다수였다.

나는 자취하는 것이 싫었다. 편안하게 하숙집에서 학교 다니는 학생들이 정말 부러웠다. 우리 집의 형편으로는 광주에서 많은 돈을 주고 하숙을 할 수 없었다. 고등학교를 입학할 무렵 부모님에게 자취를 더 이상 못 하겠다고 짜증을 부렸다. 내가 자취하면서 식사를 불규칙적으로 해서 그런지, 위장병까지 생긴 것을 보고 할 수 없이 부모님이 하숙을 시켜주시겠다고 하셨다.

정식으로 하숙집으로 가진 못했고 광주 큰아버지 댁에서 기숙을 하게 되었다. 큰 아버지 댁도 집을 소유하고 있는 것이 아니라, 방이 2개밖에 없는 사랑채를 전세로 얻어 살고 계셨다. 말이 하숙이지 방이 따로 있는 것도 아니었다. 할아버지가 일찍 돌아가셔서 큰아버지는 우리 집안의 제일 어른이시자 또 엄한 분이셨다. 모두들 어려워하는 분이셨다. 그런 큰아버지 식구들과 한방에서 네 사람이 같이 먹고 자는 형편이었다. 조심스럽고 불편하기 이루 말할 수가 없었다. 옷을 갈아입기도 불편하고, 자고 일어나는 시간도 마음대로 할 수가 없었다. 더구나 큰아버지 식구와 같이 쓰는 방 바로 옆방은 결혼한 지 1년도 안된 큰형 내외가 신방을 꾸리고 살고 있었다.

요즘 사람들은 도저히 이해할 수 없는 상황이 하나 있었다. 큰형이 쓰는 방과 두 방이 연달아 붙어있어서, 천장에 구멍을 뚫어서 긴 형광등을 하나만 달아 양쪽 방에 반반씩 나오게 해서 썼다. 형광등 하나를 두 방에서 같이 쓰게 되니 불편한 점이 한두 가지가 아니었다.

나는 고등학교 1학년이라 숙제도 해야 하고, 최소한 11시까지 공부를 해야 하는데 그럴 수가 없었다. 한방에서 같이 자는 큰집 식구도 있고, 옆방의 신혼인 형님 내외분 때문에 일찍 불을 끄고 자야만 했다. 시험 때에도 늦게까지 공부를 할 수가 없었다. 학교 도서관에서 공부를 좀 늦게까지 하고 오는 경우에도 있었다. 저녁 식사시간에 맞추어 들어와야 했다.

좁은 방에서 평소에도 근엄하시고 어렵기만 하신 큰아버지, 큰어머니와 한방을 같이 쓰며 하숙생활을 하니, 긴장되고 마음이 편치 않아 결국 자취할 때보다도 더 심한 위장병이 생겼다. 위장병이 심해져서 유문이 많이 부어 죽도 못 먹고 토했다. 나중에는 물을 먹어도 토했다. 한 달이나 병원에서 입원 치료를 했다. 여름 방학이 끝나고 2학기 개학할 무렵, 할 수 없이 어머니께 말씀을 드렸다.

"큰집에서 하숙하는 것이 너무나 신경 쓰이고, 불편해서 못 있겠어요. 차라리 집에서 버스로 통학할래요."

"너는 몸도 약한데 버스로 통학하는 것이 더 힘들지 않겠느냐?"

"힘들어도 집에서 다닐래요."

"알았다. 네가 정 큰집에 있기 어려우면 그렇게 해라."

2학기부터 집에서 버스로 통학을 하게 되었다. 통학하는 것도 만만치가 않았다. 우리 집 앞에서 광주 가는 버스의 차비는 12원이었다. 나는 정식으로 차표를 끊지 않고 탔다.

"학생이니까 좀 봐주세요."

차장한테 5원만 주고 사정을 하면 타게 해주었다. 차장은 주로 우리 또래의 젊은 여자들이었다. 자주 만나는 어떤 차장은 내가 차비를 낼 때 얼굴을 붉혔다.

"됐어요. 놔둬요."

차비를 받지 않는 경우도 있었다. 그런 날은 정말 너무나 기분이 좋았다. 횡재한 기분이었다. 버스를 탈 때 혹시 그 차장이 아닐까 가슴 설레며 타기도 했다.

학교에서 집에 올 때가 더 문제였다. 고등학교는 계림동에 있었고, 버스정류장도 학교에서 가까운 곳에 있었다. 정류장에서는 정식으로 차표를 사야만 탈 수가 있었다. 정식으로 차표를 사려면 꼼짝 없이 12원을 다 내야 했다. 차비 12원을 안 내고 타려면 서방동으로 가서 타야 했다. 시골에서 농사짓는 집에서 차비는 큰 부담이 되었다. 서방정류장은 학교에서 약 3키로미터 이상을 더 걸어가야 있었다. 7원을 아끼자면 어쩔 수가 없었다.

교통사고 여독으로 몸이 약한 나는 정말 힘들었다. 특히 체육과 미술 수업이 있는 수요일은 더했다. 수요일은 체육복이며 미술도구까지 가지고 가야 해서 가방이 빵빵하게 크고 무거웠다. 또 비라도 오는 날이면, 가방 들고 비닐우산을 쓰고 걸어야 했다. 그렇게 힘들게 버스를 타고 집에 돌아오면 피곤해서 축 늘어졌다. 집에서 공부는커녕, 저녁밥만 먹고 나면 피곤하고 졸려서 잠자기에 바빴다.

버스 통학의 어려움은 그뿐만이 아니었다. 광주는 집에서 12킬로미터밖에 안 되지만, 버스가 한 시간에 한 대밖에 다니지 않았다. 아침 8시 첫차를 타지 못하면 다음 차는 거의 1시간 후에야 왔다. 그래서 8시 차를 악착같이 타야 했다. 버스는 항상 승객이 많아 좌석에 앉아서 가는 경우는 거의 없었다. 매일을 만원 버스에서 시달렸다. 도로는 돌자갈을 깔아놓은 비포장도로였다. 버스는 말을 탄 것 같이 터덜거리고 사정없이 흔들렸다. 콩나물시루 같은 만원 버스에서 가방을 들고 이리저리 흔들리다 보면 많이 힘들어서 학교에 도착하기도 전에 지친 경우가 많았다.

특히 5일에 한 번씩 서는 광주장날인 경우에는 출발지인 창평에서부터 만원이 되어서 왔다. 어떤 때는 우리 집 앞에서 서지도 않고 그냥 지나가 버리기 일쑤였다. 그런 날은 어쩔 수없이 지각을 했다. 설령 우리 집 앞에서 정차해도, 발 디딜 틈이 없어서 올라탈 수조차 없는 경우가 한두 번이 아니었다. 이미 수업이 시작된 교실 문을 못 열고 한참을 서서 망설인 경우도 많았다. 수업 중인 교실에 들어가기가 정말 창피했다.

"죄송합니다."

죄송하다고 말하는 것도 싫었다. 어느 날은 수업이 시작된 교실 문을 열고 들어가기가 싫어서 돌아섰다. 학교 교문을 나가다가 걱정하시는 어머니를 생각하니 눈물이 앞을 가려 더 걸을 수가 없었다. 할 수 없이 돌아서서 고개를 숙이고 교실로 들어갔다. 그렇게 나는 한 달에 2~3번은 지각을 할 수밖에 없었다. 결국 나는 학교에서 지각 대장이라는 딱지가 붙었다.

그때는 경제적으로 어려운 시절이라 힘들게 학교를 다녔다. 대학교는 물론 중고등학교도 다니기 힘든 때였다. 부모님이 어떻게 해서라도 학교를 보내주기만 한다면 천만다행이었다. 초등학교는 120명이 졸업을 했지만 중학교에 진학한 학생은 10명뿐이었다. 10퍼센트도 채 안 되었다. 그래서 중학교도 동네에서 잘사는 집이거나, 부모님의 교육열이 높은 집이 아니면 못 다니는 시절이었다.

그 시대를 살았던 나이가 많은 어른들은 요즘 학생들이 공부를 열심히 안 하는 것에 대해서 아주 곱지 않게 생각하는 것은 당연하다. 특히 요즘은 중고등학교에서 공부를 열심히 안 하면 좋은 대학에 절대 들어갈 수가 없다. 나아가 현실적으로 좋은 대학을 나오지 않으면 좋은 직장에 들어갈 수도 없다. 결국 중고등학교 때 공부를 열심히 하느냐 안 하느냐에 따라서, 대학의 수준이 달라지고 인생행로가 바뀌게 되어있다. 어른이 되고 나서는 학교 다닐 때 공부를 열심히 안 한 것에 대하여 크게 후회를 하게 된다. 어른들이 학생들의 성적을 걱정하는 것은 당연한 일이다. 비록 나는 지각대장이었지만, 학교를 다닐 수 있는 것만도 감사했다. 스스로 열심히 공부했다. 그렇게라도 중고등학교를 다닐 수 있어 지금의 내가 있을 수 있었다. 경제적인 어려움 속에서도 나를 고등학교까지 보내주신 부모님은 정말 선견지명이 있는 훌륭하신 분이셨다.

"어머니, 아버지 정말 고맙습니다. 마음속 깊이 항상 감사를 드립니다."

부모님 생전에 좀 더 극진히 효도하지 못한 것이 못내 아쉽고, 이제야 후회스러운 생각이 든다. 나도 모르게 눈물이 고인다.

날새기 당구와 새색시

당구도 자기가 생각한 대로 맞으면 재미있다. 나이 들어서 친구들과 저렴한 비용으로 같이 놀 수 있는 놀이로 적당하다. 나이 든 사람들이 운동도 되고 치매예방에도 좋다고 하며 당구장을 많이 찾고 있다. 당구 전문채널이 있는 나라는 전 세계에서 우리나라가 유일하다. 당구는 노년층에 더 부쩍 성행하고 있다. 내 주위의 친구들도 2016년경부터 당구를 많이 치고 있다. 특히 고등학교 동창들은 아예 매월 둘째 화요일과 셋째 화요일로 정기모임을 정해놓고 만나고 있을 정도다.

대개의 경우 20대 젊은 시절에 어울려 당구를 많이 쳤다. 직장생활 혹은 자기 사업을 하면서부터 시간 내기가 쉽지 않아 당구 치기를 거의 그만 두었다. 나이 들어 정년퇴임하고 나서부터는 시간 여유가 많아졌다. 골프는 비용도 많이 들고, 또 아예 골프를 안 치는 친구들도 많았다. 친구들과 만나 놀기 위해서 다시 당구를 치기 시작했다. 나는 젊어서 당구를 많이 치거나 아주 잘 치지는 못했다. 나는 당구에 관한 잊지 못할 추억이 하나 있다.

결혼한 해의 12월 31일이었다. 12월 4일에 결혼했으니, 한 달도 안 된 신혼 초 때였다. 그날 출근하며 아내에게 말했다.

"오늘 종무식 끝나면 4시쯤 집에 일찍 들어올 테니, 서울 부모님한테 가게 미리 준비하고 있어요. 새댁이니까 한복을 입으세요."

3시쯤에 종무식을 마쳤다. 종무식을 마치고 사무실을 나오려는데 평소 가끔 당구를 같이 치던 동료가 제안을 했다.

"그동안 연말이라 체납정리 때문에 바빠서 못 쳤는데, 오늘 일찍 끝났으니까 당구나 한판 하지."

"좋아. 오랫동안 못 쳐서 손도 근질근질한데 잘 됐다."

또 다른 친구도 좋다고 했다. 당구 치러가자는 말이 끝나자마자 기다렸다는 듯이 세 사람이 이구동성으로 좋다고 맞장구 쳤다. 당구장으로 가면서 나는 한 2시간만 치고 집에 가야겠다고 생각을 했다.

친구들과 당구를 칠 때는 대개 재미로 게임비와 식사비 정도의 가벼운 돈 내기를 조금씩 했었다. 그날은 시간적으로 한가하기도 하고 또 업무적으로 쫓기지 않아 마음이 편해 처음부터 돈내기를 했다. 돈내기라고 해봐야 식대 정도였다. 당구를 치다 보니 거기에 정신이 팔려 5시에 집에 간다는 생각을 깜빡 잊고 있었다. 요즘 같으면 집에다 핸드폰으로 조금 늦게

간다고 전화라도 할 수도 있다. 핸드폰은커녕 집에는 전화 자체가 없었던 시절이었다. 집에 전할 수가 없었다. 당구를 치다가도 문득 집에서 기다리고 있는 색시가 생각나기도 했지만, 내가 만약 좀 늦으면 체념을 하고 기다리고 있겠지 하고 계속 당구에 심취해 있었다.

어느덧 시간이 오후 8시가 되었다. 그만 마치고 가자고 제안을 했다. 내가 이미 돈을 상당히 따고 있었다. 돈을 좀 잃은 친구들은 집에 갈 생각을 하지 않았다. 집에서 마누라가 기다리고 있어서 빨리 가야 한다고 했다.

"너만 마누라가 있느냐? 우리도 다 마누라가 기다리고 있다고."

더 이상 말을 못 꺼내게 핀잔을 주었다. 저녁 먹을 시간이 지나 배가 고파서 할 수 없이 자장면을 시켰다. 배달된 자장면을 창틀에 올려놓고 다른 친구들이 치는 동안에 자장면을 먹어가며 계속 당구를 쳤다. 어차피 저녁까지 먹었으니 더 본격적으로 쳤다.

처음에는 4구를 치기 시작했다. 지고 있던 친구가 다른 게임으로 하자고 해서 쓰리쿠션을 쳤다. 또 한참 후에는 나인볼을 쳤다. 나인볼(nine ball)은 당구 종목 중 하나로, 9개의 볼을 가지고 자기가 필요한 점수에 해당하는 볼만을 쳐야 하는 주로 내기를 위주로 하는 게임이다. 시간 가는 줄도 모르고 한참 당구를 치다 보니 자정이 넘었다. 그때는 12시 통행금지가 있었다. 그러나 12월 말일과 크리스마스이브에는 통금이 없었다. 그래서 12시가 넘어도 집에 가려면 갈 수 있었다. 그러나 이미 늦은 시간이라 서울 부모님 댁에 갈 수도 없었고 또한 같이 당구를 치고 있는 어느 누구도 그만 집에 가자고 재촉하는 사람이 없었다.

공부를 그렇게 집중해서 열심히 했더라면 사법시험도 합격했을 것이다. 자기가 좋아하는 놀이를 하거나 돈 내기를 하면 대개 사람들이 시간 가는 줄 모르고 열심히 한다. 사람이 자기가 좋아하는 일을 해야 성공한다고 하는 말이 맞는 것 같다. 좋아 하는 일은 지루함을 모르고 남보다 더 열심히 하게 되니까 성공하게 될 것이 분명하다.

지금 생각하면 그때는 20대 초반 한참 젊은 시절이었기 때문에 체력이 좋았다. 요즘 같으면 당구를 3시간만 쳐도 피곤해서 더 이상 치기 싫어진다. 그날은 새벽까지, 아니 아침 해가 뜰 때까지 당구를 치고 있었다. 그것도 한 친구가 돈이 다 떨어졌기 때문에 더 이상 내기 당구를 칠 수가 없어서 끝났다.

시계를 보니 아침 7시가 넘었다. 그동안 당구에 열중하다 보니 집 생각은 깜빡 잊고 있었다. 당구를 끝내며 색시가 기다리고 있겠다는 생각이 들자 정신이 번쩍 들었다. 신혼 초에 그것도 결혼한 지 한 달도 안 돼서 외박을 했다. 더더구나 일찍 들어 올 테니 서울 갈 준비하고 기다리라 해놓고 아무 연락도 없이 날밤을 새버린 것이었다. 집에 가면 와이프한테 아주 혼날 것이 뻔했다. 당구를 칠 때는 그런 저런 생각을 까마득히 잊고 있었지만 막상 날을 꼬박 새고 8시가 넘어서 집에 들어가려고 하니 아내가 얼마나 화를 낼까 걱정이 태산이었다. 당구를 같이 친 친구들까지 겁을 주었다.

"결혼한 지 한 달도 안 돼서 아무 연락도 없이 외박을 했으니 너는 집에 가면 난리가 날 것이다. 아마 파혼한다고 친정으로 가버릴지도 몰라."

내가 걱정을 많이 하자, Y라는 친구가 집에 같이 가서 해명을 해주겠다고 나섰다. 다행히 친구는 부부 동반으로 가끔 식사도 함께한 적이 있어서 아내도 잘 아는 친구였다. 같이 가자고 하니 천군만마를 얻은 것처럼 마음이 좀 놓였다. 집에 들어가 마루에 올라서며 인기척을 했다.

"여보야. 나 왔어."

친구도 한마디 했다.

"안녕하세요? 친구들과 같이 당구 치다 보니까 늦어버렸네요."

방문을 여는 순간 나는 깜짝 놀랐다. 같이 간 친구도 깜짝 놀랐다. 아내는 한복을 입은 채로 방 한가운데서 무릎에 이마를 대고 쪼그리고 앉아있었다. 친구는 변명을 해주었다.

"이 친구가 자꾸 그만 가자고 했는데, 우리가 우겨가지고 이렇게 늦었어요. 미안해요."

친구는 평소에 부부끼리 서로 친하게 지낸 사이였기 때문에 다른 때 같았으면 방에 따라 들어와 차라도 한 잔 달라고 너스레를 떨었을 것이다. 그런데 한복을 입고 앉아있는 모양을 보니 밤새도록 잠도 안자고 기다리고 있었다는 것을 누가 봐도 직감할 수 있었다. 친구는 사태가 상당히 심각하다고 판단했는지 방으로 들어오려다 말고

"신정연휴 잘 지내세요."

하고 도망가다시피 황급히 가버렸다.

그날 나는 잘못했다고, 미안하다고 손이 발이 되도록 빌었다.

"미안해. 화 그만 내고 부모님한테 빨리 갑시다. 오늘이 1월 1일 신정인데 집에서 기다리고 계실 거야."

사정사정해서 겨우 서울 가는 버스를 탔다. 버스 안에서 아내 손을 꼭 잡았다. 뿌리치면 또 잡고 또다시 잡으면서 날 새기로 당구를 칠 수밖에 없었다는 이유를 설명해 주었다.

"그렇게 늦게까지 당구를 치게 된 이유는 내가 돈을 다 따버렸기 때문에 중간에 그냥 올 수가 없었어. 그래서 어쩔 수 없이 그 친구들이 더 하자는 대로 할 수밖에 없었다고."

내가 돈을 다 따버렸기 때문에 늦을 수밖에 없었다는 말에 화가 조금은 누그러진 것 같았다. 내가 돈을 잃어서 돈을 찾으려다가 늦었다고 했으면 아마 화를 더 냈을지도 모른다. 신정을 맞이하여 시부모님을 찾아뵈어야 된다는 상황이었기 때문에 어쩔 수 없이 더 이상 싸울 수가 없었다. 그때 만약 부모님 댁에 가야 할 일만 없더라면, 한참 더 싸우고 한동안을 냉전

상태로 지냈을지도 모른다. 아마 요즘 신혼부부였다면 같이 못 산다고 난리를 쳤을 것이다. 어쩌면 성질 급한 신부라면 짐 싸가지고 친정으로 가버렸을지도 모른다.

나는 신혼 초까지만 한 3년 정도 당구를 쳤을 뿐, 그 뒤로 근 40년 동안은 전혀 치지 않았다. 요즘 당구를 다시 치게 되면서 친구들 하고 당구 얘기가 나오면 나는 큰 소리를 친다.

"그래도 나는 옛날에 당구를 날 새기로 쳤던 사람이야."

한밤중의 이사

고난은 밤이 찾아오듯 소리 없이 찾아온다. 고등학교를 졸업한 후 부모님을 따라 촉박한 이사를 했다. 저녁 식사를 마치고 바로 이삿짐을 챙기기 시작했다. 새벽 6시 기차를 타야 한다고 했다. 전라북도 이리, 지금의 익산으로 간다는 것이었다. 3년 전에 시골에서 광주로 이사를 할 때는 시골에서 도시로 이사 간다는 생각에 나와 동생들은 들뜬 기분으로 각자 자기 물건들을 흥얼거리며 챙겨 쌌었다. 그러나 그날 저녁에 짐을 쌀 때는 기분이 전혀 달랐다. 처음에 짐을 싸기 시작할 때는 좀 우울했다. 별다른 생각 없이 내 물건들을 먼저 챙겼다. 그런데 부모님들이 소리 안 나게 조심스럽게 물건을 싸는 모양새가 좀 이상했다. 어른들의 손놀림이 유난히도 민첩하게 움직이며 표정이 엄숙했다.

경대는 어머니의 소형 화장대였다. 어머니가 경대를 보자기에 싸자 아버지가 퉁명스럽게 한마디 하셨다.

"그까짓 것 뭐하러 싸요. 집만 되게."

"그래도 이거는 가지고 가야지요."

"짐을 최대한 줄여야 한다니까 그러네. 버리고 가요."

목소리를 최대한 줄여서 속삭이듯 말씀하셨지만, 말투로 봐서 큰 소리로 다투는 모양새였다.

"내 물건은 고작 이거 하나예요."

"안 된다니까."

그러자 어머니는 눈물을 주르륵 흘리시며 울기 시작하셨다. 울음소리도 못 내고 힘들게 속으로 삼키며 어깨만 들썩거리셨다. 싸고 있던 옷가지 보따리에 얼굴을 묻고 흐느껴 우셨다. 경대는 어머니가 시집 올 때 가지고 오셔서 하루도 빠지지 않고 매일 화장을 하시거나 머리를 만질 때마다 아껴 쓰시던 이동식 화장대다. 그것마저도 못 가져가게 된 상황 앞에서 너무나 막막하고 서러워 우셨다.

아버지는 시골에서 농사만 지으시다가 우리들 교육을 좀 더 잘 시켜보겠다는 욕심만으로 무모하게 논을 팔아 광주로 이사 와서 지함 공장을 시작하셨다. 인건비를 줄이고 생산수량을 늘리기 위하여 반자동절단기계를 주문을 했는데 사기를 당하셨다. 할 수 없이 수작업으로만 성냥갑을 비롯한 종이상자들을 만들었다. 기계식으로 만드는 다른 공장들보다 생산단가가 높은데다가 생산 속도도 느려 납품기일을 자주 어기게 되어 2년 만에 빚만 지고 망하게 되었다. 도저히 빚을 다 갚을 수도 없고 창피해서 동네에서 살 수가 없었다. 야반도주를 해야 했다. 어머니는 40대 초반 젊은 나이였음에도 애지중지하던 경대조차도 못 가져가고, 6·25 때 피난 가듯이 이사를 가야 하는 상황이 너무나 비참하고 슬프셨다. 몇 년 전까지만 해도 시골에 살 때는 머슴과 식모도 두고 남부럽지 않게 살았다. 광주로 이사 온 지 3년도 못 되어서 이 지경이 되고 보니 너무나 서럽고 앞날이 암담하셨을 것이다.

나도 처음에는 새벽 6시 기차를 타야 하기 때문에 밤에 짐을 챙겨서 4시 통행금지가 해제되자마자 기차역으로 가야 되는 줄 알았다. 그런데 부모님이 말소리를 최대한 죽이고 너무나 조심스럽게 짐을 싸는 모습을 보고 이상하게 생각했다. 결정적으로 어머니가 우시는 걸 보고 이건 보통 일이 아니다 싶은 생각이 들었다. 그렇게까지 심각한 상황이라는 것을 우리들에게는 전혀 얘기를 해주지 않아 야밤에 이사를 해야 할 정도까지인지 미처 몰랐다. 그런데도 어린 동생들은 그런 심각한 상황을 모르고 새로운 곳으로 이사를 가게 되니 마냥 좋아할 뿐이었다. 자기들이 가지고 갈 책가방 등 몇 가지를 챙겨서 머리맡에 놓고 잠이 들었다.

아버지가 미리 부탁해서 큰집에 형님이 오셔서 짐 챙기는 것을 도와주고 있었다. 이웃 사람들이 눈치를 챌까 이삿짐을 운반할 화물차도 부르지 못했다. 리어카만 두 대 준비해서 도둑들이 훔친 물건을 실어 가듯이 숨죽이며 조용히 이삿짐을 리어카에 옮겨 실었다. 짐을 챙기는 과정에서 어머니와 아버지는 몇 번을 더 다투셨다.

"가지고 가야 돼요."

"안 돼요."

"이건 꼭 가지고 가야 해요."

"더 실을 수 없다니까."

나도 초등학교 때부터 썼던 일기장이나 오래된 책 같은 것들은 다 놔두고 꼭 필요한 책 몇 권과 사전들만 챙겨서 실었다. 지금 생각하면 다른 것은 다 못 가지고 와도 일기책은 가져와야 했다. 나중에 커서 생각하니 그때 일기장을 안 가지고 온 것이 너무나 아쉽고 후회스러웠다.

통행금지 해제 사이렌이 올리자마자 동생들을 깨웠다. 잠이 덜 깬 동생들이 눈을 비비며 마지못해 따라나섰다. 1966년도 2월 26일 새벽이었다. 캄캄한 새벽공기는 유난히도 찼다. 방한복은 물론 변변한 내복도 안 입은 데다 마음이 서럽고, 뱃속까지 텅 비어서 손도 시리고 유난히 춥고 떨렸다. 누가 볼까봐 서둘러서 아버지와 형님은 리어카를 끌기 시작했다. 그렇게 짐을 줄이고 줄였어도 짐이 리어카 두 대에 가득했다. 어머니가 시집올 때 가져오신 꽃무늬가 예쁜 장롱과 반닫이는 물론 항아리와 장독 등 큰 물건들은 다 그대로 놔두고 우선 꼭 필요한 것들만 실었는데도 빈틈이 없었다.

광주역까지는 꽤 먼 거리였다. 빨리 가야 했다. 온 가족이 달라붙어 리어카를 밀며 발걸음을 재촉했다. 가면서 모두들 연신 뒤를 돌아보았다. 누가 쫓아오지나 않나 걱정이 되어서이기도 하지만, 그동안 정든 집을 두고 또 이웃 사람들에게 말 한마디 못하고 떠나가는 것에 대한 아쉬움과 미련이 있었다. 더구나 날이 밝으면 도망간 빈집을 쳐다보고 동네 사람들이 수군거릴 것을 생각하니 너무나 창피해서 얼굴이 화끈거렸다. 호흡도 거칠어지고 가슴이 사정없이 쿵쾅거렸다. 그동안 야반도 주란 말은 듣기만 했을 뿐인데, 우리가 그 야반도주를 하게 되다니. 그래서 남을 흉보지 말고, 남의 일에 함부로 욕하지 말라는 말이 맞는 말이라는 생각이 새삼 들었다. 내가 욕하고 흉보았던 일들이 언제 나에게도 닥칠지 모르는 일이었다.

지나가는 차의 불빛에 우리들의 모습이 비추어지니 정말 초라한 생각이 들어 창피했다. 또 누가 보고 쫓아올까 불안하고 걱정이 되었다. 지나가는 사람만 봐도 깜짝 깜짝 놀랐다. 도둑 놈이 제 발 저린다는 말이 딱 맞았다. 우리 집 형편이 이 정도까지 되었다는 것을 생각하니 정말 어떻게 해야 할 것인지 앞 날이 난감했다. 이제 대학 가는 것은 완전히 물 건너 간 것이 확실해졌다는 생각이 들자, 힘이 쭉 빠지고 눈물만 하염없이 흘러내렸다. 그렇다고 소리 내어 울 수도 없었다. 아버지도 어머니도 지금 소리 없이 울고 계실지도 모른다는 생각을 하니 부모님을 원망할 수도 없었다.

광주역은 평상시에 그렇게 먼 거리도 아닌데 오늘따라 너무

142

나 멀게 느껴졌다. 온 가족이 달려들어 뒤에서 밀며 뛰다시피 했다. 아직 한참 많이 남았다. 남은 거리를 생각하니 더 힘이 들었다. 짐을 기차에 옮겨 실으려면 늦어도 기차 출발 1시간 전에는 도착을 해야 했다. 처음에 힘을 너무 많이 써버려 이제 모두 지쳐갔고 시간은 촉박했다. 늦을지도 모른다는 생각이 들자 창피한 생각을 비롯하여 그런저런 잡생각들은 다 없어져 버렸다. 세상 이치가 다 그런지도 모르겠다. 아무 생각 없이 땀을 뻘뻘 흘리며 달리다 보니 조금 전의 미련 섞인 감상들은 다 없어지고 이제는 빨리 역에 도착하는 것만을 걱정하고 있었다. 전쟁 중에는 생사가 촉박한 상황이라, 잡념이나 불면증들이 다 없어져 총포 소리를 들으면서도 잠들을 잘 잔다고 하는데 그 말이 맞을 것 같았다.

어느덧 광주역에 도착하여 짐을 빨리 옮겨 싣고 기차에 오르니 또다시 떠나온 집이 걱정이 되고, 또 내일 아침에 동네 사람들이 몰려든 뒤에 일어날 상황이 눈앞에 선명해졌다. 기차를 탄 뒤에도 누가 쫓아오지 않았나 싶어 두리번거렸다. 기차는 출발시간이 지났는데도 꿈쩍도 하지 않았다. 일각이 여삼추(如三秋)라 하더니 2~3분이 20~30분 만큼이나 오랜 시간으로 느껴졌다. 이렇게 시간이 더디게 가는 것은 난생처음 느꼈다.

"왜 이렇게 안 가는 거야."

한참이나 우리를 마음 조리게 한 뒤에야 기차는 기적을 울리더니 서서히 움직이기 시작했다. 기차가 출발하자 안도의 한숨을 쉬었다. 나는 동이 트는 차창 너머를 바라보며 두 번 다시 이런 일이 또 있어서는 절대로 안 된다고 생각했다. 열심히 노력하여 죽을 때까지 떳떳하게 살아야겠다는 다짐을 했다. 눈물이 흐르기라도 할까 봐 두 눈을 지그시 감았다.

저승 앞 김장배추 배달

인생은 방향이 중요하다. 무슨 일을 빨리 잘하는 것보다 무슨 일을 하며 살 것인가가 더 중요하다. 돈을 벌기 위해 김장배추 배달을 했다. 배달하면서 위험에 처해보고는 깨달았다. 무슨 일을 열심히 하는 것보다도 어떤 일을 할 것인가를 선택하는 것이 먼저여야 한다는 것이었다. 내 몸에 맞는, 내 마음에 맞는 일을 찾아야 했다.

고등학교를 졸업한 다음 해 가을이었다. 아버지의 사업이 부도가 나서 대학을 못 가고 있었다. 가끔은 집에 생활비를 보태기 위해서 짬짬이 막노동 알바도 하고 있었다. 그때는 날품팔이 할 곳도 마땅치 않았다. 어느 날 아는 사람의 소개로 용산 야채시장에서 리어카로 김장배추 배달을 하게 되었다. 막 입을 작업복이 마땅한 게 없어서 교복에 붙어 있는 고등학교 학교 문양 단추만 떼어내고 교복을 입은 채로 김장배추 배달하는 일을 시작했다. 평소 나는 몸이 좀 약한 편이었지만,

100포기 정도는 힘이 들긴 했어도 끌고 다닐 만했다.

하루는 보광동까지 배추 100포기를 배달하는 짐을 맡았다. 보광동을 가려면 용산에서 한남동 고갯길을 넘어가야만 갈 수 있어서 조금은 걱정이 되었다. 한남동까지는 거의 평지라 그런대로 갈만 했다. 이미 30분 이상을 끌고 간 뒤라 좀 지쳐있는 상황에서 한남동의 오르막길은 힘이 들었다. 이마에서 줄줄 흐른 땀이 눈으로 들어가 눈도 따갑고 숨이 턱까지 찼다. 오르막 중간쯤부터는, 걸어가야 한다고 생각을 해도 발이 말을 잘 듣지 않았다. 마치 누가 뒤에서 리어카를 붙들고 있는 것같이 점점 더 무거워졌다. 스무 발도 못가서 쉬고, 열 발도 못가서 또 쉬게 되었다. 비를 맞은 듯이 이마에서 땀이 줄줄 흘렀다. 헉헉거리는 숨이 목까지 차올랐다. 갈증을 느끼기 시작했다. 목이 말라도 마실 물도 없었다. 요즘 같으면 생수병이라도 가지고 다니겠지만, 생수를 팔거나 사 먹는 문화 자체가 없던 시절이었다. 배추의 주인은 보광동 버스정류장으로 오라고 하고는 버스를 타고 먼저 가버렸다.

땀만 비 오듯이 흐르고 힘들어서 도저히 더 올라갈 수가 없었다. 누구보고 밀어달라고 할 수도 없었다. 너무 힘들어 리어카를 길에 놔두고 도망가고 싶은 생각이 간절했다. 힘들어도 참고 가고, 또 계속 다시 올라가다 보니 언덕의 끝이 보였다. 짧은 거리를 쉬었다가 가고 또 쉬었다 가고 해서 죽을힘을 다해 겨우 고갯마루에 올라섰다. 정말 살 것 같았다. 고생 끝에 낙이 온다더니 정말로 기분이 좋았다. 이마에 흐르던 땀이 언덕에서 불어오는 바람 때문에 온몸이 시원하고 상쾌했다. 힘든 육체노동에서 맛볼 수 있는 기쁨이었다. 고생 끝에 달콤함이 온다는 고진감래(苦盡甘來)란 말이 딱 맞는 것 같았다.

드디어 이제 내리막길이다. 가만히 손잡이만 잡고 있어도 저절로 리어카가 굴러 내려갔다. 신이 나서 달강달강 달리기 시작했다. 세상 이치는 공평하다는 생각이 들었다. 힘들 때가 있으면, 편할 때도 있기 마련이었다. 올라올 때 너무나 힘이 들어 내리막길이 그렇게 좋을 수가 없었다. 힘들이지 않고 저절로 내려가는 것이 너무나 좋아 빠른 걸음으로 내려가기 시작했다. 정말 기분 좋게 빈손으로 달리듯이 시원한 바람을 쏘이며 가볍게 달리고 있었다. 어느 정도 달리다 보니 속도가 너무 빠르다는 생각이 들었다. 이미 전혀 힘들이지 않고 재미로 달리는 속도가 아니었다. 속도를 줄이려고 했으나 속도가 쉽게 줄어들지를 않았다. 속도가 줄어들어드는 것이 아니라, 오히려 더 빨라지기 시작했다. 내가 리어카를 끌고 가는 것이 아니라, 리어카가 나를 밀고 가는 느낌이었다. 나는 안 달리려고 해도, 좀 천천히 가려고 해도 소용이 없었다. 있는 힘을 다해서 리어카를 붙들어도 내려가는 속도를 이길 수가 없는 상황이 되어버렸다. 내 힘으로는 도저히 속도를 줄일 수가 없었다. 리어카에는 제동장치도 없었다. 가속이 붙게 되면 속도가 너무 빨라져서, 내가 리어카에 치여 죽을 것만 같은 공포가 엄습

했다. 리어카를 멈추려고 버티면 오히려 내가 앞으로 쓰러질 것만 같았다. 정말 너무 당황스러워 머리끝이 하늘로 치솟았다.

이렇게 될 줄 알았으면 처음부터 좀 속도를 덜 내고, 내가 감당할 수 있는 속도만큼만 달렸어야 했다. 힘 안 들이고 빨리 갈 수 있다는 생각만 하고 너무 빨리 내려가다 맞이한 상황이었다. 미련한 짓을 한 것이 후회스러웠다. 세상에는 공짜가 없다는 말이 정말 맞는 말이라는 생각이 절실하게 느껴졌다. 자업자득의 난감한 상황이 되어버린 것이었다. 그러나 이미 때는 늦었다.

'어떻게든 이 상황을 해결해야 한다. 리어카 속도를 어떻게 해야 늦출 수 있을까?'

정신없이 달려가면서도 좋은 방법을 찾느라 머릿속은 더 바빴다. 아마 내 평생에 그렇게 빨리 뛰어본 경험은 처음일 것이다. 머리를 그렇게 빨리 굴려본 것도 처음이었다. 순간 생각했다.

'내려가는 경사도를 줄여보자. 직선 길로 내려가지 말고 갈지자인 지그재그로 내려가 보자.'

도로에 차가 많이 다니지 않을 때였다. 리어카를 갈지자로 이리저리 방향을 바꾸어가면서 속도를 늦추어 보았다. 또 리어카 앞을 올려 뒷부분을 땅에 살짝 닿게 끌면서 속도를 최대한 줄였다. 젖 먹는 힘까지 다해서 리어카를 최대한 뒤로 버텼다. 실어둔 배추가 흘러내리려고 하면 다시 올리고 또 뒤가 끌리게 하기를 여러 번 반복했다. 올라올 때는 힘만 들었는데, 내리막길에는 죽음의 공포까지 겹치니 죽을 맛이었다. 있는 힘을 다하여 갈지자로 가며 속도를 줄이자 서서히 내가 감당할 수 있는 정도의 속도가 되었다. 리어카를 뒤로 미는 힘을 주며 적당한 속도로 내려갔다. 어려운 고비를 겨우 넘기고 평지 길에 도달하고 나니 안도의 한숨이 나왔다. 리어카를 세우고 땀을 닦고 나니, 나도 모르게 눈물이 나왔다. 긴박한 상황이 수습이 되자, 대학도 못 가고 힘들게 막노동이나 하고 있는 내 처지가 비참하다는 생각마저 들었다. 순간 어깨가 들썩일 정도로 울음이 터져 나와 수건으로 입을 막았다.

배달을 무사히 마치고 오면서 많은 것을 느꼈다. 힘들어도 쉬지 않고 계속하면 목표지점에 도착할 수 있다는 것을 몸소 깨닫게 되었다. 또 세상에 거저먹는 쉬운 일이란 없다는 사실을 절실히 알게 되었다. 또한 나는 몸이 약해서 힘으로 하는 일은 절대로 나에게 맞지 않다는 것을 명확히 확인했다.

무슨 일을 하다가 좀 힘들고 짜증이 나면 한남동 고갯길을 생각해 본다. 그때를 생각하면 힘들다는 생각이 싹 가시고, 이 정도면 참 다행이라는 생각을 하는 경우가 많다. 그러고 보면 젊어서 고생을 해본 것도 인생을 살아가는 데 큰 도움이 될 수 있다는 생각이 든다. 그때의 경험 때문인지 나는 오르막길에서 리어카를 끌고 올라가는 사람들을 만나게 되면, 무의식적으로 뒤에 가서 밀어주곤 한다.

지프차로 얻은 손자

아들이 결혼한 지 벌써 7년이 되었을 때였다. 첫 애로 딸을 낳은 지도 벌써 3년이 다 되어갔다. 둘째를 가졌다는 소식이 없었다. 저희들이 알아서 하겠지 하고 기다리고 있었으나 너무 늦으면 안 되겠다 싶어, 주말에 아들 내외가 집에 왔을 때 조심스럽게 물어 보았다.

"유진이가 벌써 3살인데 둘째는 아직 없냐?"

"없어요. 애, 그만 낳을 거예요."

"아니, 그만 낳다니? 아들 하나는 더 낳아야지. 야! 아들이 없으면 제사도 못 지내. 그리고 아들이 있어야 대를 이을 것 아니냐."

"딸도 똑같은 DNA를 타고 나니까 대를 이을 수 있어요."

아들은 한사코 애를 더 낳을 필요 없다고 했다.

우리 세대는 대를 이어야 하고, 조상님께 제사를 지내야 되기 때문에 아들이 꼭 있어야 한다고 생각하는데, 요즘 젊은이들은 그렇지 않았다.

내가 직장에 다닐 때의 얘기다. 나보다 열 살 정도 위인 선배가 하루는 선배 친구의 장례식장에 다녀와서 한 맺힌 푸념을 했다.

"그 친구 정말 좋은 사람이었는데, 50대 초반 젊은 나이에 죽어서 참 안됐어. 그래도 나는 그 친구가 부럽더라."

"뭐가 부러워요. 선배님이 무엇이 부족해서요."

"그 친구 애들이 4남매인데 막내가 아들이라, 12살밖에 안 됐지만 상주가 있더라고. 상주가!"

"우리 집은 식구가 열 명이나 되는데, 서서 오줌 누는 사람은 나 혼자뿐이야. 장모님과 마누라 그리고 딸만 7명이야."

그러면서 한숨 섞인 투로 말을 이었다.

"그래도 그 친구는 제사 지내줄 아들이라도 있는데, 나는 제사 지내줄 사람이 없어!"

선배는 농담으로 하는 말이 아니었다.

나는 그 선배의 얘기를 아들에게 해주면서, 아들이 꼭 있어야 할 이유를 강조했다. 그리고 우리 고 씨(高氏)의 족보를 꺼내 아들에게 보여주며 설명을 해주었다. 족보를 보면 알 수 있었다. 아들이 없는 사람은 그 밑으로는 아무것도 기재가 안 된 백지상태로 되어있다는 것을 말이다.

"야, 여기를 좀 봐라. 아들이 없는 사람은 이렇게 대가 끊어지고 말잖아. 그래서 아들이 있어야 하는 거야."

"요즘은 족보에 아들만 올리는 것이 아니라, 딸도 올려준다고 하던데요."

"그렇지만 딸의 후손에 대해서는 족보에 계속 올려주지 않잖아. 그러니까 결국 다음부터 대가 끊어져 빈칸으로 되어버리지."

내 아들은 당연히 애를 둘이나 셋 정도는 낳을 줄 알았다. 의외로 애를 하나만 낳고 더 안 낳겠다고 단호하게 나오니, 이거 큰일 났다 싶어 앞이 캄캄했다. 느긋하게 있다가는 안 되겠다 싶어 비상수단을 쓰기로 했다. 요즘 아들이 주말이면 애를 데리고 교외로 자주 놀러 다니는데, 그럴 때마다 집사람의 차를 빌려 쓰고 있었다. 어쩌다가 집사람이 친구들과 약속이 있어서 차를 못 쓰게 될 때면 '나도 빨리 돈 벌어서 차 한대 사야겠다.'고 투덜거리던 생각이 나서 아들에게 제안을 했다.

"영국아. 아들 하나 낳아라. 그러면 내가 지프차 한 대 사줄게."

"안 낳을래요. 그러다가 또 딸 낳으면, 또 하나 더 낳으라고 하실 것 아니에요?"

그래도 아들은 하나 있어야 한다고 설득을 해보았지만, 그날은 더 이상 얘기를 계속할 수가 없었다.

저녁에 아들이 돌아간 뒤 집사람이 나에게 절충안을 내놓았다.

"아들만 낳으라고 계속 그러지 말고, 아들이든 딸이든 하나만 더 낳으면 사준다고 해보세요."

그것 참 좋은 생각인 것 같았다. 아들 내외에게 집사람이 알려준 방안을 내놓았다.

"얘들아! 유진이가 혼자만 크면 너무 외로우니까, 아들이든 딸이든 하나만 더 낳아라. 그러면 지프차 사줄게."

"딸을 낳아도 또 더 낳으라고 안 하실 거예요?"

"그래. 더 낳으라고 안 할게."

"좋아요. 딸을 낳아도 차 사주시는 거죠?"

"그렇다니까."

그렇게 해서 아들 내외와 협상이 끝났다.

역시 여자들이 머리가 잘 돌아간다는 생각이 들었다. 집사람의 착안이 좋았다. 아들도 꼭 지프차 때문에 애를 하나 더 낳겠다고 한 것은 아닌 눈치였다. 제사 얘기와 족보 얘기를 듣고, 부모님이나 조상님들께 죄스러운 생각도 좀 들었나 보다. 더욱이 딸 유진이가 혼자 커가는 동안에 외로울 것 같은 생각이 들어 그런 결정을 한 것 같았다. 어떻든 내 말을 들어 준 아들이 참 대견하고 고마웠다.

그 후로 한 5개월 뒤에 며느리가 임신을 했다고 집사람이 알려 주었다.

"아들이래?"

"아직 3개월째라 알 수가 없지요. 또 요즘은 의사가 태아의 성별을 알려줄 수 없게 되어있대요."

그 뒤 얼마 후 며느리한테서 전화가 왔다.

"아버님, 오늘 병원에 갔는데 의사선생님이 애기 할아버지 계시냐고 물으시더라고요. 그래서 계신다고 했더니, 의사 선생님이 말하기를 할아버지가 좋아하시겠다고 했어요. 요즘은 직접 얘기를 못하니 돌려서 아들이라고 알려주는 것 같아요. 아들인가 봐요."

"그래? 아이고 잘 됐다. 수고했다. 몸 간수 잘해라."

아들 내외도 아들을 가졌다고 아주 좋아했다. 내가 보기엔 지프차를 살 수 있게 되었다는 것 때문에 더 좋아하는 것 같았다. 그러면서 이제 아들을 낳을 것이 분명하니, 차를 미리 사주라고 했다. 애를 낳으려면 아직도 4개월은 더 있어야 했지만, 나도 기분이 좋아서 즉시 쾌히 승낙을 해주었다.

"그래. 좋다! 다음 주에 네가 좋아하는 것으로 사라. 돈 보내줄게."

그래서 아들은 전부터 좋아하던 지프차를 얻고, 또 나는 손자를 얻게 되었다. 결국 손자는 나의 성화 때문에 태어났다. 내가 하나 더 낳으라고 할 때는 그렇게도 안 낳는다고 하더니 아들은 나보다도 더 좋아한다. 죽순 자라듯이 부쩍부쩍 자라는 손자를 볼 때마다, 조상님들께 떳떳하기도 하고 또 미덥고 든든한 마음이 든다. 그때가 벌써 10년이 넘었지만 요즘도 나는 애들과 같이 식사를 할 때면, 건강하고 듬직하게 커가는 손자를 보며 마음이 흐뭇하여 기분 좋게 반주를 한 잔씩 하곤 한다.

요즘 내가 가끔 아들에게 농담을 한다.

"야! 병무는 나보다도 네가 더 좋아하니 지프차 도로 내놔라."

"그러세요. 벌써 차 바꿀 때도 되었는데, 도로 드릴게요."

"나쁜 놈!"

하면서도 마음이 따뜻해진다.

멀쩡한 맹장의 수난기

깨가 쏟아진다는 신혼 초의 어느 날이었다. 그날도 집에서 혼자 기다리고 있을 색시를 생각해서 퇴근하자마자 바로 집으로 들어왔다. 저녁 식사를 마치고 잠자리에 들었는데 새벽녘에 색시의 신음 소리가 들려 잠을 깼다. 색시가 배를 움켜잡고 고통스러워하고 있는 것이 아닌가. 시계를 보니 새벽 3시였다. 통행금지가 해제되려면 앞으로도 1시간은 더 있어야 했다.

요즘은 12시가 넘어서도 아무 때나 돌아다닐 수 있지만 1980년도까지만 해도 아니었다. 그때만 해도 밤 12시부터 새벽 4시까지는 통행금지였다. 차는 물론 사람들도 돌아다닐 수가 없었다. 만약 통행금지 시간을 어기고 돌아다니다 걸리면 통행금지가 해제되는 시간까지 파출소나 경찰에 붙들려 있다가 벌금형 등의 경범죄 처벌을 받고 나와야 했다. 특히 공무원들이 통행금지 시간을 어기게 되면 소속기관에 통보되어 인사상의 불이익까지 받게 되어있었다.

나도 공무원이었기 때문에 통금시간을 어길 수 없었다. 통행금지 시간에 나가봐도 택시도 다니지 않았다. 색시는 아프다고 엎드려서 숨을 몰아쉬며 계속 신음을 하고 있었다. 정말 답답하고 걱정스러웠다. 요즘 같으면 119 구급대를 부르면 될 일이지만 70년대 초에는 그런 시스템 자체가 없었다.

내가 보기에 음식이 체해서 배가 아픈 것도 아니고, 배탈이 나서 배가 아픈 것 같지도 않았다. 통증이 심하다고 하는 것을 보니 순간 맹장염이 아닐까 하는 생각이 들면서 마음이 바빠졌다.

"배가 많이 아프다면 혹시 맹장염이 아닐까? 만약에 맹장염이라면 한시라도 빨리 병원에 가야 하는데, 어떻게 해야 하나?"

정말 마음이 조급하고 답답했다. 할 수 없이 4시까지 기다렸다가 택시를 잡아타고 가까운 종합병원으로 갔다.

의사의 진찰 결과 맹장염이었다. 맹장염이면 수술을 해야 한다. 요즘은 맹장염 수술은 아주 간단한 수술이라 수술 축에도 들지 않는다. 복강경으로 간단히 수술하고 2~3일만 입원했다가 퇴원하면 된다. 그러나 1972년도 당시에는 맹장염 수술도 상당히 큰 수술 중에 하나였다. 맹장염 수술을 하면 개복수술을 했다. 최소한 일주일 동안은 병원에 입원해 있어야 하고, 또 퇴원 후에도 보름 이상을 집에서 요양해야 했다. 더구나 나의 색시는 신혼 초이며 아직 애도 낳지 않은 상태였다.

만약 맹장염 수술을 하게 되면 나중에 애를 출산할 때도 문제가 있을 것 같은 생각이 들어서 걱정이 되었다. 맹장염 수술을 하더라도 더 큰 병원에 가서 수술을 하는 것이 좋겠다 싶었다. 수원에서 제일 큰 병원에 가서 수술을 하기로 하고, 집에 와서 입원 준비를 해 가지고 수원도립병원으로 갔다. 응급실로 들어갔더니 거기서 기본적인 검진을 다시 했다. 그런데 담당 의사가 맹장염이 아니라 급성신장염이라고 했다.

"아니, 맹장염이 아니라고?"

우선 수술을 하지 않아도 된다는 것에 대해서 다행으로 생각하고 바로 입원을 했다. 다행히 색시는 일주일 만에 완쾌하고 퇴원했다. 만약 이 병원으로 오지 않고 그 병원에서 입원했더라면, 이미 맹장을 떼어내는 수술을 하고 침대에 누워있을 것이다. 그보다도 맹장염 수술만 하고, 신장염 치료는 안 하고 있었을 것을 생각하니 정말 아찔했다.

한편 요즘도 오진률이 30~40 퍼센트나 된다는데, 벌써 40년 전인 그때는 오진이 훨씬 더 많았으리라고 짐작은 갔다. 요즘 언론에 보도된 내용을 보면 의사들의 오진은 우리나라만의 일은 아닌 것 같다. 최고 선진국인 미국에서도 1998년 미국의학협회지에 실린 연구에 의하면 암 수술을 받은 환자의 44%가 악성이 아니라 양성종양이었으며, 특히 유방암의 경우 77%가 오진이었다. 요즘에는 사람이 수술해야 될 경우에는 꼭 한두 군데의 병원에서 더 확인을 해보고 그때 가서 수술을 해야 한다고 한다. 병원에서 수술해야 한다고 해도 곧바로 수술하면 안 된다고, 부정적인 생각들을 하고 있는 것이 현실이다. 오진을 하게 되면 결국 환자는 치료해야 할 병은 치료를 못하고, 헛고생만 하게 된다. 하루빨리 오진의 확률이 줄어들어 안심하고 병원치료를 받을 수 있는 시대가 오기를 기대한다.

골프 잘 치는 비결

나는 골프를 콩으로 치면서 배웠다. 내가 골프채를 맨 처음 잡아 본 것은 1976년이다. 국세청 연합조사반에 근무하고 있을 때, 감사원 직원 3명과 합동으로 수입 옥수수에 대한 유통 과정 및 불법 전용에 대한 조사차 부산으로 3주일간 출장을 갔을 때였다.

그날은 토요일 오전 근무를 마치고 오후부터 쉬게 되었다. 조사팀장들, 감사원 사무관급들인 팀원들을 데리고 골프연습장으로 갔다. 나는 골프연습장이 처음이었다. 팀장은 우리들에게도 골프 타석을 배정받아 주면서 한번 쳐보라고 했다. 종업원이 중고 골프채를 하나씩 챙겨주어서, 옆에서 팀장이 치는 것을 보고 따라서 볼을 쳐봤다. 처음에는 잘 맞지도 않고 빗나갔다. 같이 간 팀장은 많이 쳐봤는지 잘 쳤다. 잘 맞으면 볼이 아주 멀리 날아갔다. 100미터 또는 150미터 날아갔다. 그물망 끝까지도 나갔다. 멋있었다. 어렸을 때 시골에서 자치기하던 생각이 났다. 팀장이 치는 방법으로 천천히 몇 번 더 쳐 봤더니 잘 맞기 시작했다. 공이 꽤 멀리 날아갔다. 어떤 볼은 100미터도 더 나갔다. 다른 직원들은 잘 안 맞아 멀리 나가지를 않았다. 결국 잘 안 맞으니까 흥미를 잃고 하다가 그만두었다.

내가 친 볼은 점점 더 멀리 날아갔다. 재밌었다. 동료들이 옆에서 보고는 처음 치는 사람 같지 않게 잘 친다고 했다. 잘한다고 칭찬을 받으니 더 신이 나고 재미있었다. 요즘은 골프가 상당히 대중화가 되었지만, 그때는 나이도 서른을 갓 넘긴 젊은 때라 골프를 친다는 것은 상상도 못할 시절이었다.

몇 년 후에 모 회사에 2주일 동안 세무조사를 나갔다. 점심식사 후 쉬는 시간에 응접탁자 위에 놓여있는 골프잡지를 보았다. 월간 골프다이제스트였다. 골프에 대해서 전혀 모르는 시절이라 궁금해서 골프 잡지를 뒤적였다. 그러자 사장이 물었다.

"골프 치십니까?"

"아니요. 몇 년 전에 연습장에서 딱 한 번 쳐봤습니다."

"골프에 대해서 관심이 많으신가 봐요. 그 책은 이미 다 본 월간지니까 보고 싶으면 가져가세요."

사장이 내게 다섯 권을 챙겨주었다. 집에 와서 호기심에 책을 읽어보았다. 골프 그립 잡는 법, 퍼팅하는 법, 어프로치 하는 법 등 골프 치는 기술에 관한 것뿐만 아니라 골프 룰에 대한 내용들도 있었다. 골프에 대해서 잘 모르는 문외한이지만, 호기심이 많아서 다섯 권을 다 봤다.

골프는 부자들이나 하는 운동으로 생각하고 있었다. 언제쯤이나 골프를 칠 수 있게 될지 아득했다. 나는 그때 국세청에 재직 중이었다. 돈도 돈이지만 신분상으로 절대로 골프를 칠 수 없었다. 언젠가는 나도 골프를 치며 살아야 되겠다고 마음속으로 다짐했다.

국세청을 퇴직하고 세무사 사무실을 개업한 다음 해였다. JC 활동을 같이 하는 동료인 골프다이제스트 잡지사 강 사장이 사회생활을 하려면 비즈니스에도 도움이 되고, 건강에도 좋으니 골프를 쳐야 한다면서 나를 연습장으로 끌고 갔다. 골프연습장은 사무실에서 가까운 파고다극장 옥상에 있었다. 강 사장이 두 달분 연습장 비용을 대신 내주었다. 강 사장 덕분에 졸지에 골프를 시작하게 되었다.

연습을 시작한지 두 달이 다 되어갈 즈음에 강 사장이 골프장에 같이 가자고 해서 여주C.C에 처음으로 라운딩을 나갔다. 일명 머리 얹으러 나갔다. 봄이라 새로 돋아난 파란 잔디 위에서 골프를 치는데, 골프장의 경관이 무척 아름답고 멋있었다. 평소에는 감히 들어가 보기도 어려운 잔디밭인데, 그 위에서 몇 시간 동안을 푹신한 잔디를 밟고 놀 수 있어서 정말 기분이 상쾌하고 좋았다.

개업 초창기라 사무실에 해야 할 일도 많았다. 대학원도 다니고 있었다. 신문사에 칼럼도 연재로 계속 써주고 있었다. 여러 가지로 너무 바빠서 골프연습장을 계속 더 다니기가 어려운 상황이었다. 그래도 골프는 계속 치고 싶은 욕심이 있었다. 골프연습장에는 못 다니고 있었지만, 집에서 아침 운동을 할 때 마당에서 땅에 떨어져 있는 목련 꽃 열매를 재미 삼아 아이언으로 치는 연습을 했다. 골프공은 아니지만 목련꽃 열매를 담장 너머로 날려 보내는 재미가 있었다. 열 흘도 못 가서 목련꽃 열매가 다 없어지고 난 후에는 칠 것이 없어서 대신 구슬만 한 돌을 쳐봤다. 조그만 돌이 담 너머로 날아가서 남의 집 유리창을 깰 뻔했다. 그 뒤로는 빈 스윙만 했다. 치는 것이 없으니까 재미가 없어 지루했다.

　며칠간 빈 스윙만 하다가 갑자기 콩으로 치면 사고 날 염려도 없고 좋겠다는 생각이 들었다. 바로 이거다 싶었다. 콩을 땅 바닥에 놓고 아이언으로 쳐봤다. 정확하게 치지 않으면 콩이 날아가지를 않았다. 또 잘못해서 뒤땅을 치면 손목을 다쳤다. 그래서 백스윙을 짧게 해서 살살 치다가, 점점 백스윙 크기를 키워나갔다. 정확하게 잘 맞으면 콩이 담벼락을 넘어 상당히 멀리 날아갔다. 정말 기분이 짜릿하게 좋았다. 처음에는 뒤땅을 많이 쳐서 손목이 많이 아팠지만 날이 갈수록 정확하게 치게 되었다. 콩이 멀리 날아가는 재미로 매일 아침에 콩을 치게 되었다. 그렇게 연습을 한참 하다 보니 골프에서 가장 큰 병인 헤드업을 안 하게 되었다.

몇 달을 연습한 뒤에 골프장에 라운딩을 같이 갔다. 연습장에 거의 다니지 않았어도 나는 아이언을 꽤 잘 쳤다. 연습장에는 한 달에 한두 번밖에 못 갔는데도, 어쩌다 모임에서 골프를 같이 가면 생각보다 골프를 상당히 잘 쳤다.

바빠서 연습장에 자주 다니지도 못하고, 코치도 받을 시간이 없어서 겨우 연습장에서 두 달 배운 것이 전부였다. 그런데도 골프를 꽤나 잘 치는 사람이 되었다. 골프장에 나가기 시작한 지 6개월 만에 90대를 치기도 했다. 주위 사람들은 내가 연습장을 자주 다니거나 라운딩을 많이 하는 줄로만 알았다. 그렇지만 나는 결코 연습장을 많이 다니거나 골프를 자주 치러 다닌 것이 아니었다. 이 사실은 아내가 잘 안다. 그래서 아내는 내가 골프에 상당히 소질이 있는 것으로 인정해 주고 있다. 몇 년 후 나는 완전히 싱글골퍼가 되었다. 두세 번에 한 번은 70대 스코어를 칠 정도였다. 나의 최고 스코어는 2002년도 8월에 88골프장 회원들의 친목단체 시합에서 이븐파인 72타를 쳤다. 물론 아마추어 골퍼도 잘 치는 사람은 드물게 언더파를 치는 사람도 있기는 하지만, 나같이 업무적으로 바빠 골프 연습장에도 잘 다니지 못하면서 그렇게 잘 치는 경우는 그렇게 흔한 일이 아니었다.

내가 연습장에 자주 다니지 않아도 골프를 잘 치게 된 비결은 3가지라고 생각한다. 첫째는 골프관련 책을 많이 봐서 이론적으로 골프를 잘 이해하고 터득했다. 탁구나 축구, 배구 등 다른 구기운동은 시합 중에 생각을 한 다음에 액션을 취할 수가 없다. 생각할 겨를이 없이 순간적인 판단과 동시에 차거나 쳐야 한다. 골프는 한 샷씩 칠 때마다 상황에 맞는 채를 고르고, 골프가 놓인 상태에 따라 또는 볼을 보내야 할 지점에 따라서 스윙을 어떻게 할 것인가를 생각해 보고 스윙을 할 수 있다. 즉, 골프는 생각하며 하는 운동이기 때문에 골프에 대한 여러 가지 지식이 필요하다. 그래서 골프는 이론을 많이 알아야 잘 칠 수 있다. 골프 이론이나 규칙 등에 대한 책을 많이 보았기 때문에 다른 사람들보다 더 빨리 배우게 되었다.

두 번째는 콩으로 아이언 연습을 많이 했기 때문이라고 생각한다. 콩으로 아이언 연습을 많이 했기 때문에 헤드업을 잘 안 하게 되고, 또 스윙을 정확하게 할 수 있게 되었다. 아파트로 이사를 한 뒤로는 콩으로 연습을 못 하였지만 몇 년 동안 콩으로 연습을 한 것이 골프 기본기에 큰 도움이 되었다. 그래서 골프를 잘 치고 싶으면 콩으로 연습을 해보라고 권해보고 싶다.

세 번째 이유는 빈 스윙 연습을 매일 했기 때문이다. 일반 주택에서 아파트로 이사를 온 뒤로는 콩도 칠 수가 없게 되어 할 수 없이 아침마다 빈 스윙으로 스윙 연습을 했다. 연습장에 자주 갈 시간이 없어서 매일 빈 스윙 연습을 하면서 좋은 스윙 폼을 몸에 읽힌 것이 큰 도움이 되었다고 생각한다. 빈 스윙을 하면 실제로 연습장에서 골프를 치는 것보다도 스윙 폼을 읽

히는 데 훨씬 더 효과적이고 힘도 덜 든다고 본다. 또 시간절
약도 되고, 연습장 비용도 안 들고 효과는 더 좋으니 일거삼득
이다. 골프를 잘 치고 싶은 사람은 콩으로 골프를 쳐보라고 권
하고 싶다.

알레르기비염의 시작과 끝

　환절기 때만 되면 콧물이 나온다. 처음에는 알레르기비염이 무엇인지도 모르고 감기인가 싶었다. 체온도 오르지 않고, 기침도 안 했다. 다른 감기증상이 하나도 없는데, 콧물을 줄줄 흘려서 이상하다 싶었다. 병원에 갔더니 알레르기비염이라고 했다. 첫 해에는 이른 봄에만 일주일 정도 콧물을 흘리고 지나갔다. 10여 년이 지난 뒤부터는 봄에만 그런 것이 아니라, 8월 말 가을로 가는 환절기 때도 어김없이 콧물이 나기 시작했다. 이비인후과에서 치료를 받았다. 처음에 몇 년간은 간단한 처치를 하고 처방해 준 약을 며칠 먹으면 나았다.

　몇 년 동안 계속 재발하여 병원에 가서 하소연을 했더니, 알레르기 물질이 뭔지 테스트한 다음에 합당한 약을 복용하자고 했다. 양쪽 팔 안쪽에 시약을 한 방울씩 20~30개 정도 일렬로 바르고 반응테스트를 했다. 검사 결과 두세 개 정도에서 피부가 약간 붉게 반응을 했다. 알레르기의 원인물질이 '꽃가루와 집 진드기'라고 했다. 검사 결과에 따라 약을 조제해 주어서 일주일 동안 먹었다. 알레르기비염의 치료가 완전히 다 된 줄로 알았다. 이듬해에 다시 또 콧물을 흘렸다. 병원에 가서 항의를 했다. 병원에서는 체질적으로 꽃가루나 집 진드기에 대해서 과민반응을 하기 때문에 반응물질이 많아지면 콧물이 나는 것이라고 상투적인 말만 했다.

옛날에는 나뿐만 아니라, 주위 사람들도 알레르기비염 자체를 전혀 모르고 살았다. 그런데 왜 그럴까. 나 나름대로 곰곰이 생각을 해봤다. 기억을 더듬어보니 1990년 10월 1일에 담배를 끊은 다음 해 봄부터 콧물이 나기 시작했다.

'담배를 피울 때는 콧속과 기관지에 가득 나있는 선모들이 독한 담배 연기에 단련을 받고 있었을 것이다. 그래서 봄에 꽃가루 등 이상한 물질이 콧속으로 좀 들어와도 충분히 버틸 수 있었을 것이다. 그런데 담배를 끊고 난 뒤로 그 선모들이 다시 부드러워지고 연약해져서, 조금만 이상한 이물질이 들어와도 과민반응을 하게 된 것이며, 그래서 재채기가 나오고 콧물을 흘리게 되는 것이 아닌가?'

금연과 연관이 있는 것 같다는 생각이 들었다.

'알레르기비염 치료를 위해서 차라리 담배를 다시 피워볼까?'

엉뚱한 생각을 해봤다. 아내가 듣고는 깜짝 놀라 한마디 했다.

"담배를 다시 피웠다가, 알레르기비염이 안 나으면 애쓰고 끊은 담배만 다시 피워버리게 되잖아요. 괜스레 후회할 짓 하지 마세요."

몇 년 동안 양방병원에서 치료를 해봐도 완치가 안 되어, 한방으로 치료하면 혹시 나을까 싶어서 효과가 좋다는 한약을 거금 50만 원이나 주고 먹었다. 돈도 돈이지만 약이 너무나 쓰고 맛이 역겨워서 정말 힘들게 먹었다. 약국에서는 또 한 재를 더 먹으라고 했다. 두 재를 먹어야 효과가 있다고 해서 역겨움을 참아가며 정말 정성스럽게 한 재를 더 먹었다. 그런데도 이듬해 봄에 또 콧물이 다시 나기 시작했다. 돈이 아깝기도 했지만 먹기 역겨운 약을 먹느라고 고생한 것을 생각하니 정말 너무 화가 났다.

모임에서 만난 어떤 친구가 말했다. 자신도 알레르기비염이 있었는데, H병원에 가서 치료를 받고 나았다는 말이었다. 그 말을 듣곤 귀가 번쩍 뜨였다. 나도 H이비인후과병원을 찾아가 치료를 받았다. 하지만 그때뿐이었다. 이듬해에 다시 콧물이 나기 시작했다. 다시 병원에 간 어느 날, 나에게 나았다고 자랑했던 친구도 대기실 의자에서 연신 코를 훌쩍거리며 차례를 기다리고 앉아있는 것을 보게 되었다. 내 기억으로 옛날에는 알레르기비염 때문에 고생하는 사람들이 별로 없었다. 요즘은 알레르기비염 때문에 고생하는 사람들이 아주 많다. 신문에 난 걸 보니 국민의 11% 이상이 알레르기비염을 앓고 있다고 하였다. 이비인후과 의사들은 알레르기비염 하나 못 고

치고 뭐한단 말인가. 알레르기비염은 전염병은 아니다. 분명히 원인이 있을 것이다. 원인만 밝히면 치료는 분명히 할 수 있을 것이라는 생각이 든다. 비염을 앓게 되면 재채기, 콧물, 심하면 눈까지 가려운 증상이 동반된다. 재채기를 계속하면서 콧물이 주체할 수 없이 흘러내릴 때는 차라리 코를 잘라 버리고 싶은 생각이 들 정도다. 병원에 가서 의사한테 항의도 해봤다.

"도대체 치료가 되는 겁니까? 안 되는 겁니까?"

"감기도 계속 재발하지 않습니까. 비염도 완전한 치료가 안 된다고 생각하시고 일종의 감기라 생각하세요. 환절기 때는 치료받고, 약 먹는 것으로 한 해를 넘긴다고 생각을 하세요. 알레르기비염 때문에 입원하거나 죽는 사람은 없잖아요?"

의사의 말이 너무 무책임한 소리 같았지만, 그래도 양심적인 말이라는 생각이 들었다. 알레르기비염을 완치하는 것을 포기했다. 환절기에 콧물이 나기 시작하면 약을 지어 먹으면서, 식염수로 코 청소를 열심히 하면 좀 수월하게 넘어가기도 했다. 코를 아침저녁으로 열심히 마사지를 해주면 효과가 있다고 해서 생각나면 마사지도 자주 하고 있다.

나름대로 알레르기비염에 대해서 관찰을 많이 해보았다. 맥주를 좀 많이 먹은 다음 날은 확실히 더 심하다는 것을 알 수 있었다. 특히 골프를 치고 나서, 목욕하고 맥주를 마신 날은 유난히 더 심했다. 그래서 요즘은 환절기 때는 가능한 맥주를 안 마신다. 알레르기비염에 좋다는 침도 열심히 맞았다. 침은 아프기도 하고, 자주 맞기가 어려워서, 몇 년 전에는 전자침 기구를 사서 내가 저녁마다 집에서 알레르기비염에 좋다는 혈자리에 전자침도 놓고 있다. 환절기에는 식염수로 매일 코 청소도 열심히 하고 있다. 그런 노력을 해서인지 요즘은 많이 좋아진 것도 같다.

아내도 2년 전부터 환절기 때 나를 따라서 콧물이 나기 시작했다.

"부창부수라 하더니 그런 것까지 나를 따라하다니. 열녀 났네."

나는 아내를 놀렸다.

의사들 말대로 알레르기비염의 원인이 집안 진드기 때문이라고 한다면 똑같은 환경 속에서 살고 있는 아내와 나는 왜 다른가. 벌써 20여 년 전부터 알레르기비염 때문에 고생하고 있는데, 아내는 알레르기비염이 전혀 없었다. 최근 2년 전부터 콧물을 흘리기 시작했지만 그것도 심하지 않다. 아내는 병원에도 안 가고 참고 지내다가, 콧물이 좀 많이 나면 내가 지어다 놓은 약을 한두 봉지 먹고 가볍게 지내고 있어 다행이다. 평상시에는 아무렇지도 않다가 봄, 가을만 되면 어김없이 또 콧물이 난다. 의사들은 알레르기비염 치료를 포기한 것일까. 아니면 고의적으로 완치방법에 대하여 연구를 하지 않는 것인가. 그것도 아니라면 알레르기비염은 영원히 완치할 수 없는 병이란 말인가. 내가 의사라면 알레르기비염 연구에 죽도록 전념해 보고 싶다.

"알레르기비염은 죽어야 낫는 병이라고들 한다. 그렇다면 나도 죽을 때까지 기다려야 한단 말인가?"

4장

휴게소에서
잃어버린 버스

히말라야 푼힐 전망대

히말라야에 가보고 싶다! 등산을 할 때면 가끔씩 더 늙기 전에 히말라야에 한번 가봤으면 좋겠다는 생각을 많이 했다. 10여 년 전부터 친구들이 나이 들어 현직에서 물러나게 된 뒤, 대다수가 이 핑계 저 핑계로 골프는 접어두고 등산을 많이 다닌다. 고등학교 동창들은 매월 둘째 주 일요일에 정기적으로 등산을 같이 다닌다. 중학교 동창들은 아예 매주 토요일마다 청계산으로 정해놓고 다닌다.

요 몇 년 사이에 매년 한두 명씩 등산모임에서 빠져나가고 있다. 산이 싫어서가 아니라, 나이가 들어가면서 등산모임에 오고 싶어도 중병을 앓게 되어 빠지기도 하고, 또 몸의 이곳저곳이 안 좋아서 등산을 꺼리기 때문이다. 우리들의 나이가 70세가 다 되었다. 벌써 70세라는 생각을 하니 만감이 교차했다. 히말라야 트레킹을 다녀온 사람들이 무척 부러웠다. 더 늙기 전에 히말라야에나 한번 가보고 싶은 생각이 절실해졌다.

어느 후배로부터 자기 친구들과 히말라야에 가려고 한다는 말을 들었다. 푼힐전망대까지 다녀오는데 4박 5일 정도가 소요되며 해발 3,200미터까지만 가기 때문에 평소에 등산을 자주 다니는 사람들은 충분히 갈 수 있다고 했다. 나도 한 살이라도 더 먹기 전에 어서 가봐야겠다는 욕심이 났다. 용기를 내어 후배와 같이 가자고 약속하고 고등학교 동창들 중에 등산을 좀 잘하는 친구들에게 전화를 했다.

"더 늙기 전에 히말라야에를 한번 갔다 오자. 너 정도면 충분히 갈 수 있다고 하더라."

10여 명의 친구들에게 전화를 해서, 겨우 4명의 동지를 구해서 같이 가기로 했다. 2014년 4월 30일에 서울에서 출발하여 5월 1일부터 트레킹이 시작되는 일정이었다. 욕심에 같이 가자고 서둘렀지만, 나의 체력도 문제지만 작년부터 등산을 할 때마다 무릎이 조금씩 아파서 걱정이 앞섰다. 먼저 정형외과를 가서 정밀 진단을 받았다. 퇴행성관절염이라고 했다. 연골이 많이 닳아서 히말라야는커녕 일반등산도 안 하는 것이 좋겠다고 했다.

하지만 그럼에도 히말라야에 가보고 싶다는 욕심이 앞섰다. 앞으로 남은 기간 3개월 동안 치료를 전념하면 갈 수 있겠지 하는 막연한 생각이 들었다. 올해에 못 가면 영원히 못 가게 될 것이 분명하니 일단 도전해 보자고 마음을 굳혔다. 우선 한의원에 가서 침 치료를 받기 시작했다.

"계단을 똑바로 못 내려오고 옆으로 걸어야 할 정도로 상당히 심한 무릎 통증이 있었는데, 암소의 태반에 한약을 넣어 달인 약을 먹고 싹 나았다."

사촌 형의 말을 듣고 나 역시 약을 주문했다. 3개월 동안 먹었다. 또 어떤 친구는 자기도 무릎이 많이 아파서 등산을 잘 못 했는데, 아는 친지가 미국에서 '무브프리(move free)'라는 약을 사다 주어서 먹고 좋아졌다고 했다. 등산도 다닐 수 있게 되었다는 말을 듣고, 미국에 사는 여동생한테 전화를 걸어 그 약도 사서 먹었다. 그리고 무릎 운동을 열심히 해서 다리의 힘을 길러야겠다는 생각이 들어서 실내자전거를 매일 30~40분씩 탔다. 실내자전거는 술을 먹고 집에 온 날도 타고, 단 하루도 빼놓지 않고 100일 동안을 매일 열심히 탔다. 물론 매주 주말에는 등산도 계속 다녔다.

3개월 동안 1주일에 1~2번 한의원에서 침 맞고 물리치료하고, 무릎에 좋다는 약도 지극 정성으로 먹으면서 매일 운동하고 산에 열심히 다녀서 그런지 정말 무릎이 많이 좋아졌다. 처음에는 출발할 즈음에 무릎 통증이 개선이 안 되면 포기해야겠다고 생각도 했었다. 그러면서도 꼭 가야겠다는 희망은 계속 갖고 노력을 열심히 했다. 무릎이 많이 아프지 않아야 할텐데 하는 노파심을 안고, 히말라야 트레킹을 전문으로 하는 등산여행사를 통하여 네팔로 출발했다.

2014년 4월 30일. 우리 팀 6명과 다른 팀 4명과 함께 10명이었다. 여행 일정은 4월 30일부터 5월 5일까지였다. 홍콩을 거쳐 카투만두로 가서 1박하고, 다음 날 5월 1일에 네팔 국내선 경비행기를 타고 포카리로 가서 점심을 먹고 트레킹을 시작했다. 혹시나 싶어서 무릎 보호대를 차고 산행을 시작했다. 6시간 동안을 산행한 뒤에 나야폴에 도착하여 롯지에서 하룻밤을 잤다. 다행히 아직 무릎은 말썽을 피우지 않았다.

롯지, 우리나라 산장과 같은 곳이다. 롯지는 전기 사정이 안 좋아 옛날 시골 호롱불만큼 희미했다. 방은 두 사람이 겨우 들어갈 정도로 조그마했다. 쿠션도 없는 나무로 된 딱딱한 아주 좁은 침상이었다. 샤워장은 온수도 나오지 않아 찬물로 땀만 겨우 씻는 정도의 샤워를 마치고 저녁 식사를 했다.

저녁 식사는 여행사에서 셀파 외에 별도로 대동한 5명의 주방 팀이 준비했다. 트레킹 중에 산에서의 식사치고는 생각보다 준비가 잘되어 잘 먹었다. 취침은 한 방에서 2명씩 자게 되어있는데, 아주 싸늘하고 베개도 없는 눅눅한 널판지로 된 침대였다. 난방이 전혀 되어있지 않아 준비해 온 침낭에 의존하여 다음 날 마의 3천 계단을 오르기 위해서 잠을 억지로 청했다.

둘째 날, 7시부터 본격적인 트레킹을 하게 되었다. 일반적으로 산행을 하다 보면 한동안 가파른 길이 있다가도 평지도 나오고 내리막길도 있기 마련이다. 그런데 이번 산행은 달랐다. 내리막길이나 평지가 없어 3시간 내내 계속 급경사를 오르기만 했다. 가다가 이보다 더 힘든 마의 3천 계단이라는 곳이 있다고 했다. 가고 있는 길도 이렇게 힘든데 언제 3천 계단을 또 오른단 말인가! 정말 숨이 컥컥 막히는 것이 눈앞이 캄캄했다. 강인한 용병으로 유명한 네팔군인들도 약 100여 명이 같은 코스로 훈련차 행군을 하러 와서 같이 갔다. 산악전투로는 세계 제일이라는 그렇게 젊고 강인한 군인들도 20분을 못 가고 계속 쉬어가고 있었다.

힘든 돌계단 중간에, 트레킹을 혼자 온 중국여자를 만났다. 중국여자는 배낭이나 신발 등 등산장비를 갖추고 온 것이 없었다. 평상복에 운동화만 신고 핸드백을 메고 있었다. 여행을 많이 다닌다는 20대 후반의 상당히 통통한 몸매의 젊은 여자였다. 저런 몸매와 장비로 어떻게 트레킹을 할 수 있을까 하는 걱정이 든 반면, 그런 상태로 푼힐전망대까지 가겠다고 나선 의지가 대단하다는 생각이 들었다. 결국 중국 여자는 우리 일행을 따라오지를 못하고 계속 처졌다. 그런데 아나나 다를까 한두 시간 지난 후에, 마부가 끄는 조랑말을 타고 올라가는 사람이 있어 보니 그 중국 여자였다. 결국 중국 여자는 계속 걷지를 못하고 짐 나르는 조랑말을 타고 올라갔다.

중국 여자가 조랑말을 타고 힘들지 않게 가는 것을 보니 더 힘이 들고 맥이 빠졌다. 너무나 힘들고 지루해서 3천 계단이 어디부터냐고 원망스럽게 가이드에게 물었다.

"지금 이 길이 그 마의 3천 계단입니다."

가이드가 그때서야 알려주었다. 마의 3천 계단 길이 이제

거의 끝나가는 지점이라는 것이다.

"야호!"

나도 모르게 소리를 질렀다. 정말 살았다 싶었다. 그 뒤로도 오르막길을 계속 더 걸어서 5시간 만에 점심식사를 하는 지점에 도착했다. 점심식사를 마치고, 또 산행을 시작하여 6시간 만에 해발 2,870미터 지점에 있는 푼힐전망대 밑 고레파니 산장에 도착했다. 산장에 도착하기 전 6시경부터는 소낙비가 많이 내렸다. 다행히 우리 몇 사람은 좀 일찍 도착해서 비를 덜 맞았다. 좀 늦게 온 사람들은 장대비를 많이 맞고 들어왔다. 산장에는 세계 곳곳에서 온 등산객들로 북적거렸다.

몇몇 사람들은 벌써 고산증으로 고생을 했다. 나도 머리가 좀 띵하고 속이 매스꺼운 느낌이 들어서 여행사에서 미리 준비하라고 한 비아그라를 한 알 먹었다. 그런데 한국에서 온 다른 일행의 젊은 여자가 고산증으로 아주 고생을 많이 하고 있다고 했다. 내가 비아그라 두 알을 주었다. 그 뒤로 좀 우선하여 저녁 식사도 했다.

다음 날 새벽 4시에 일어나 랜턴을 머리에 차고 일출을 보기 위하여 3,210미터 고지에 있는 푼힐전망대로 산행을 시작했다. 산에 오르면서 하늘을 보니 하늘을 가득 메운 수많은 별들이 아주 크고 초롱초롱하게 빛났다. 금방이라도 손을 펼치면 잡힐 것 같은 착각이 들 정도로 아주 가까이에 선명하게 반짝이고 있었다. 검은 천의 하늘 마당에 은구슬을 잔뜩 뿌려놓

은 것만 같았다. 윤동주의 「별 헤는 밤」이란 시의 중간 부분이
절로 떠올랐다.

별 하나에 추억과

별 하나에 사랑과

별 하나에 쓸쓸함과

별 하나에 동경과

별 하나에 시와

별 하나에 어머니, 어머니

　　– 윤동주, 「별 헤는 밤」

생전에 그렇게 많은 별을 가까이서 본 적이 없었다. 나만 본
것이 아니라 일행 모두들 탄성을 질렀다.

"저 별 좀 봐라."

약 1시간 반 동안 힘들게 산행을 한 뒤에 푼힐전망대에 도
착했다. 전망대에는 언제 어디서 왔는지 아주 많은 사람들이
와서 일출을 기다리고 있었다. 하늘이 아주 맑지는 않고 구름
이 조금 끼어있어서 전체의 봉우리는 못 보았지만 구름 사이
로 황금빛으로 모습을 드러낸 산 정상들이 정말 찬란하게 아
름다웠다.

붉은 태양빛이 만년설에 반사되어 온 신비의 황금빛은 어디
에서도 볼 수 없는 광경이었다. 특히 마차푸차레는 정상의 모

양이 특이하고 멋있어서 유명했다. 마차푸차레는 히말라야산맥 8,000미터 이상 되는 14좌 중 하나인 안나푸르나 제3봉의 남쪽에 돌출해 있는 물고기 꼬리 모양의 봉우리다. 꼬리 모양의 정상이 일출에 황금빛으로 반사되니 정말 아름다웠다. 푼힐전망대에서 보면 히말라야의 정상들이 가장 가까이 보일 뿐만 아니라 8,000미터 이상 고봉 여러 좌를 한꺼번에 볼 수 있었다. 그래서 히말라야 베이스캠프까지 트레킹을 간 사람들도 일출은 모두 푼힐전망대에 와서 구경을 했다. 힘든 산행을 거쳐 푼힐전망대를 찾아온 의미가 있었다. 뿌듯한 성취감을 느끼게 했다.

> 인간의 족적도 만년설도 허용치 않는
> 절대고독의 물고기 마차푸차레
>
> 시바 신이 뿌리는
> 히말라야의 아우라 마차푸차레
>   – 이내무, 「물고기의 사랑」 중에서

아침 식사를 마치고 8시에 하산을 시작했다. 다행히 무릎도 아프지 않고 체력도 견딜 만해서 즐거운 마음으로 출발했다. 오후부터 비가 내리기 시작했다. 하산길이 아주 힘들어졌다. 비옷을 입고 내려왔다. 땀이 비 오듯 쏟아졌다. 더워서 비옷을 벗고 우산을 쓰고 내려오자니 스틱을 한 손으로만 사용하게 되어 불편했다. 더구나 짐 운반용으로 많이 사용하고 있는 조랑말의 분비물이 길바닥에 수없이 깔려있었다. 비가 많이 와서 젖어 질퍽거리고 미끄러워서 넘어질까 조심스러웠다. 더구나 분비물의 냄새를 몇 시간 동안 계속 맡으며 걸어야 하는 것이 곤혹스러웠다.

출발할 때 하행길은 쉽게 내려올 것이라고 생각을 했었다. 이틀 동안 올라간 길을 하루만에 9시간 이상을 계속 내려오니 무릎에도 통증이 오기 시작했다. 무릎은 좀 아파도 마음 한구석은 뿌듯했다. 남들이 그렇게 선망하던 히말라야를 다녀왔다는 자부심과 희열을 안고 귀국비행기를 탔다. 만약에 미리 그렇게 오랫동안 열심히 준비를 많이 하지 않았더라면 도저히 갔다 올 수 없었을 것이다. 나이가 들어서도 히말라야까지 갔다 왔다는 긍지와 희열을 느꼈다. 그리고 생에 대한 자신감까지 생겼다.

같이 간 친구들도 등산모임에서 만날 때마다, 내가 같이 가자고 해서 덕분에 히말라야를 갔다 오게 되었다고 정말 고맙다는 말을 했다. 지금도 내 사무실에는 푼힐전망대에서 손을 높이 들고 찍은 사진이 벽에 걸려있다. 그 사진을 보며 이따금 그때를 회상하곤 한다. 그러면 없던 힘도 다시 솟아나는 기분이 든다.

고등학교 동창 모임에서 K라는 친구도 푼힐전망대를 다녀왔다고 했다. 아주 의외였다. 그 친구는 몇 년 전 관악산을 올라 갈 때에 중간에서 아주 힘들어 하던 친구였다.

"너무 힘들어 못 가겠다. 올라가는 것이 빠르냐? 내려가는 길이 더 빠르냐?"

법석을 피우던 친구였다. 언제 그동안 체력단련을 해서 푼힐 전망대까지 다녀왔느냐고 물었다. 그러자 그 친구가 대답했다.

"사실은 네팔에 관광을 갔다가 유명하고 멋있는 곳이라고 해서 헬기를 타고 다녀왔다."

그러자 친구들이 모두 웃었다.

"그러면 그렇지."

갈수록 높아진 청계산

사람은 나이가 25살이 되면 성장이 멈춘다고 한다. 사람이 성장을 멈춘 동안 산은 자라기 시작한다. 산이 커가는 것을 깨닫게 된다. 산이 점점 키가 자라 높아가는 것을 깨닫게 될 대가 인생의 깨달음에 가까워지고 있다는 증거다.

10여 년 전부터 중학교 동창 10여 명이 매주 토요일마다 청계산으로 등산을 다니기 시작했다. 등산회 모임 이름은 '복호회'라고 했다. 중학교 다닐 때 학교 뒷산 이름이 복호산이었다. 복호(伏虎)는 호랑이가 엎드려 있는 형상이라 해서 붙여진 이름이라 마을 산이름을 따 명명했다.

처음 등산모임을 시작할 때는 양재동 버스정거장에서 9시 30분에 만나서 같이 갔다. 2011년 10월 28일 신분당선 전철이 개통되면서부터는 신분당선 '청계산입구'역 대합실에서 10시에 만나 다니고 있다. 주말에는 골프 약속을 우선으로 하고, 골프 약속이 없을 때만 등산모임에 참여했다. 친구들이 정년퇴임을 많이 하고 나서부터는 이구동성으로 얘기했다.

"골프는 평일에 치면 되는데 뭣 때문에 비싼 돈 내고 굳이 주말에 할 이유가 없지 않느냐."

그래서 나도 토요일에는 특별한 일이 없으면 주로 등산모임에 참석을 한다. 친구들과 산에 가면 이런저런 얘기를 하다 보면 힘도 덜 들고, 좋은 공기 마시며, 운동이 저절로 되어 참 좋다. 그래서 모두들 빠지지 않고 잘 나온다.

복호회 멤버들이 산행을 시작한 초창기에는 주로 청계산의 정상인 매봉까지 올라갔다 왔다. 몇 년 전부터는 발바닥이 뜨거워서 멀리 가기 힘들다거나, 감기가 들어서 매봉까지 못가겠다는 친구들이 있어서 가끔 매봉으로 가지 않고, 약 200미터 정도 낮은 두 번째 정상인 옥녀봉까지만 가는 날이 늘었다.

3년 전에는 친구 태복이가 원터골 쯤에서 먼저 내려가겠다고 했다.

"나는 어지러워 옥녀봉까지 가기 힘이 드니, 너희들만 갔다와라. 나는 천천히 먼저 내려가서 식당에서 기다릴게."

몇 개월 뒤에 그 친구는 목욕탕에서 쓰러져서 응급실에 입원을 했다. 좀처럼 의식을 못 찾아 정밀검사를 했다. '수면 중 무호흡증'이라는 불치병이 있음을 알았다. 결국 그 친구는 병세가 계속 더 악화되어 등산모임에 나오지 못했다. 결국 1년 만에 고인이 되어 우리들 곁을 떠나 북망산으로 들어가고 말았다.

또 친구 종섭이는 건강도 좋고, 힘도 좋아서 산도 잘 탔다. 종섭이 친구가 2년 전에 집에서 기르는 개에게 광견병 예방주사를 직접 놓다가, 그 개가 팔을 무는 사고가 나서 6개월 이상 동안 등산모임에 나오지 못했다. 다행히 상처가 나아서 다시 등산모임에 나오기는 하였으나, 가끔 길을 잘못 들어 20~30분 늦을 때도 있었다. 심지어는 1시간이나 늦어서 산에는 못 오르고 식당으로 바로 가서 기다린 경우도 있었다. 그래서 우리들이 농담 반, 걱정 반 이런 말을 하기도 했다.

"그 친구 수년 동안 계속 오던 길을 잘못 찾은 것을 보니 혹시 치매 아니야?"

몇 개월 동안을 안 나오다 동생을 앞세우고 나온 경우도 있었다. 다음 해부터는 아예 혼자서는 등산모임에 나오지 못했다. 가족과 연락을 해보니, 그 친구에게 진짜로 치매가 왔다고 했다. 결국 그 친구는 치매가 심해져서 가족과 같이 못 있고 요양병원으로 갔다. 또 지난 1월에는 그동안 등산모임에 거의 빠지지 않고 잘 나오던 친구 K가 나오지를 않았다. 왜 안 나왔느냐고 전화를 했다.

"지난달에 산에서 내려올 때 가볍게 미끄러져 한번 주저앉았어. 그것도 크게 넘어지지도 않았는데 허리가 계속 아프더라고. 그래서 병원에 가봤더니, 허리뼈에 금이 갔으니 한동안 무리하지 말고 산에도 다니지 말라는 거야. 그래서 못 갔어."

"야, 그러니까 내가 뭐라고 했어. 산에 다닐 때는 꼭 스틱을 가지고 다니라고 했잖아. 엄홍길 대장같이 에베레스트 최고봉을 비롯해서 8,000미터 이상의 14좌까지 정복한 세계적인 전문산악인도 별로 높지도 않은 도봉산에 갈 때에도 꼭 스틱을 가지고 다니잖아. 스틱이 있으면 산에서 넘어지는 사고도 예방하고, 등산할 때 힘도 덜 들어서 좋다고 내가 몇 번이나 말했어. 너 내 말 안 들어서 괜한 고생을 하게 되었다."

"네 말이 옳아. 네 말을 들었더라면 이런 사고도 안 났을 텐데. 후회가 된다."

2개월 후에 스틱을 들고 나타났다. 아직 완전치료가 되지를 않아서 정상까지는 못 간다고 했다. 할 수 없이 옥녀봉 밑에까지만 갔다가 다 같이 식당으로 내려갔다. 요즘에는 복호회 등산모임 때 매봉까지 가는 경우는 오래 전의 일이 되어버렸다.

"청계산이 계속 높아져 가는가?"

아니 이제는 옥녀봉까지 가는 것도 몇 몇 친구들이 슬슬 꽁무니를 빼기 시작했다.

"여기서 막걸리나 한잔하고 내려가자."

누가 먼저 말만 떨어지면, 기다렸다는 듯이 여러 친구들이 맞장구를 쳐서 더 올라가지 않고 내려와 버린 경우도 많았다. 이제 우리들의 나이가 70살이 넘어서 청계산을 점점 높게만 생각하는 친구들이 늘어나고 있다. 산에 갈 때마다 옥녀봉과 매봉으로 가는 갈림길에서 한참을 실랑이를 한다. 내가 매봉으로 가자고 하면 동조하는 친구가 거의 없고, 대다수가 옥녀

봉으로 가자고 한다. 몇몇 친구들은 옥녀봉에도 안 올라가려
고 꾀를 부린다.

요즘 몇 달 동안은 옥녀봉에도 못 가고 내려오는 경우가 반
반이나 되었다. 그동안 청계산이 높아진 것이 아니라 우리의
건강이 그만큼 약해진 것이 분명했다. 우탁의 「한 손에 가시
들고」라는 시가 우리의 처지를 잘 나타내는 것 같다.

한 손에 가시 들고 또 한 손에 막대 들고
늙는 길 가시로 막고 오는 백발 막대로 치려니
백발이 제 먼저 알고 지름길로 오더라.
　　　　　　　　　　　　　－ 우탁, 「한 손에 가시 들고」

결국 등산 멤버 10명 중에 한 친구는 저세상으로 갔고, 또
한 친구는 요양원으로 가서 이제 청계산에 다시는 못 오게 되
었다. 나머지 8명 중에도 매봉은커녕 옥녀봉까지 가는 것도
힘들어하는 친구들이 늘어나는 것을 보니, 우리들의 나이가
벌써 그렇게 되었는가, 서글픈 생각이 들었다. 그렇지만 평소
에 몸 관리를 잘한 사람들 중에는 80세가 넘어서도 사업을 왕
성하게 하는 사람이 있는가 하면, 등산도 잘 하고 골프도 잘
치는 사람들이 많다.

"야. 우리는 나이만 좀 들었지 아직 젊은 오빠야."

지금이 자기 인생에서 제일 젊은 때란다. 지금부터라도 건

190

강을 위해 운동도 더 열심히 하고, 재미있게 살자고 합창을 하고 산에서 내려오곤 한다. 내려와서 점심 식사를 할 때 막걸리를 한잔씩 하면서 건배사는 우렁차게 한다.

"백두산!"

백 살까지 두 발로 산에 다니자!

휴게소에서 잃어버린 버스

고집으로 성공하고 고집으로 망한다고 한다. 목표에 대한 고집이라면 성공확률을 높일 수 있지만 쓸데없는 고집이라면 고생을 자초할 수도 있다. 나이가 들어도 고집은 여전하다.

친한 친구의 장모님이 돌아가셨다는 문자가 왔다. 몇몇 친구들에게 문상을 같이 가자고 연락을 했다. 주중이라 광주까지 가기가 어렵다고 했다. 할 수 없이 친구J와 단 둘이 광주로 문상을 가기로 했다.

다음 날 아침 일찍 우등고속버스를 타고 4시간 만에 장례식장에 도착했다. 고인은 슬하에 2남 3녀를 두셨다. 자식들은 모두 다 출가해서 잘 살고 있었다. 금년에 연세가 99세라고 했다. 건강하게 사시다가 3일 전에 좀 편찮으셔서 병원에 입원을 했는데, 어제 새벽에 돌아가셨다고 했다.

요즘 최고 행복한 죽음은 '구구팔팔이삼사(9988234)'라는 말이 있다. '구구팔팔이삼사'는 정말 나이든 사람들 모두의 희망

사항이 아닐 수 없다. 그런 면에서 '고인은 정말 복인(福人)이시다.'라는 생각이 들었다. 상을 당한 친구 내외에게 위로의 말씀을 드렸다.

"돌아가신 어머님은 모든 노인들의 소망인 '구구팔팔이삼사'를 실현하신 복 받으신 분이니 너무 슬퍼하지 마세요. 복 많으신 분이라 틀림없이 좋은 데로 가셨을 겁니다."

"1년만 더 사셨으면, 100수를 채우셨을 텐데, 너무나 아쉬워요."

광주에서 문상 온 중고등학교 친구들과 같이 상가에서 점심을 간단히 먹고 서울로 돌아오기 위해 2시쯤에 장례식장에서 나왔다.

2시 30분 출발 서울행 고속버스를 탔다. 버스 안에서 자연스럽게 광주친구들과 나누었던 광주지역의 취약한 경제가 화제가 되었다.

"광주에는 큰 기업체라고 해봐야 아직도 금호고속 하나뿐이야."

"그나마 금호그룹의 모태기업인 금호고속이 사모펀드에 넘어가 버렸다던데."

"그래서 금호가 금호고속만은 꼭 되찾아 오려고 하고 있는데 자금력이 없어서 못 찾아오고 있다고 하더라고."

한참 금호고속에 대해 안타까운 이야기를 나누고 있는 중에 버스가 정안휴게소에서 잠깐 정차했다. 휴게시간이었다. 버스에서 내리면서 차량번호를 확인했다. 5210번이다. 친구와 같이 화장실에 들른 다음에 자판기 커피를 한 잔씩 마시면서 우리가 내렸던 버스가 있는 쪽으로 돌아왔다. 그런데 친구가 말했다.

"어? 우리가 탔던 버스가 안 보인다. 끝번호가 210이었는데."

내가 봐도 우리가 내린 쪽에는 금호고속버스 중에 5210 버스가 보이질 않았다. 그러자 친구가 저쪽에 버스가 여러 대가 서있는 곳까지 갔다 왔다.

"어? 저기에도 없는데. 내가 내리면서 분명히 210를 확인을 했는데."

"그래. 나도 확인했어. 5210번이었어."

"야, 그런데 너는 끝 번호 3자리만 외우는구나. 나는 4자리를 다 외우는데."

"3자리만 외워도 확인이 가능하니까, 4자리까지 다 외울 필요가 없지."

그리고 보니 3자리만 외우는 것이, 외우기도 쉽고 더 좋은 생각이었다. 휴게소에 서있는 금호고속버스의 차번호를 모두 확인하면서 왔다 갔다 했다. 그러나 붉은 색 무늬로 되어있는 금호고속버스 7대의 번호를 모두 다 확인을 해봐도 5210은 물론 210도 없다. 벌써 가버렸을까? 우리가 늦장 부리고 온 것도 아닌데 이상하다는 생각을 하며 맨 끝에 서있는 금호고속버스를 보니 2시 35분 출발 서울행 버스였다. 우리가 타고 온 버스는 2시 30분 출발 버스가 분명하다. 2시 35분차의 운전석을 보니 운전기사가 아직 안 왔다. "만약 우리가 타고 온 버스를 못 찾으면 저 버스라도 타고 가야겠다."고 생각하고 버스 앞에 서서 기다렸다. 마침 버스 기사가 왔다.

"아저씨, 2시 30분차가 안 보이는데 벌써 갔을까요?"

"아니요. 아직 안 갔어요. 식당에서 기사하고 식사를 같이 했는데요. 곧 올 겁니다."

그래도 우리가 타고 온 버스가 보이질 않으니 믿을 수가 없었다. 이 버스라도 태워달라고 하기 위해서 차 앞에 계속 서있었다. 그런데 그때 버스 기사가 말했다.

"그 기사 분, 저기 오네요."

기사가 손가락으로 가리킨 곳을 보니 그 기사가 오고 있었다.

그런데 그 기사는 약 10미터 정도 오른쪽에 세워져 있는 금호고속버스가 아닌 청색무늬의 중앙고속버스로 올라갔다.

"아뿔싸!"

우리는 광주에서 서울 가는 버스니까 당연히 붉은색 무늬의 금호고속버스를 타고 온 것으로 생각했다. 친구와 나는 붉은색 무늬의 금호고속버스의 차 번호만 보고 다녔다. 다른 색의 버스 번호는 아예 보지도 않았다. 다른 색의 버스도 확인했더라면 바로 옆에 서있는 차를 이미 벌써 찾았을 것이다.

결국 우리는 붉은색의 금호고속버스를 타고 온 것이라는 선입견 때문에 바로 옆에 세워져 있는 버스를 찾지 못한 해프닝이 일어났던 것이다. 어처구니가 없어서 쓴 웃음이 나왔다. 우리는 뒤통수를 긁적이며 버스에 올랐다.

집에 와서 아내에게 휴게소에서 있었던 해프닝에 대해 얘기를 했더니 고소하다는 듯이 핀잔을 주었다.

"당신은 너무 고지식한 것이 탈이에요. 한번 자기가 맞다고 생각하면 다른 생각을 전혀 안 하고, 융통성이 없어요. 그러니 그런 고생을 하지요."

"나 혼자 오다가 그런 것이 아니야. 그 친구도 당연히 금호고속버스를 타고 온 줄 알았다니까."

"둘이 다 똑같은 사람이지 뭐. 똑똑한 척하는 사람들이 대개 고지식하다니까."

그러고 보니 내가 선입견 때문에 실수한 경우가 한두 번이 아니었다. 집에서 물건을 찾을 때에도 내가 어디에 두었다는 생각이 한번 들면, 나는 그곳만 찾는다. 하지만 아내는 달랐다. 안 보이면 다른 곳에서도 찾아본다. 그래서 내가 못 찾은 물건은 결국 아내가 찾아낸다. 그럴 때마다 나는 아내로부터 선입견을 갖지 말고 좀 폭 넓게 생각해 보라는 핀잔을 듣는다. 아직도 나는 그 선입견에 얽매여서 가끔 친구들과 입씨름을 하기도 하고, 또 집에서는 물건을 잘 못 찾아 종종 마누라 신세를 지고 산다. 나의 이 고질적인 '선입견 병'은 나이를 얼마나 더 먹어야 고쳐질는지.

금반지로 산 엠피스리

회갑반지가 낭만과 건강을 선물했다. 하늘의 선물인 음악과 지상의 선물인 건강을 선물한 것이 회갑연 때 받은 금반지였다.

광주에서 동쪽으로 30리 정도 떨어져 있는 무등산이 잘 보이는 곳에서 초등학교를 다녔다. 그 시절에는 먹고 살기가 너무나 힘들었다. 어린 아이들도 밭에 나가 일손을 거들어주거나 집안일이라도 도와야 했다. 애들을 학교에 못 보낸 집들이 많았다. 초등학교만이라도 다닐 수 있으면 다행이었다. 특히 여자아이들은 아예 초등학교도 보낼 생각을 안 한 집도 많았다. 그래서 한 반 학생이 60명이면 남학생은 약 40명이지만 여학생은 20명 정도밖에 되지 않았다.

바쁘게 살다 보니 어느덧 초등학교를 졸업한 지 벌써 30년이 지났다. 고생했던 기억은 잊어버리고 재미있었던 추억들만 남았다. 이제 경제적으로 살 만해졌다. 과거의 어렵고 힘들었던 생활이 오히려 낭만으로 여겨질 정도였다. 졸업 후에 먹고 살기 위하여 뿔뿔이 헤어진 지 오래 되었다. 이제 너 나 할 것 없이 서로 보고도 싶고 또 얼마나 성장했는지 궁금했다. 졸업 후에 친하게 지내던 몇몇 친구들만 끼리끼리 만나고 있었던 차에 동창들 전체 모임을 한번 하자는 의견들이 많았다.

졸업한 지 30년이 넘어서야 평소에 알고 지내는 친구들을 서로 연락을 해서 다 같이 만났다. 모두들 많이 변했다. 어느새 희끗해진 머리칼에 지난 세월이 고스란히 배어있었다. 학교 다닐 때는 키가 꽤 컸던 어떤 친구는 하나도 더 크지 않았는가 하면, 키가 아주 작았던 어떤 친구는 길에서 만나면 몰라보게 훤칠하게 커버린 애도 있었다. 여학생들을 그렇게 못 살게 굴던 개구쟁이가 커서는 오히려 더 의젓하고 얌전해진 친구도 있고, 공부도 못했던 애가 돈을 꽤 많이 벌어서 목에다 힘주는 애들도 있었다.

동창들이 만나기만 하면 옛날 애기로 꽃을 피우며 시간 가는 줄 몰랐다. 낮에 만나면 한참을 놀다가 저녁 먹고 가자고 하고, 또 저녁 먹으면 노래방에 가서 더 놀다 가자 성화가 많았다. 특히 여학생들은 집에서 살림만 하다가 마음 편한 어릴 때의 친구들을 만나게 되니, 크게 채면을 차릴 일도 없어 그런지 즐겁게 잘 놀았다. 어떤 친구가 여학생들에게 농담을 하며 놀렸다.

"야, 우리 동창들이 너희들 남편보다 젊어서 영계하고 노는 것 같아서 좋지?"

"어이, 미친놈! 우리 남편이 더 싱싱해야!"

동창들이 만날 때 회비는 매번 2만 원씩만 냈다. 때로는 자신의 아들딸 모두 결혼시켰다며 식대를 내고 또 좋은 일 있다고 한턱 내는 친구들도 많았다. 그러다 보니 동창회비는 쓰는 돈보다 모이는 돈이 더 많아졌다. 회장은 남학생들이 맡아서 하지만, 총무는 여학생들이 맡았다. 여자들이라 꼼꼼하게 살림을 잘해서 그런지 동창회기금이 꽤 많이 모이게 되었다.

어느덧 동창들 중 나이가 만 60세가 된 친구가 나왔다. 동창모임 때 회갑을 맞은 친구들에게 회갑기념으로 5돈짜리 금반지를 선물로 해주기로 했다. 초등학교를 8살 때 입학하는 것이 정상이었지만 2~3년 늦게 입학한 아이들도 많았다. 동창들이라도 나이 차이가 상당히 많이 나서 회갑기념 반지를 먼저 받은 애들도 여러 명 있었다. 3년쯤 지나자 8살에 입학한 동창들이 모두 회갑을 맞았다. 총무가 일일이 반지를 맞추어다 주기가 힘들다며, 나머지 친구들에게는 돈으로 25만 원씩을 모두 나누어주었다.

2005년도쯤에는 금 한 돈에 5만 원이었다. 금반지 닷 돈이라고 해 봐야 25만 원 정도였다. 동창들이 거의 모두 금반지를 맞추었다. 나는 금반지를 사봐야 끼고 다닐 것도 아니고, 어차피 장롱 속에 넣어 둘 것인데, 그럴 바에 차라리 내가 필요한 것을 기념으로 하나 사자고 생각했다. 그래서 나는 그 돈으로 제일 좋은 엠피스리를 샀다.

한 5년쯤 이후부터 미국발 금융위기 여파로 금값이 하늘 높은 줄 모르고 오르기 시작했다. 금 한 돈에 5만 원 하던 것이 20만 원까지 올라갔다. 그러다 보니 25만 원에 산 금반지 5돈짜리 회갑선물은 100만 원짜리가 되었다. 모임 때마다 동창들이 회갑선물에 대하여 모두들 흐뭇해했다. 회갑기념으로 내가 산 엠피스리는 그동안 한 5년 썼더니 이제 고장이 자주 나서 못 쓰게 되었다. 더구나 핸드폰으로 음악을 들을 수 있게 되자 이제 엠피스리는 아무 쓸데가 없는 무용지물이 되어버렸다. 아무도 엠피스리로 음악을 듣는 사람이 없다. 결국 그때 금반지를 맞추었더라면 지금쯤 100만 원짜리 금반지가 남아있을 텐데, 내 회갑기념은 이제 흔적도 없이 사라지고 말았다.

"그때 나도 금반지를 하나 맞출 걸⋯."

서운한 마음이 들었다. 그렇지만 나는 1,000곡이 넘는 음악을 저장해 둔 엠피스리 덕분에 4~5년 동안 음악을 들으면서 양재천 길을 즐겁게 걷는 운동을 많이 했다. 결국 엠피스리 때문에 운동을 더 많이 하게 되어 건강이 좋아졌을 것을 생각하면 금반지보다도 몇 배 더 유익한 것이었다. 요즘도 가끔 동창들을 만나 회갑기념 금반지 얘기를 했다.

"금반지야 지금이라도 돈으로 살 수 있지만, 4~5년 동안 즐거운 음악을 들었던 즐거움과 건강은 돈으로 살 수 없지 않는가!"

낭만과 건강은 하늘의 선물이었다.

눈보라 속에서 헤맨 한라산

그동안 산을 좀 다닌다고 했지만 한라산을 못 올라가 봤다. 언젠가는 한번 가봐야겠다고 도전 예정지로 정해놓았다. 혼자 갈 수도 없고 해서 미루고 있었다. 마침 2008년 1월에 고등학교 동창들의 매월정기 등산모임에서 평소에 산을 잘 타는 '용학도사'라는 친구가 2월에 한라산을 가면 설경이 멋있다고 같이 가자고 제안했다. 몇 년 전부터 장시간을 걸으면 무릎이 아파서 높은 산에 등산을 잘 안 다니고 있었다. 선뜻 대답을 못했다. 가보고 싶은 마음이야 굴뚝같았다. 허나 1,950미터나 되는 높은 산이기 때문에 장시간 걷다가 무릎에 탈이라도 나면 큰일이다 싶었다.

한편으로는 이런 기회가 아니면 평생 한라산을 가보지 못할 것 같았다. 등산을 잘하는 친한 친구들이 갈 때 같이 가야지 언제 한라산을 가보겠나 싶었다. 친구들만 믿고 같이 가자고 얼떨결에 약속을 해버렸다. 그러나 집에 와서 생각하니 높은 산에 다녀온 지가 오래되기도 했고, 또 나이도 환갑이 넘고 보니 은근히 겁이 났다. 아내도 무리해서 가지 말라고 만류했다. 남자가 한번 약속을 했는데 번복할 수 없었다. 출발 전 한 달 동안 주말마다 청계산 등 근교 산에 가서 예행연습을 부지런히 했다.

2월 16일 아침 7시, 잠실에서 산악회가 대절한 버스를 탔다. 한라산의 설경이 아름답다는 소문을 들어서인지 버스에는 빈자리가 하나 없을 정도로 등산객들이 꽉 찼다. 대부분 젊은 사람들이었다. 60세가 넘은 사람은 우리 일행 네 사람뿐이었다. 아침은 산악회에서 준비해 준 찰밥으로 아침을 때웠다. 완도에서 점심을 간단히 먹고 제주행 여객선을 탔다. 겨울바람이 쌀쌀해 밖에 잠깐 나갔다가는 바로 들어와서 온돌방 같은 선실에서 벽에 기대거나 방바닥에 누워서 이런저런 얘기들을 하며 시간을 보냈다. 밤늦게 제주항에 내려 별로 크지도 않은 온돌방에서 4명이 자는 둥 마는 둥 하고, 새벽 4시에 일어나 미리 예약해 놓은 식당에서 국밥 한 그릇씩 먹고 버스로 성판악으로 갔다.

아직 먼동도 트지 않은 5시쯤이라서 새벽의 찬 공기가 등산복을 뚫고 들어왔다. 뼛속까지 한기를 느껴 순간 더 움츠러들었다. 머리에 헤드랜턴을 차고 산행을 시작했다. 제주 시내에는 눈이 없었다. 산길을 오르기 시작하자 산에는 눈이 많이 와 있었다. 산행은 진달래 동산을 지나 백록담을 거쳐 관음사로

내려가는 코스였다. 산행시간은 7시간 내지 8시간 정도 예상
했다. 아직은 겨울이라 상당히 추울 것으로 걱정을 많이 했는
데 다행히 걷기 시작하니 그렇게 춥지는 않았다. 올라갈수록
눈이 많아져 발목까지 올라왔다. 눈이 와서 길이 미끄럽고 힘
들기는 했지만 그래도 좋았다. 원래 한라산 등산길은 돌들이
많기로 유명한데, 돌길이 모두 눈에 덮여있어서 아이젠을 착
용했는데도 발바닥이 딱딱하게 받치지 않아서 좋았다. 오히려
돌길인데도 눈길처럼 발바닥의 감촉이 포근하고 좋았다.

　해가 뜨기 전이라 어두워 아무것도 보이지 않았다. 더구나
앞사람의 발뒤꿈치만 보고 따라가다 보니 아무런 경치도 구경
을 못하고 한참을 갔다. 날이 밝기 시작하면서 주위를 둘러보
니 산 전체가 온통 하얗다. 하얀 백색의 눈 나라에 온 것 같았
다. 서울의 눈은 황사와 스모그를 머금은 눈이라서 그런지 검
은 티도 보이고 회색빛을 띠었다. 한라산의 눈은 푸른 바닷바
람을 타고 내린 눈이라서 그럴까, 그냥 하얀 눈이 아니라 깊은
호수의 두꺼운 얼음에서 보았던 파란빛이 배어있는 옅은 비취
빛이었다. 이런 눈은 정말 어려서 고향에서 보고 몇 십 년 만
인 것 같았다. 한 주먹을 집어 입안에 넣었다. 시원한 얼음 같
은 맛이 옛날 어린 시절을 불러왔다.

　겨울 등산은 여름같이 땀도 많이 안 나고, 덜 지쳐서 좋다.
그래서 산행도 더 빠르다. 어느덧 1,700미터 고지를 지나고 있
었다. 한라산 정상을 쳐다보니 짙은 먹구름으로 덮여있었다.

"저렇게 구름이 많이 끼어있어도 백록담을 볼 수 있을까."

걱정이 들기 시작했다. 정상에 가면 날이 좀 개이겠지 하는 긍정적인 생각을 하며 계속 올라갔다. 마음먹고 한라산에 처음 가는 길이니 제발 백록담을 꼭 볼 수 있기를 기원하며 발걸음을 옮겼다. 올라갈수록 시계는 더 안 좋아졌다. 1,850미터 지점부터 우리는 짙은 안개 속, 아니 구름 속으로 들어가는 것 같았다. 정상 부근에 올라갈수록 구름 속은 더 깜깜해지고 눈보라까지 치기 시작했다.

사방은 온통 눈이고 회색빛이었다. 산이고 하늘이고 구분이 안 되었다. 바람이 어떻게 세게 부는지 걸어가기조차 힘들 정도였다. 앞사람의 모자가 바람에 벗겨지자 순식간에 허공으로 날아가 버렸다. 어, 하는 순간에 모자는 몇 십 미터를 날아가 안개 속으로 사라졌다. 쫓아갈 엄두도 낼 수 없었다. 모자 위로 바람막이를 덮어쓰지 않은 사람들의 모자가 여기저기서 하늘로 솟구쳤다.

바람이 세차게 불 때마다 눈가루가 얼굴을 후려치는 바람에 얼굴이 따갑고 눈도 제대로 뜰 수 없었다. 눈이 돌풍에 솟구쳐서 얼굴을 때리는지 모래를 세차게 흩뿌리는 것 같이 얼굴이 따갑고 아팠다. 어디가 어디인지 분간을 할 수가 없었다.

"정상이 어디야?"

앞서가고 있는 친구 '용학도사'에게 물었으나 대답이 없다. 머리를 둘러쓴 데다가 바람이 세차게 불어대니 잘 들리지도 않는 것 같았다. 다시 큰 소리로 물었더니 그제야 대답을 했다.

"여기가 한라산 정상이야."

"그래, 아무것도 안 보이는데, 그러면 백록담이 어디야?"

"저쪽인데 안개 속이라 캄캄해서 전혀 안 보이네. 나도 정확히 잘 모르겠어."

짙은 안개 속, 아니 짙은 구름 속이었다. 눈보라가 세차게 불어대니 10미터 앞도 잘 보이지 않았다. 한라산에 처음 올라간 나는 어디가 정상인지 백록담이 어디에 있는지 방향조차 분간할 수가 없었다. 친구는 백록담이 저기라고 손을 들어 가르쳐주었지만 아무런 형체도 보이지 않았다. 짙은 안개 속만 바라볼 수밖에 없었다. 10시쯤이라 해가 떠있을 텐데, 해조차도 흔적이 보이지 않았다. 산도 하늘도 구름도 모두 다 짙은 회색이고 보니, 산인지 구름인지 알 수가 없었다. 그래도 한라산 정상에 왔다는 기념으로 인증사진 한 장 찍으려고 카메라를 꺼내어 셔터를 눌렀다. 그런데 셔터가 작동을 하지 않았다. 아무리 셔터를 눌러도 사진을 찍을 수가 없었다. 왜 이럴까. 몇 번이나 더 시도해 봤으나 역시 마찬가지였다. 한라산 정상의 멋있는 사진을 찍으려고 일부러 무거운 것을 감수하고 니콘(Nikon) F3이라는 좋은 카메라를 힘들게 들고 왔는데 사진을 한 장도 못 찍었다. 너무나 아쉬웠다. 너무 추워서 카메라가 얼어버리면 작동을 안 한다는 것을 몰랐다. 추운 곳에서 사진을 찍으려면 카메라를 보온박스에 넣어 가지고 가야 한다는 것을 나중에야 알았다. 문득 집사람 말이 생각났다.

"높은 산에 올라가려면 힘들 텐데 뭐 하러 그렇게 무거운 카메라를 가지고 가요. 그냥 간단한 디지털카메라로 인증 사진이나 하나 찍어 오시지 그래요."

집사람 말을 듣지 않은 것을 후회했다.

바람이 세차게 부니 제대로 걸을 수 없을 정도로 몸이 흔들렸다. 바람에 날아갈 것만 같았다. 중심 잡기조차 힘들었다. 세찬 바람에 눈이 세게 내리는지 얼굴이 따가웠다. 고개도 들기 힘들었다. 생각해 보니 하늘에서 내리는 눈보라 때문이 아니었다. 전에 내린 눈이 새벽 추위에 얼었다. 언 눈송이가 세찬 돌풍에 다시 하늘로 날아올라왔다. 얼굴을 때려 모래로 후려치는 것 같이 따갑고 아팠다. 눈보라가 세차게 치니 서있기도 힘들고, 얼굴은 따갑고, 장갑을 끼었는데도 손도 시리기 시작했다. 도저히 정상에서 지체할 수가 없었다. 백록담이고 뭐고 할 수 없이 바로 하산을 시작했다.

관음사 쪽으로 내려왔다. 올라왔던 길보다 눈이 훨씬 많이 쌓여있었다. 경사도 더 급했다. 올라오는 길은 말목 정도로만 쌓여있어서 산행에 큰 불편이 없었다. 내려가는 길은 정강이까지 눈에 파묻히니 보행이 훨씬 힘들었다. 어떤 곳은 무릎까지 눈이 찼다. 눈 속이라 길바닥 생김새를 잘 모르고 걸어 비탈진 곳을 밟으면 쭉 미끄러졌다. 넘어졌다 일어서기를 수없이 반복했다. 그런 와중에 넘어지면서 스틱을 깔고 넘어져 스틱이 부러져 버렸다. 스틱은 하나밖에 없었다. 그마저 부러져 버리고 말았으니 중심을 잡을 수가 없어 더 자주 넘어졌다. 스틱 두 개를 쌍으로 가져갔더라면 하나가 부러져도 고생은 덜 했을 것이라는 생각이 들었다.

미끄러운 눈길을 걷는 동안 안 넘어지려고 안간힘을 쓰다 보니, 너무나 힘이 들었다. 다행히 눈밭에 넘어져 다치지는 않았다. 시간이 예상보다 훨씬 더 걸렸다. 그렇게 추운 겨울인데도 온몸에 땀이 줄줄 흘렀다. 내복까지 흥건히 젖어버렸다. 같이 간 용학도사는 평소에 다람쥐같이 산을 잘 타기 때문에 친구들이 별명을 붙여준 친구였다. 한라산이 초행이며 스틱도 없이 산행이 늦어진 나를 계속 보살펴 주면서 내려왔다. 덕분에 길도 잃지 않고 안심하고 움직였다. 날씨도 추운데 자기 먼저 빨리 내려가지 않고 나를 돌봐주어 무척 고마웠다.

한라산은 난생 처음이었다. 눈보라 때문에 정상에서 백록담이 어디쯤에 있는지조차도 모르고 하산하기 바빴다. 사진 한 장도 못 찍고 내려온 것이 너무나 아쉬웠다. 요즘같이 핸드폰 기능이 좋았더라면 핸드폰으로라도 사진을 몇 장 찍을 수 있었을 텐데…. 그래도 환갑이 지난 나이에 한라산 정상을 다녀왔다. 그것도 산악회에서 정해준 시간 전에 젊은 사람들보다도 더 빨리 내려왔다는 자부심만 갖고 그날 오후에 무사히 목포행 배를 탔다.

두 번째 다시 오른 백록담

8년 전에 한라산을 다녀온 뒤, 눈 덮인 설경은커녕 백록담도 못 보고 와 항상 아쉬움을 갖고 있었다. 고등학교 등산모임 때 친구들이 제주도 둘레길이 멋있다고 한라산 등산도 할 겸 3박 4일로 제주도를 가자고 했다. 무릎이 불편해서 한라산 정상까지 가는 것은 무리일 것 같았다. 또 망설였다. 하지만 평소에 나보다 산행을 잘 못하는 친구들도 같이 가겠다고 나서는 것을 보고 용기가 생겼다.

"너희들이 가는데 나라고 못 가겠나?"

오기가 발동해서 가겠다고 약속했다.

고등학교 동기이자 등산회장인 남호걸과 평소에 산행을 아주 잘하는 최용학, 윤영기 등 총 16명이 같이 가기로 했다. 무릎이 걱정되어 출발하기 전날부터 근육이완제와 진통제를 먹고, 성능 좋은 무릎보호대도 새로 사서 찼다. 한라산 등반에는 여러 코스가 있는데 우리는 속밭샘을 지나 진달래 밭을 거쳐 백록담 정상에 오르는 성판악 코스로 정했다. 왕복 9시간을 예상했다. 성판악 길은 한라산의 명소를 두루 살펴볼 수도 있고, 길이 험하지 않아 인기 있는 경로였다. 다행히 올라간 길로 다시 내려와 올라가다가 무릎이 많이 아프면 중간에서 기다렸다가 다시 내려와도 되었다. 안심이 되었다.

한라산은 우리나라 3대 영산(靈山) 중의 하나다. 한반도의 최남단에 위치하고 있을 뿐만 아니라 해발 1,950미터로 남한에서 가장 높다. 또 다양한 식물 분포를 이루고 있어 학술적 가치가 매우 높다. 동·식물의 보고다. 1970년 3월 24일 국립공원으로 지정되었고 2002년 12월에는 'UNESCO 생물권 보전지역'으로 지정되었다. 등산을 시작하자 서어나무 등 활엽수가 우거져서 삼림욕까지 하면서 걷기에 아주 좋았다. 날씨도 청명하고 좋았다. 지난번에 갔을 땐 날씨가 너무나 안 좋아 백록담도 못 보고 왔지만, 이번에는 무릎이 말썽만 안 피우면 백록담을 분명히 볼 수 있을 것 같았다.

산행을 하며 유심히 보니 그때는 눈이 많이 덮여 잘 몰랐지만, 산 밑에서부터 해발 약 1,600미터까지 키가 1미터 미만의 세 죽 비슷한 조릿대가 엄청나게 많이 자라고 있었다. 나무숲 밑에서만 자라는 것이 아니라 아주 넓게 군락을 이루기도 했다.

친구들도 뒤처지지 않고 잘들 따라가고 있었다. 오히려 등산회장을 맡은 남호걸 친구가 문제를 일으켰다. 갑자기 힘이 빠지고 머리도 좀 아프다며 진달래 쉼터에서 쉬고 있을 테니 다녀오라며 산행을 중단했다.

한라산은 다른 산보다 경사가 매우 완만하기도 하고, 나무 데크를 깔아놓아 평평하게 되어있는 길이 많았다. 서대문에 있는 안산을 오르는 수준으로 좀 쉬운 편이었다. 높은 산 치고는 산행시간이 좀 오래 걸려서 그렇지, 그렇게 오르기 힘들거나 위험하지 않았다. 그래도 돌길이 많아서 발목과 무릎에 힘이 많이 들어가고 산행시간이 오래 걸리니 더 지루하고 지쳤다. 마지막 정상에 올라가는 길목에서는 경사가 급한 계단이 계속 이어져 힘이 많이 들었다. 정상이 바로 코앞에 보이자 다시 힘이 나서 걷기 시작했다. 어느 산이든지 깔딱 고개를 넘지 않으면 정상에 오를 수 없다더니, 정상까지의 마지막 계단 길이 가팔랐다. 길가에서 잠시 숨을 돌리며 물 한 모금 마시는데, 저 밑에서 불어온 바람이 마치 서귀포 바닷물처럼 시원하고 향기로웠다. 서울 근교 산에는 이런 청순한 태고의 숲속 공기 내음을 맛볼 수가 없다.

드디어 한라산 정상에 올라섰다. 사방이 탁 트인 정상은 그동안 다녀본 어느 산과는 그 느낌이 전혀 달랐다. 주위에 범접하는 산도 하나도 없이 하늘 높이 우뚝 서있다. 다른 산에서는 느낄 수 없는 진짜 정상에 올라선 기분이 들었다. 정상에는 생각보다 사람들이 많이 올라와 있었다. 백록담을 볼 수 있는 곳으로 발걸음을 재촉했다.

"야! 드디어 한라산 정상에 올라왔다. 백록담도 환하게 잘 보인다.”

　백록담은 산 정상 아래에 있는 깊고 아주 큰 웅덩이로 되어 있었다. 8년 전에 왔을 때는 눈보라 때문에 백록담을 보기는 커녕 어디쯤에 있는지조차도 모르고 내려갔다. 8년 만에 다시 와서 청명한 날씨에 백록담을 보게 되다니, 다른 사람들보다도 남달리 더 감격스러웠다. 정말 보기 드문 광경을 보았다. 우리나라에서 화산이 폭발한 분화구를 볼 수 있는 곳은 백두산 천지와 이곳 한라산 백록담뿐이다.

　한라산에서는 주위에 높은 산들을 전혀 볼 수가 없다. 한라산이 대장이다. 감히 다른 산들이 범접을 못한다. 그래서 한라산에 오르면 날 좋은 날은 대마도도 보일 정도로 멀리까지 환하게 다 잘 보인다고 한다. 또 한라산 주위에는 바람막이를 해줄 다른 산들이 하나도 없다. 그래서 한라산에서 부는 바람은 더욱 세차다. 8년 전 정상에는 사람이 서있기조차 힘들 정도로 그렇게 세찬 눈보라가 몰아치곤 했다.

　백록담을 배경으로 사진을 많이 찍었다. 기념사진을 찍으려는 사람들이 많아 순서를 기다렸다가 백록담 기념비를 배경으로 독사진도 찍고, 친구들과 같이 기념사진도 여러 장 찍었다. 앞으로 한라산에 두 번 다시 올 수 없을 것이라는 생각이 들어 정상의 이곳저곳을 한참 동안 돌아다니다가, 그만 내려가자는 친구들의 재촉에 아쉬움을 안고 하산을 시작했다.

　모든 도전은 진정 아름다웠다.

탄광의 막장과 세금

　얼마 전 아내와 같이 「국제시장」이라는 영화를 봤다. 2015
년도에 천만 명이 넘는 관객을 동원했다고 언론에 크게 보도
된 인기 절정의 영화였다. 영화 내용은 우리나라가 경제적으
로 아주 어렵게 살았던 60년대를 배경으로 한 영화였다. 내용
중에 주인공이 서독 광부로 가서 고생하는 장면이 등장했다.
탄광사고로 막장에 매몰된 사람들을 구출하는 장면을 보여주
었다. 순간 옛날 탄광 막장에 들어가 봤던 기억이 생생하게 되
살아났다.

　국세청 연합조사반에 근무하던 1976년도 4월이었다. 문경
에 있는 모 탄광을 조사하기 위해 조사반직원 일곱 명이 3주
일 동안 출장을 갔었다. 2주간은 결산서와 장부 및 증빙서류
들을 조사하고 3주째에 현장을 확인하기로 했다. 우리 일행
전원은 안전모를 착용하고 갱도로 들어갔다. 처음에는 갱도에
설치된 받침목과 지지대 나무의 사용량 등을 파악하기 위한

조사의 일환으로 시작했었다. 메인갱도 약 50미터 정도만 들어가 보고 나오려고 했다. 되돌아 나오려는 순간 내가 건의했다.

"지하 막장까지 한번 들어가 봅시다. 막장까지 들어가 봐야 광부들이 몇 명씩이나 일을 하는지 또 갱목은 어떻게 설치되어 있는지를 제대로 파악할 수 있지 않을까요? 또 기왕 여기까지 왔는데 우리가 언제 다시 이런 곳에 와보겠습니까?"

반원들 중 젊은 직원들의 동조로 막장까지 들어가 보기로 했다. 그런데 회사에서 반대를 했다.

"막장은 지하 1,000미터 내지 1,500미터에 위치해 있기 때문에 아주 위험합니다. 그곳에 갔다간 폐쇄공포증이 올 수도 있습니다. 또 그곳은 공기가 좋지 않습니다. 심장이 약한 사람은 발작이 올 수도 있습니다. 더구나 막장은 지지갱목이 설치되지 않은 곳이라 아주 위험합니다."

하지만 막장에서 매일 일하는 사람들도 있지 않은가. 우리가 잠깐 들어간다고 해서 무슨 큰 문제가 생기겠나 싶었다. 우리는 뜻을 굽히지 않았다. 회사에서도 처음에는 세무조사를 더 심도 있게 할 목적으로 막장에 들어가려고 하는 줄 알고 완강히 반대했다. 하지만 꼭 조사만이 목적이 아니라는 사실을 알고 가장 가까운 막장으로 들어가는 것을 허락해 주었다. 먼저 들어갔던 주 갱도는 위험도 거의 없었다. 양복을 입은 채로 안전모만 쓰고 들어갔었다. 그러나 막장에 들어가려면 지하 1,000미터 이상까지 내려가야 했다. 양복을 작업복으로 갈아입었다. 안전모는 물론 헤드랜턴까지 헬멧에 달고 승강기를 타고 내려갔다. 지하 1,000미터 지점으로 내려갔다. 승강기를 타고 약 100미터 정도 내려가자 사방이 칠흑같이 어둡고 답답한 느낌이 들었다. 승강기는 높은 건물의 엘리베이터보다 느려서 그런지 생각보다 한참 동안을 지하로 내려갔다. 어둡고 적막한 지하 1,000미터대까지 내려간다는 것을 생각하니 머리카락이 곤두서는 것만 같았다. 한참 만에 승강기가 막장 입구 종점에 도착했다. 막장까지는 또 갱도를 따라 10여 미터를 더 걸어가야 했다. 막장으로 가는 갱도에는 어두컴컴하고 공기가 아주 음습했다. 산소가 부족할 것 같은 생각이 들었다. 물론 공기는 약 20센티미터의 정도 굵기의 파이프를 통해 지상에서 모터로 끌어들이고 있어서 안전하다고는 하였다. 그러나 어쩐지 산소가 부족할 것 같은 생각이 들었고, 가슴이 답답했다. 게다가 불빛이 약해서 갑갑했다. 긴장이 되었다. 겨우 10와트 정도밖에 안 되는 희미한 전등이 켜져있었으며, 그것마저도 분진과 습도 많은 공기가 빛을 빼앗는 바람에 짙은 안개가 낀 것 같이 어두웠다.

그 갱도 내의 허공에는 석탄 분진이 헤드랜턴의 불빛에 반사되어 뿌옇게 떠있는 상태였다. 공기가 온통 분진으로 뒤범벅이 되었다. 그런 공기를 마시기가 꺼림칙했다. 그렇다고 숨을 안 쉴 수도 없고, 숨을 쉬자니 꺼림칙하고 참으로 곤욕이었다. 얕은 호흡만 계속 하다 보니 가슴이 답답했다. 그보다 더 우리를 겁먹게 만든 것은 갱도가 무너지지 않도록 설치해 놓은 갱목들이 처음에는 반듯하게 세워놨을 텐데도, 갱도가 기울어지는 바람에 침목이 절반은 상판의 받침 기둥에 걸쳐있고 절반은 밀쳐 나가는 바람에 받침 나무기둥을 도끼로 갈라놓은 것같이 40~50센티미터씩 절반으로 쪼개진 모습이 보였다. 그렇게만 보이는 것이 아니라 실제로 그 순간에도 5분이 멀다하고 갱도 받침목이 찢어지는 소리가 갱도를 타고 들려왔다. 갱도에 공명되어 크게 울리니 등골이 오싹하고 소름이 끼쳤다. 갱도 받침 기둥이 찢어지는 소리가 들릴 때마다 갱도가 금방이라도 무너질 것 같은 두려움이 엄습해 왔다. 순간 공포감이 느껴지며 머리끝이 솟았다. 분진 때문에 호흡도 제대로 못했다.

공황상태가 올 것만 같은 두려움이었다. 빨리 나가고 싶은 생각뿐이었다. 괜히 막장에 들어오자고 한 것이 후회스럽기도 했다. 아마 다른 직원들도 그런 생각을 했겠지만, 같이 간 사람들에게 자기의 약한 모습을 보여주기 싫어서 속으로만 덜덜 떨면서도 말을 못 하고 안내직원을 따라 계속 막장으로 가고 있었다.

실제로 석탄을 캐고 있는 막장에 도착했다. 광부들은 흰 눈동자만 하얗게 보일 뿐이었다. 얼굴은 아마 가족이 봐도 못 알아볼 정도로 석탄가루 범벅이었다. 석탄가루가 수없이 날아올라 습기가 많은 공기와 섞여서 가라앉지도 않고 계속 공기 중에 유영하고 있었다. 안개지역에서 자동차 헤드라이트를 비추어지면 안개가 라이트 불빛에 따라 하얗게 일직선으로 나타나듯이, 컴컴한 갱도에서 분진을 머금은 안개 같은 공기가 헤드랜턴이 움직일 때마다 허공에 빛의 궤적을 그렸다.

헤드랜턴을 착용하고 있었지만 빛의 밝기가 약해져서 겨우 사물의 형체만 볼 수 있을 정도였다. 실제로 석탄을 캐고 있는 막장에는 벽이나 천장에 받침목도 설치되어 있지 않았다. 만약에 드릴로 탄층에 구멍을 내거나 곡괭이로 탄층을 찍어내다가 석탄층이 무너질 것만 같은 두려움이 몸을 움츠러들게 했다. 만약 석탄 더미가 무너지면 광부들은 꼼짝없이 매몰될 수밖에 없는 그런 작업 현장이었다. 심지어 석탄층의 두께가 1~2미터 크기의 띠로 되어있을 경우에는, 1~2미터밖에 안 되는 곳으로 석탄을 계속 파내며 올라가거나 내려가야 했다. 어떤 막장, 즉 승보리나 로보리 막장에서는 허리도 펴지 못하고 일을 해야만 한다고 했다. 광부들은 채굴량에 따라 수당을 더 많이 받아 위험하다는 것도 잊어버리고 채굴량이 많은 탄맥을 따라서 계속 캐면서 들어가기도 한다고 했다. 그런 채굴현장이 마치 개미굴처럼 여기저기 많이 파헤쳐져 있었다.

더구나 깜짝 놀란 것은 광부들이 그렇게 분진이 많은 막장에서도 마스크를 쓰지 않고 일을 하는 사람들이 많다는 것이었다. 코밑에 새카맣게 석탄 분진이 모여있었다. 사람들은 폐가 뭐로 만들어져서 저렇게 자욱한 분진을 하루 종일 마시고도, 아니 몇 달씩 마시고도 살 수 있단 말인가. 그러고 보니 탄광에서 오래 일한 사람들은 나중에 진폐증으로 고생한 경우가 많다는 것을 쉽게 이해할 수가 있었다. 우리는 일도 하지 않고, 서서히 걸어 다니면서 구경만 하고 있어도 숨쉬기가 힘들었다. 광부들은 일을 하다 보면 숨이 가빠져서 분진을 덜 마시도록 호흡을 살살 할 수도 없을 것이다.

"아저씨, 마스크를 좀 쓰시지. 왜 안 쓰고 일하세요?"

"일을 하다 보면 숨이 가빠지는데 마스크를 쓰면 숨쉬기가 더 힘들고 답답해서 못 써요."

"그래도 건강을 생각해서 마스크를 쓰세요."

"건강에 안 좋은 건 나도 알지요. 그렇지만, 이것저것 생각하면 이 일 못 해요. 몇 년만 더 하고 그만해야지요."

말을 듣고 나니 목이 메어 더 이상 무슨 말을 할 수가 없었다. 사람은 다 똑같은 사람인데 어떻게 이런 환경에서 일을 해야 된단 말인가. 지상의 건설현장에서 힘들게 땀을 흘리며 일하는 사람들의 일은 일도 아니라는 느낌이 들었다. 건설현장보다도 돈을 좀 더 많이 벌 수 있다는 것 때문에 열악한 환경 속에서도 막장일을 하는 사람들을 보니, 내가 너무 편히 호사하며 살고 있다는 생각이 들었다. 막장에서 일하지 않은 사람들은 아무리 힘들어도 다행으로 생각하고, 감사하게 생각해야 할 일이다.

일행 중 누군가가 말했다.

"이제 그만 나갑시다."

기다렸다는 듯이 모두들 이구동성으로 대답했다.

"그럽시다."

말이 끝나자마자 모두들 곧바로 뒤돌아서 막장을 벗어나 지상으로 올라왔다. 막장이 습도가 높아서도 그렇겠지만, 얼마나 긴장하고 무서워했는지 내복이 식은땀에 흥건히 젖어있었다. 다음 날 사무실에서 조사업무가 다시 시작되었다. 내가 맡은 분야는 원천징수를 제대로 했는지 여부를 조사하는 업무였다. 그 회사에서는 광부들에게 지급한 기본월급에 대해서만 갑근세를 원천징수하고, 잔업수당이나 성과수당 등을 지급한 부분들에 대해서는 원천징수를 거의 하지 않은 상태였다. 어떻게 해야 할 것인가를 고민했다. 만약에 이런 수당 부분에 대해서 갑근세를 추징하게 되면, 다음부터는 회사에서 광부들에게 잔업수당이나 성과수당을 더 주는 부분에 대해서도 갑근세를 원천징수하게 될 것이다. 또 원천징수를 더 하게 되면 광부들의 소득은 그만큼 줄어들게 될 것이다. 나는 광부들에게 기본급 외에 추가로 더 지급한 부분에 대해서 차마 갑근세 추징을 할 수가 없었다. 고민하다가 조사반장에게 건의를 했다.

"광부들에게 추가로 지급한 수당들에 대해서는 갑근세 추징을 하지 않았으면 좋겠습니다."

"그래도 원천징수를 누락한 부분이 있다는 걸 알면서도 세금추징을 안 하면 나중에 감사 때 문제가 될 텐데. 어떻게 하려고 그래요?"

"그래도 그렇게 힘들게 일하는 광부들에 대해서, 내 손으로 갑근세 추징을 못 하겠습니다. 나중에 감사 때 지적이 되면, 막장에 가서 광부들이 일 하는 것을 보고 도저히 갑근세 추징을 할 수 없었다는 것을 사실대로 얘기하고, 그래도 인정을 안 해주면 제가 징계를 받겠습니다."

"정, 그렇다면 원천세 담당자인 고지석 씨가 알아서 하세요."

요즘은 거의 가스나 전기 또는 등유 보일러로 난방을 하고 있지만, 그때만 해도 우리나라 대부분의 가정에서 연탄불로 조리도 하고 난방도 하는 시절이었다. 결국 우리들은 광부들이 어려운 여건 속에서도 힘들게 일해준 덕택으로 따뜻한 방에서 생활을 하고 있었다. 힘들게 고생하는 분들에게 조금이라도 보답을 해주어야 한다고 생각을 했다. 또 그렇게 힘든 일을 하는 광부들을 생각하면 내가 하는 일은 너무나 쉬운 일이라는 생각이 들고, 더 열심히 해야겠다고 다짐을 했다. 실제로 독일의 20세기 최고의 낭만주의 피아니스트인 빌헬름 박하우스(Wilhelm Backhaus)는 자기 집 거실의 벽에 '슬픈 모습의 광부'의 그림을 걸어 놓고, "이 그림은 내가 하는 일이 그가 하는 일보다 더 힘들지 않다는 것을 일깨워 주기 위하여 걸어 놓았다."고 한다.

조사를 마치고 돌아올 때까지 줄곧 감사 때 지적되어 징계를 당하면 어떻게 하나 하는 두려움으로 가슴을 졸였다. 그렇지만 막장에서 힘들게 일하는 광부들에게 조금이라도 도움이 될 것이라는 생각으로 마음이 홀가분하고 또 한편으로 흐뭇했다. 국가에서 봉급을 받는 사람으로서 직무유기를 한 것일 수도 있다. 그렇지만 나는 내가 오히려 국가를 위해 좋은 일을 했다고 생각한다.

지리산 천왕봉 종주

도전하지 않으면 아무 일도 일어나지 않는다. 아무 일도 일어나지 않는 인생은 죽은 인생과 다르지 않다. 사건으로 인해 인생이 만들어지고, 사건으로 인해 인생이 저물어간다. 그래서 나는 사건을 만들기로 했다. 지리산 종주였다. 우리나라에서 가장 큰 산이었다. 종주가 필요한 산이었다. 나이가 70이 다 된 내겐 쉽지 않은 도전이었다.

2014년 6월, 2박 3일 일정으로 지리산 종주의 산행을 갔다. 지리산 종주는 아무나 가기 힘든 산행이다. 더구나 내일모레면 70살이 되는 사람들에게는 더 힘든 일이었다. 혼자는 무리라 생각하여 친구들과 같이 갈 계획을 세웠다. 몇 년 전부터 등산 모임에서 동창들에게 더 늙기 전에 지리산 종주를 한번 하자고 제안을 했다. 모두들 나이를 먹어서 그런지 선뜻 같이 가자고 나서지를 않았다.

2014년 5월에 히말라야 푼힐전망대를 다녀오고 나니, 지리산 천왕봉도 충분히 갈 수 있을 것 같은 자신감이 생겼다. 고등학교 등산모임에 잘 나오는 친구들에게 문자를 보냈다.

"더 나이 들기 전에 지리산 천왕봉이나 한번 다녀오세. 2박 3일로 가면 관악산 가는 정도라네."

3명만 같이 가자고 회답이 왔다. 더 이상 문자가 오지 않았다. 할 수 없이 직접 전화를 걸어서 설득하기 시작했다. 평소에 높은 산을 잘 안 다닌 내가 한번 가보자고 설득을 하니, 친구들이 자기도 갈 수 있을 것 같은 생각이 든다며 따라나섰다. 결국 고등학교 동기동창 등산모임 친구들 중에서 14명, 중학교 동창 2명과 다른 친구를 포함하여 17명이 지리산 종주 등산을 가게 되었다.

17명 중에 3명을 제외하고는 모두들 지리산 천왕봉 정상은 처음 가는 친구들이었다. 사실은 나도 한라산이나 설악산 정상에는 가봤지만 지리산 정상에는 아직 한 번도 가보지를 못했다. 정상까지 무사히 갈 수 있을까 하는 걱정과 두려움을 안고 출발했다. 산행 중에 2박 할 연하천과 장터목 산장은 산악회를 통하여 예약을 해놓고 가이드 2명과 함께 출발했다. 6월 15일 아침 7시에 서초동에서 전세버스를 타고 출발하여, 지리산 중턱 삼성재에서 점심을 먹고 1시쯤부터 산행을 시작했다.

날씨도 쾌청하고 그렇게 덥지도 않아 등산하기에 좋았다. 산행을 시작한 지 얼마 되지 않아 신록이 빽빽이 우거진 숲 속에 접어들었다. 서울 근교의 산속의 공기와는 확연히 다른 신선한 느낌이었다. 모두들 고개를 들어 심호흡을 하며 환호성을 질렀다.

고등학교 동창들 등산모임에서는 보통 3시간 정도, 길어야 4시간 산행을 해왔다. 출발할 때 첫 번째 산장인 연하천 산장까지 5~6시간 동안 산행을 해야 한다는 것을 알고는 몇몇 친구들이 지레 겁을 먹었다. 어떤 친구들은 첫 번째 산장까지만 가고 거기서 힘들면 다시 내려오겠다고 하는 친구들도 있었다.

등산을 할 때 산행 속도가 늦어지는 친구들은 뒤처지게 되면 힘들어서 못 따라오게 되어있다. 그래서 간암 수술을 받은지 4년 차로 제일 힘들어하는 박〇〇 친구를 맨 앞에 서서 가도록 하고 모두들 뒤를 따라가라고 했다. 아무도 추월하지 못하게 하고 나는 친구의 뒤를 바짝 따라가면서 용기를 주었다.

"자네가 갈 수 있는 속도로 힘닿는 대로만 무리하지 말고 한번 가봐. 가다가 힘들면 쉬고."

산행을 잘하는 친구가 친구를 앞질러 가면 불러서 다시 뒤를 따라가도록 했다. 그러자 친구는 자기가 제일 선두라는 것을 알고는 책임감이 생겨서 생각보다 꾸준히 잘 걸어갔다. 또한 자기 체력대로 가니 힘이 덜 들어서 예상보다 빠른 속도로 잘 갔다. 자기가 선두이며, 자기가 늦으면 모두가 늦게 된다는 책임감을 가져서 힘들어도 잘 참고 갔다.

회사에서도 다른 단체생활에서도 책임자가 되면 대개 모범적으로 잘한다. 아마 책임을 맡으면 잘하려고 하는 것은 인지

상정인가 보다. 뒤를 따르는 다른 친구들은 간암 수술한 친구가 앞에 가니 감히 힘들다는 말도 못했다. 평상시 동창회에서 가까운 과천대공원 산림욕장을 갈 때만 해도 힘들어서 잘 못 따라오고 때로는 중간에 내려가기도 했다. 그런데 벌써 산행한 지 3시간이 넘었는데도 잘 가고 있었다.

중간에 내려가려면 여기서 내려가야 한다고 알려주어도 좀 더 가보겠다고 산행을 계속했다. 처음에는 중간에서 같이 내려가자는 친구들도 아무 군소리를 못 하고 묵묵히 잘 따라왔다. 아마 등산을 잘하는 친구가 맨 앞에 가고 있었더라면 못 따라가고 중도에 포기한 친구들이 많았을 것이다. 그러나 자기보다 건강이 좋지 않은 친구가 앞에 가고 있었다.

"저 친구도 올라가는데 내가 못 가겠는가?"

모두들 참고 올라갔다.

나는 전달에 히말라야 푼힐전망대 트레킹을 할 때 가이드에게 배운 대로 30분 산행한 뒤에는 무조건 5분 쉬면서 물을 마시도록 했다. 너무 지칠 때 쉬면 몸이 퍼지게 되고, 피로도 회복이 늦어지기 때문이다. 완전히 지치기 전에, 미리 30분마다 쉬어야 피로가 덜하고 산행이 더 빠르다는 것이다. 우리도 규칙적이며 반강제적으로 30분마다 물을 마시고 5분 정도 쉬고 산행을 계속했다. 방법이 효과가 있는지, 우리 일행 모두는 크게 지치지 않고 계획보다 빠른 속도로 잘 올라갔다.

그 뒤로도 나는 산행할 때면, 목이 마르지 않아도 일부러

30분마다 물을 마시면서 산행을 했다. 확실히 예전에 산행을 할 때보다 훨씬 힘이 덜 드는 것을 절실히 느꼈다. 드디어 예정된 시간 6시 30분에 연하천 산장에 전원이 무사히 도착했다. 중간에 내려가겠다던 친구들까지 모두 1차 목적지까지 한 사람도 낙오자 없이 도착하자 모두들 기뻐했다. 또 모두들 스스로를 대견스러워했다.

다음 날은 연하천에서 세석산장을 거쳐 장터목산장까지 산행을 했다. 전날과 같이 평소에 산행을 잘 못하는 친구가 맨 앞에 가도록 하고, 30분 산행한 후에 5분간 휴식하고, 물을 마시면서 산행을 계속했다. 오전에 4시간, 오후에 5시간 총 9시간 이상의 산행을 하도록 되어있었다.

반야봉 밑의 높은 능선에 오르니 날씨가 청명하고 좋아서 하동과 구례가 발 아래로 한눈에 들어왔다. 동쪽으로 멀리 보이는 왼쪽 끝은 경상남도 땅이요, 오른쪽은 전라남도 땅이었다. 정말 그 넓은 시야를 경험해 보기 힘든 장관이었다. 도봉산 백운대에 올라가서 바라본 경관도 서울이 한눈에 내려다보여 좋았지만, 시야의 넓이가 비교가 되지 않았다. 과연 높고 큰 산이라는 것을 절실히 느꼈다. 남쪽에서 좀 높다는 산들이 다 발 아래로 내려다보였다. 푸르다 지쳐 검붉은 산줄기와 드넓은 들을 발아래로 굽어보는 넓은 시야는 내 가슴과 마음까지도 그만큼 넓혀주었다. 순간 이황의 「청산은 어찌하여」라는 시가 절로 나왔다.

청산은 어찌하여 만고에 푸르르며

유수는 어찌하여 주야에 그치지 아니한고

우리도 그치지 말고 만고상청 하리라

      – 이황, 「청산은 어찌하여」

그런 장관은 크고 높은 지리산에서만 맛볼 수 있을 것이다. 아마 그 순간에는 누구든지 모든 시름과 걱정을 다 잊을 것이다. 아마 맺혀있는 모든 원한도 다 용서해 줄 수 있을 것이다. 그래서 사람들이 힘들어도 그런 희열을 못 잊어 높은 산을 오르려고 하는지도 모른다.

산행 길은 오르막길만 있는 것이 아니다. 힘들게 올라갔다가는 내려가는 길도 있다. 아마 계속 올라가는 길만 있고 내려가는 길이 없다면 사람들이 더 힘들고 재미없어서 아무도 산에 오르지 않을 것이다. 힘들게 오르다가도 내리막길이 있어 숨을 돌리기도 하고, 힘을 다시 모아 또 오를 수 있기 때문이다. 아마 인생길도 힘들어도 좀 편하고 쉬어 가는 길이 있어 재미와 위안으로 살아가고 있는 것이 아닐까.

오후에 장터목산장까지 가는 마지막 1시간은 정말 다리가 무겁고 힘이 들었다. 그래도 다들 가는 길인데 나라고 못 가겠는가 하는 생각으로 참고 걸었다. 모두들 서로가 위로가 되고 자극제가 되어 힘이 들어도 묵묵히 반 기계적으로 걸었다. 종반에는 이대로 계속 걷기만 하면 늦어도 7시에는 도착하겠지

하는 믿음을 갖고 아무 생각 없이 오직 걷는 것만 생각하고 한 발 한 발 내디뎠다. 머릿속의 잡념은 완전히 어디론가 다 사라지고, 걷는 것만 생각하는 IQ 50짜리 새 머리가 되었다. 그래서 등산을 하면 머리가 식혀지고 개운해진다. 그런 무아의 지경에 이르면 엔돌핀이 솟아난다고 한다. 산에 오를 때 숨이 턱까지 받쳐도 자기도 모르게 기분이 좋은 느낌이 들어 힘들어도 또다시 산에 오른다.

L이라는 친구는 쉬는 시간에 웃옷을 완전히 벗어버리기도 했다. 6월 중순이고 땀이 비 오듯 쏟아지니 더워서였을 것이다. 그는 나이에 비해 근육 좋은 몸매를 자랑했다. 친구는 등산도 다니지만 테니스도 열심히 해서 몸매도 좋고 실제로 얼굴도 동안이며 건강한 편이었다. 모두들 운동도 열심히 잘하고 건강관리도 잘했다고 모두들 칭찬을 해주었다. 그러나 막상 목적지인 산장에는 친구가 30분이나 늦게 마지막으로 도착했다. 이유를 들어보니 오다가 발에 쥐가 나서 한참이나 쉬었다가 친구들의 부축을 받으면서 올라왔다고 했다. 2시간 전까지만 해도 친구는 자기가 제일 건강하다고 자랑하고 으스댔다. 등산은 몸매만으로 하는 것이 아니라고 한마디씩 했다. 아마 친구도 건강은 자만하는 것이 아님을 깨닫게 되었을 것이다.

3일째에는 일출을 보기 위하여 새벽 4시 반에 헤드랜턴을 이마에 차고 천왕봉 정상으로 올라갔다. 1시간 이상 걸려서 정상에 도착하였다. 정상 부근부터 구름이 많이 끼어있어서 일출을 볼 수 있을까 걱정이 되었다. 정상에 올라 한참을 기다렸다. 태양은 떠오를 기미가 보이지 않았다. 일출 시간이 지났는데 해가 얼굴을 보여주지 않았다. 태양은 짙은 구름 속에 묻혀 있어 어렴풋이 일출의 흔적만 보였다. 서울에서 2박 3일만에 힘들게 천왕봉까지 올라왔는데 일출을 못 보게 되니 아쉬웠다.

"또 다시 올 수도 없는 인생의 마지막 기회인데 정말 아쉽다."

모두들 한마디씩 했다. 지리산 정상을 밟은 기념으로 천왕봉 1,915미터라 새겨진 바위를 안고 인증사진들을 부지런히 찍었다.

맥문동으로 하산하는 길은 경사가 급하고 바위돌이 많은 데다가 비까지 주적주적 내려서 길이 많이 미끄러워 위험했다. 우산까지 받쳐 들고 미끄러질까 긴장하며 내려오니 힘들었다. 더구나 이틀 동안 올라갔던 길을 하루 만에 내려오니, 이미 다리의 힘도 빠지기도 했지만 12키로미터 이상을 걷게 되어 정말 다리가 천근같이 무겁고 팍팍했다. 예정된 시간보다 좀 늦기는 했지만 한 사람도 낙오자가 없이 전원 무사히 하산을 마쳤다. 젊어서도 못 가봤던 지리산 정상을 70살이 다 된 나이에 다녀왔다.

온천에서 목욕을 하고 서울로 돌아오는 버스를 탔다. 산행을 같이한 친구들이 모두 내가 준비하고 추진한 덕분에 지리산 천왕봉까지 종주를 하게 되었다고, 고마워했다. 또한 산행 방법의 지도를 잘해준 덕분에 낙오자 없이 모두 완주를 하게 되었다고 칭찬을 많이 해주었다. 특히 처음 산행을 시작할 때 중간에서 내려오려고 했던 친구들이 무사히 끝까지 완주한 것에 대해서 무척 좋아하고 자부심을 가졌다.

서울로 올라가는 버스 안에서 한 친구의 선창으로 우리는 모두 한목소리로 크게 외쳤다.

"우리는 아직 늙은 노인이 아니다! 나이는 숫자에 불과하다! 우리도 아직 뭐든 할 수 있다!"

도전은 새로운 세상을 선물한다. 도전으로 지리산 정상에서만 볼 수 있는 풍광과 열정을 확인했다. 그 뒤로 서울 근교에서 등산을 할 때마다 지리산 갔을 때를 떠올린다. 그러면 힘과 용기가 솟아나 발걸음이 가벼워진다.

장대비를 맞으며

매월 둘째 일요일은 고등학교 동창들과 등산 가는 날이다. 아침에 등산회장으로부터 문자가 들어왔다.

"오늘은 비가 많이 올 것 같아서 등산을 취소한다."

등산 가려고 계획을 세웠는데 갑자기 산에 못 가게 되니 할 일이 없어졌다. 별 약속도 없고 비도 오고해서 하루 종일 집에서 책을 보다가, 골프 중계를 보다가, 또 책을 보면서 뒹굴거렸다. 비가 와서 그런지 7월 초의 날씨가 후텁지근해서, 선풍기를 틀었다 또 에어컨을 돌려보기도 했다. 벌써 저녁 먹을 시간이 다 되었다. 하루 종일 집에만 있었더니 몸도 묵직하고 온몸이 뻐근했다.

"아파트 뒤 양재천 길이나 걸어야 되겠다."

밖을 내다보니, 구름은 검게 끼었지만 다행히 비는 오지 않았다. 시원하게 반바지를 입고 접는 우산 중에 제일 작은 것 하나를 뒷주머니고 넣고 집을 나섰다. 비가 오락가락하는데도 양재천 길을 걷는 사람들이 많았다. 양재천 길은 아무 때나 나가도 걷는 사람들이 많아 외롭지 않아서 좋다.

양재천 둑길을 올라서서 10분 정도 걸어가자 번개가 치더니 천둥소리가 요란했다. 구름까지 새까맣게 몰려오는 것이 아마도 비가 많이 쏟아질 것만 같았다. 조금 지나자 우두둑, 하고 굵은 비가 한 방울씩 떨어지기 시작했다. 다른 때 같았으면 서둘러서 집으로 돌아오려고 하였겠지만, 어쩐지 그런 생각이 들지 않았다. 그동안 가물어서 저수지 바닥이 다 말랐다고 한 뉴스를 보았다. 이 비는 정말 고마운 비라는 생각이 들었다. 시골에서 농사짓는 분들의 심정을 생각해서 반가운 비니 맞아주고 싶었다.

옛날에 시골에서는 비를 맞으면 큰일이었다. 엄마한테 혼이 났다. 어렸을 때는 모두들 가난하게 살았기 때문에 대개 옷이 한두 벌밖에 없었다. 벗어 놓은 옷을 빨아놨을 경우라면 다행이지만, 농사일 등으로 바빠서 미처 빨지 못한 경우에는 당장 갈아입을 옷이 없는 경우가 많았다. 그래서 지금도 본능적으로 비를 맞으면 안 된다는 생각이 몸에 배어있다.

평상시에 갔다가 돌아오는 지점까지는 절반도 못 갔는데, 굵은 비가 본격적으로 내리기 시작했다. 뒷주머니에서 우산을 꺼내 받쳐 들었다. 어떤 사람은 집이 얼마 남지 않았는지 손으로 이마를 가리고 부지런히 뛰어가고 있었다. 한참 가다 보니 아예 우산도 없이 비를 주룩주룩 맞으면서 뛰지도 않고 걸어오는 사람도 있었다. 비는 처음에 막 내리기 시작할 때는 안 맞으려고 신문지나 손으로 머리를 가리기도 하지만, 일단 어느 정도 맞아 버리면 아예 포기해 버린다. 차라리 비를 맞는 것이 더 자유로울 수 있다.

　나도 처음엔 종아리나 팔뚝에 빗방울을 맞는 것이 싫었다. 그래서 우산 속으로 움츠러들곤 했다. 집에서 나설 때는 비가 오더라도 조금만 올 줄 알고 제일 작은 우산을 가지고 나왔는데, 장대비가 내리니 몸을 아무리 움츠려도 우산이 있으나 없으나 별로 차이가 없는 상황이 되었다. 본능적으로 최대한 비를 피해보았지만 마찬가지였다. 순간 후덥지근하던 차에 모처럼 비나 흠뻑 맞아 볼까 하는 개구쟁이 같은 생각이 들었다. 어려서는 비를 맞으면 갈아입을 옷이 없어서 엄마한테 혼났다. 하지만 요즘은 집에 가면 갈아입을 옷도 많고 누가 나무랄 사람도 없다. 차라리 옷이 다 젖도록 비를 많이 맞아보는 것도 낭만적이라는 생각이 들었다. 비를 좀 맞아보겠다는 마음을 갖고 나니 마음이 편해졌다. 운동화가 적셔도 말리면 되고, 옷은 세탁하면 된다고 생각하니 마음이 너무나 편안했다. 오히려 굵은 비가 많이 오는 것을 즐기게 되었다. 한참 오다 보니 어떤 여자도 비를 흠뻑 맞으면서도 서두르지도 않고 아무렇지도 않게 즐거운 표정으로 걸어가고 있었다. 아마 야외에서 샤워하는 기분으로 비를 맞고 가는지도 모른다. 그리고 보면 세상 이치도 이와 같다는 생각이 들었다. 어차피 어떤 상황에 처해버렸다면 아무리 후회를 하고 피하려고 해도 소용이 없다. 마음만 아프지 아무런 해결책이 없는 경우가 많다.

"피하지 못할 바엔 차라리 즐겨라."라는 말이 있다. 참 좋은 명언이라고 생각한다. 이미 엎질러진 물을 다시 주워 담을 순 없는 노릇이다. 그러니 유리컵을 깨지 않은 것만으로도 참 다행이라고 생각하자. 마음을 바꿔 생각하면 사소한 일이다. 또 주위 분위기도 험악해지지 않아서 좋다. 불치병을 선고받은 경우와 같이 인간의 힘으로 어찌할 수가 없는 경우도 많다. 얼마 전에 TV에서 이런 말을 들었다.

"암은 정말 안 좋은 것이지만 갑자기 죽는 것보다 좋은 점도 있습니다. 갑자기 죽는 것이 아니기 때문에, 상속문제 등 남은 생에 대한 마무리를 어느 정도 하고 죽을 수 있어서 좋은 점도 있습니다."

비가 계속 왔지만 평상시의 반환점까지 갔다가 돌아왔다. 비를 너무 많이 맞아 팬티까지 다 젖었어도 좋았다. 생각을 바꾸니 오히려 시원하고 난생처음 느껴본 즐거움이었기 때문이다.

5장

비상착륙과
유언장

처음 간 해외여행

1982년 10월에 난생처음 외국여행을 가게 되었다. 요즘은 해외여행이 자유화되었지만, 그때는 외국에 가기가 쉽지 않았다. 우리나라 경제사정이 좋지 않아 경제적으로 여유가 없기도 했지만, 국가적으로 달러가 부족한 때여서 정부에서 가능한 외국여행을 규제하고 있었기 때문이었다. 그래서 옛날에는 단체 외국여행 자체가 없었다. 공무원이 공무로 가거나, 무역회사 직원들이나 업무적으로 외국을 나갈 수 있었다. 일반인들은 외국에 거주하는 친지나 관련 단체로부터 초청장을 받은 경우가 아니면 외국에 가기가 어려웠다. 또 요즘 젊은이들은 전혀 상상할 수 없는 일이지만, 중앙정보부에서 한 시간씩 반공교육을 먼저 받아야만 여권을 발급받을 수 있었다. 그 당시 무역회사가 아닌데도 외국에 나갈 수 있는 경우는 지역별로 활동하고 있는 JC단체에서 자매결연을 맺은 외국 JC단체의 초청장을 받아 행사에 참여하기 위하여 출국하는 경우였다. 그래서 그때는 그 단체의 본연의 목적활동보다는 외국여행을 가기 위해서 JC나 라이온스 단체에 가입한 사람도 꽤 많았다.

나는 그 몇 년 전에 은평JC 회장을 맡고 있는 H선배의 권유로 은평JC에 가입하여 재무이사를 맡고 있었다. 그해는 가을에 자매결연이 되어있는 대만의 다이중강(大中港)JC의 창립기념식 때에 한국에서 축하사절로 회장단이 방문해야 되는 때였다. 회원들이 모두 30대 젊은 층이었기 때문에 일이 바쁘기도 하지만, 경제적으로 여유가 별로 없어서 외국에 나간다는 것이 그렇게 쉬운 일은 아니었다. 그해의 은평JC 회장은 나의 고등학교 2년 선배인 K회장이 맡고 있었다. 그 K회장은 나보고 대만을 같이 가자고 제안했다. 사실은 나도 세무사 사무실을 개업한 지 3년밖에 안 되었기 때문에 사무실이 많이 바쁘기도 했지만, 외국에 한 번도 못 가봤기 때문에 쾌히 승낙하고 같이 가기로 했다.

나는 가이드 없이 외국 여행을 다닐 만큼 영어를 잘하지 못했다. 하지만 그 선배는 영어로 된 원서출판업을 하고 있었기 때문에 영어를 아주 잘하겠거니 싶었다. 선배만 믿고 아무 걱정 없이 같이 가기로 했다. 여행 일정도 대만만 다녀오는 것이 아니었다. 대만에서 3일을 보내고 일본 오사카로 갔다가 동경에서 1박을 하며 관광을 하고 한국으로 돌아오는 일정이었다. 얼른 비행기 표를 예약했다. 그런데 큰 문제가 발생했다. 대만

타이페이 공항에 내려 입국 수속을 밟는데, 그 선배는 영어를 한마디도 하지 못하는 것이 아닌가.

"선배님 왜 영어를 한마디도 안 하시는 겁니까?"

"나는 영어 할 줄 몰라. 안 해봤어. 영어는 예스(Yes)하고 노(No) 밖에 몰라."

"아니, 원서 출판업을 하신 분이 영어를 하나도 못하다니 그게 말이 됩니까?"

"원서를 우리가 직접 출판하는 것이 아니라 복사판을 찍어서 팔기 때문에 우리는 영어를 할 필요가 없지."

"아이고, 맙소사! 나는 선배님만 믿고 따라왔는데, 어떻게 해요?"

"왜, 자네는 영어를 잘 하잖아."

"저요? 저도 영어 할 줄 모릅니다."

"무슨 소리야. 국세청 외국인세과에서 3년씩이나 근무를 했으면 영어를 잘할 거 아니야. 나는 자네만 믿고 왔는데, 이거 참 난감하게 되었네. 어떻게 하지?"

사실 국세청 외국인세과에 있을 때 영어회화는 조금 배웠다. 그렇지만 외국회사에 조사를 나갈 때는 주로 서류로만 조사를 하였으며, 또 거의 다 한국직원이 통역을 해주었기 때문에 영어회화를 할 기회가 별로 없었다. 정말 난감했다. 나도 외국 사람과 직접 영어회화를 해본 경험도 별로 없기도 했다. 외국 여행을 처음 나왔기 때문에 입국. 출국 절차를 어떻게 해야 하는지도 전혀 모르기 때문에 정말 앞이 캄캄했다.

말이 전혀 통하지 않는 이국땅에 길을 잃고 서있는 기분이었다. 그러나 한편 생각해 보니 농아자는 말만 못하는 것이 아니라 귀도 들리지 않는다. '말이 잘 통하지 않아도 이렇게 답답하고 불편한데, 평생 동안 농아자로 사는 사람들은 얼마나 답답할까?' 하는 생각이 들었다. 그들을 생각하니 용기가 났다. 할 수 없이 그때부터 내가 앞장서서 모든 절차를 수행할 수밖에 없었다. 제일 큰 문제는 자매JC인 다이중강JC 창립기념식에서 한국대표로 온 회장이 축사를 해야 되는데 어떻게 해야 하나 싶었다. 정말 큰 문제였다. 더군다나 K회장은 축사도 준비해 오지 않았다. 그래서 할 수 없이 환영만찬을 마치고 호텔로 돌아와서 내가 저녁 늦게까지 최대한 한자를 많이 써서 축사 작성을 해야 했다. 다음 날 자매JC 회원 중에 중학교 영어선생이 있었다. 그 사람에게 한자와 영어를 번갈아 사용하여 축사의 의미를 전달해 주었다. 그런 방식으로 겨우 한국 측 축사를 무사히 넘길 수 있었다.

다행히도 아버님께서 우리나라는 한자문화권이기 때문에 꼭 한자를 알아야 한다고 하셨다. 아버지가 내가 초등학교에 입학하기 전에 나를 유치원 대신 서당에 보내주셔서 천자문을 다 배우고 초등학교를 들어갔었다.(그 당시는 시골에 유치원도 없었다.) 그래서 나는 한자 기본실력이 있었다. 덕분에 대만 사람들과 별 어려움 없이 한자로 필담할 수 있었다. 그 덕에 의사소통에 어려움을 겪지 않았다. 다행이었다. 아버님이 선견지명이 있으셔서 어렸을 때 나에게 한자를 가르쳐주신 것에 대해서 새삼스럽게 고마운 생각이 들었다.

대만에서는 영어로 안 되면 한자로 필담이라도 할 수 있어서 다행이었다. 하지만 일본을 가게 되면 여러 가지로 어려움이 더 많을 것 같아 걱정이 되었다. 막상 일본에 가보니 호텔 직원들을 제외하고 일반 사람들은 한국 사람들보다도 영어를 더 못했다. 일본은 우리보다 선진국이기 때문에 영어를 더 잘할 것이라고 생각했는데, 그렇지 않았다. 이렇게 가이드도 없이 외국여행을 나오게 될 줄 알았더라면 그동안 영어회화나 일본어 공부를 좀 더 열심히 할 걸 하는 후회가 일었다. 그래도 다행인 것은 국세청 외국인세과에서 3년 동안 근무할 때, 새벽에 사무실에서 직원들과 단체로 영어회화를 3개월 배운 점이다. 또 일본어는 개인적으로 학원에서 2개월 배운 것이 이렇게 유용하게 쓰일 줄은 미처 몰랐다. '사람은 항상 공부를 해야 된다' 혹은 '배워서 남 주나?' 하는 옛 어른들의 말씀이 정말 딱 맞는 말씀이라는 것을 절실하게 깨달았다.

옛말에 "궁즉통(窮卽通)"이라는 말이 있다. 믿었던 선배가 영어를 전혀 못하자 자연스레 내가 여행팀장이 되었다. 5년 전에 조금 배운 몇 마디의 영어와 일본어, 그리고 만국 공통어인 바디랭기지를 써가며 오사카성을 다 구경했다. 또 신간선

240

을 타고 동경까지 가게 되었다. 동경에 가서 황궁과 시내를 구경했다. 오후에는 일본 국세청의 초청으로 교육받으러 동경에 와있는 고등학교 동창인 친구 K를 불러내어 저녁 식사도 같이 했다. 식사가 끝나고 그 친구에게 부탁했다.

"일본에 온 지 2개월이 지났으니, 시내 관광 안내를 좀 해주라."

"2개월 동안 교육 받으며 기숙사에만 있었기 때문에 아무것도 모르는데…."

친구 역시 일본에 대해 잘 모르는 모양이었다. 그 친구에게 기대를 했었는데 그마저도 아무 도움이 안 되었다. 할 수 없었다. 나를 포함한 세 사람은 신주쿠로 향했다. 네온사인이 번쩍거리는 골목을 구경하였다. 혹시나 싶어 술집 앞에서 팸푸(호객행위)를 하고 있는 젊은이에게 5달러를 주며 소문으로 들었던 라이브 쇼하는 곳을 안내해 달라고 하였다. 그는 우리를 골목길로 데려가 약 5분 동안 한참 걷더니 어느 건물 앞에서 지하로 들어가라고 알려주었다. 우리나라에서는 상상조차 할 수 없는 유명 라이브 쇼 극장이었다. '소가 뒷걸음질 치다가 쥐를 잡는 일이 있다.'고 하더니, 그 말이 딱 맞았다. 외국에 처음 나와서 일본말도 잘 못 하는 사람들이 얼떨결에 일본 최고의 섹시하고 야한 라이브 쇼까지 보게 되다니 말이다. 몇 년 후, 다른 친구들과 일본여행을 갔을 때였다. 그들과 함께 그 라이브 쇼를 보고자 하였으나 찾을 수 없었다. 일본 정부에서 너무나 외설적인 쇼라는 이유로 해당 쇼를 금지시켜서 없어졌다고 하였다. 결국 우리는 아무나 보기 힘든 멋있는 쇼를 보고 온 셈이다.

평상시에는 입이 굳어 영어를 전혀 하지 못했다. 하지만 이번 여행에서 며칠간 영어를 자주 쓰다 보니 자신감이 생겼다. 내가 생각해도 발음도 안 좋은 영어실력이었다. 하지만 의사전달만 되면 된다는 생각으로 문법이나 시제를 개의치 않고 일단 말을 시작했다. 그러다 보니 나중에는 용기가 생겨서 필요한 말은 할 수 있게 되었다. 역설적으로 조금 배운 영어라도 이런 식으로 현장에서 직접 써보는 것이 바로 외국어를 배우고 익히는 좋은 방법이 아닌가 하는 생각이 들었다.

여행하는 동안 한국에 돌아가면 영어회화를 더 배워야겠다고 마음먹었다. 귀국 후에 차일피일 미루다가 결국 영어회화 공부를 전혀 하지 못했다. 그래도 그 후로는 영어에 대한 두려움이 없어졌다. 그때의 경험이 내게 배짱을 길러준 셈이다. 나는 외국여행을 처음 다녀오고 "외국어는 무서워하지 말고, 일단 현장에서 한번 해보는 것이 비법이다!"라는 좋은 경험을 얻었다. 세상을 살아가는데 있어서 이런 도전정신과 실행정신이 참으로 중요하다는 것을 절실히 깨달았다.

비상착륙과 유언장

삶의 곁에는 항상 죽음이 대기하고 있다. 삶의 친구는 죽음이다. 일란성 쌍둥이 같은 것이 삶과 죽음이었다. 동전의 양면 같았다. 또한 산다는 건 생명의 외줄타기 같다. 생명선에서 떨어지는 순간 죽음으로 추락하게 되어있다.

아내와 여동생 부부와 함께 제주도 골프여행을 갔다. 다른 모임에서는 제주도 골프여행을 몇 번 다녀왔지만, 아내와 동생 내외와는 처음이었다. 아내와 나는 들뜬 마음으로 기분 좋게 비행기를 탔다. 여름방학이 시작된 지 며칠 안 된 7월 말경이었다. 공항에는 가족단위의 여행객들이 많았다. 비행기 안에서 애들이 어수선을 피우기도 하고, 우는 애들도 있어서 꽤 소란스러웠다. 이륙한 지 1시간도 채 되지 않아 비행기는 제주도에 도착했다. 파란 바다가 보이고, 정상에 하얀 모자 같은 구름을 이고 있는 한라산도 보였다. 잠시 후 비행기는 공항에 착륙하기 위해 고도를 낮추어 내려가고 있었다. 그런데 비행기가 내려가다 말고 갑자기 다시 하늘로 급상승을 하는 게 아닌가. 이상했다. 왜 비행기가 착륙하다가 갑자기 다시 올라와 올까. 이런 경우는 난생처음이었다. 스튜어디스에게 물었다.

"비행기가 왜 착륙하려다 말고 다시 올라온 거지요?"

"잘 모르겠어요. 만약 무슨 일이 있으면 알려드리겠습니다."

비행기가 한참을 선회하다가 다시 착륙 모드를 취하고 고도를 낮추어 내려갔다. 그런데 공항활주로가 훤히 보이는 정도까지 내려가다가 또다시 굉음과 함께 기체가 요동치며 하늘로 솟구치는 게 아닌가. 평상시에 비행기가 이륙할 때 들리는 엔진소리보다 몇 배나 더 크게 났다. 동체가 거칠게 요동치면서 올라갔다. 중력을 거슬러 상승해야 하니 엔진이 터질 듯이 요란한 소리를 낼 수밖에 없었다. 평소에도 비행기가 이륙할 때의 기분이 언짢아서 매번 비행기 타는 것이 꺼려지고 기분이 안 좋았다. 그런데 착륙하려다가 다시 급상승을 하니, 언짢은 기분이 평소보다 몇 배 더했다. 직감적으로 이것은 무슨 큰 문제가 생긴 것이라는 생각이 들었다. 아주 불안하고 불길했다. 스튜어디스에게 다시 무슨 일이냐고 다그쳐 물었다. 하지만 이번에도 잘 모르겠다는 대답만 돌아올 뿐이었다. 한참 후에 기장이 기내 방송을 했다.

"승객 여러분, 지금 이 비행기는 계기 상으로 왼쪽 바퀴가 완전히 나오지 않았습니다. 그래서 공항 관제탑에서 더 자세히 볼 수 있도록 활주로 가까이 내려갔다가 다시 올라왔습니다. 관제탑에서 망원경으로 살펴본 바로는 바퀴가 나와있다는 것입니다. 그러나 계기판에는 좌측 바퀴가 안 나온 것으로 빨간불이 들어와 있습니다. 만약을 생각해서 비상착륙을 할 수밖에 없는 상황입니다. 비상착륙을 위해서 몇 가지 주의 사항을 알려드리겠습니다. 첫째, 선반 위에 올려놓은 모든 짐들은 꺼내서 의자 밑이나 복도에 다 내려놓으시고, 또 목걸이나 귀걸이 등 장신구들을 모두 다 빼서 지갑에 넣으신 다음에 안전벨트를 단단히 조여 매십시오. 그리고 양손으로 머리를 감싸고 허리를 최대한 굽혀서 앞 의자에 바짝 대고 엎드려있기 바랍니다."

만약을 대비해서 연료는 전부 다 소진한 다음에 착륙을 해야 되기 때문에 약 1시간 정도 제주도 상공을 선회할 것이라고 했다. 기내의 모든 사람들은 기가 질린 얼굴들이었다. 어찌할 바를 몰랐다. 어른들이 놀라서 조용해지니까 애들도 위험한 낌새를 느낀 모양이었다. 그렇게 떠들던 애들이 모두 다 쥐죽은 듯이 조용했다. 비행기 안은 불안, 초조와 적막이 흘렀다. 모두 겁에 질려 말도 못하고 어찌할 바를 모르고 있었다. 기내방송이 끝나고 스튜어디스들이 돌아다니면서 비상착륙 대비를 준비시키느라 분주했다. 그러자 아내가 새하얗게 질린 얼굴로 걱정스럽게 말을 했다.

"여보, 비상착륙을 하면 어떻게 되는 거예요. 영화에서 같이 바닷가로 착륙하는 거예요. 괜찮을까요?"

　나는 태연하게 아내에게 괜찮다며 걱정하지 말라고 안심을 시켰다. 영화에서도 해변으로 비상착륙을 하더라도 전부 다 구명조끼를 입고 내리기 때문에 전혀 문제가 없으니 걱정하지 말라고 일러주었다. 그렇게 말은 했지만, 나도 속으로 떨리고 두려웠다. 더구나 뒷좌석에 앉아있는 동생 내외는 얼굴이 사색이 다 되었다. 매제는 새파랗게 질린 얼굴로 나에게 말했다.

　"형님, 괜찮을까요. 이럴 줄 알았으면 진즉 유서라도 써놓았어야 하는 건데 무슨 일이 생기면 어떻게 해요. 정말 큰일이네요. 어떻게 하지요. 아들한테 재산상황에 대해 대충이라도 얘기를 해주었어야 했는데 아무것도 알려주지 않아서 정말로 답답하네요."

　평소에 겁이 많은 매제는 얼굴빛이 백지장같이 하얗고, 입술은 오디를 먹고 난 사람처럼 새파랗게 되어있었다. 그래도 나는 형님 노릇을 한답시고 애써 아무렇지 않은 듯이 얘기했다.

　"뭘 그렇게 걱정을 해. 미리 대비를 해서 착륙할 것이니 괜찮을 거야. 걱정하지 마."

　비행기의 연료를 다 소진하기 위해 1시간 이상을 선회하고 있었다. 그 순간이 두렵고 지루했다. 내 생애에 가장 지루하고 고통스러운 1시간이었다. 그 1시간 동안 그렇게 많은 생각을 해본 적은 내 평생에 없었을 것이다. 더구나 내 손을 꽉 잡고 있는 아내의 손이 차디차고 바르르 떨고 있는 것을 느낄 때마다, 나 역시 걱정과 두려움으로 입술이 바짝 말랐다. 더구나 아들이 미국으로 유학을 간 지 얼마 안 되었는데, 만약에 무슨 일이 생기면 어떻게 될 것인지 정말 걱정이었다. 만약 무슨 일이 생기면 미국에서 대학도 졸업하지 못하고 돌아와야 할 것이었다. 장래가 암담해질 텐데 정말 걱정스러웠다. 또 연로하신 부모님은 누가 보살핀단 말인가. 애들한테 한마디도 못하고 영영 헤어지게 될지도 모른다는 것을 생각하니 정말 앞이 캄캄했다. 진즉 유언장이라도 써놨으면 좋았을 걸 하는 생각도 들었다. 옆 사람들을 보니 모두 사색이 다 되었다. 애를 꼭 껴안고 있는 사람도 있고, 교회 다니는 사람인지 눈을 꼭 감고 기도를 열심히 하는 사람들도 있었다.

한참이 지나자 기장이 다시 안내방송을 했다.

"관제탑과 협의한 결과 육안으로는 바퀴가 나와있기 때문에, 비상착륙은 해변이 아니라 공항 활주로 내리기로 했습니다. 잠시 후에 착륙하겠습니다."

그러나 만약 왼쪽 바퀴가 제대로 안 나오게 되면 착륙할 때 비행기는 왼쪽 방향으로 전복하게 될 것이다. 그렇게 되면 정말 대형사고가 날 것이라는 생각이 들었다. 너무나 걱정되고 두려웠다. 드디어 비행기는 착륙을 위해 제주공항으로 하강을 시작했다. 모두들 두 손으로 머리를 감싸고 허리를 굽혀 앞 좌석 뒤에 붙은 채 눈을 꼭 감고 두려움에 떨고 있었다. 그 짧은 순간에 정말 만감이 교차했다. 애들에게 유언 한마디조차

할 수 없는 상황이 정말로 답답했다. 제발 무사히 착륙하기만을 빌 뿐이었다. 내가 달리 어떻게 할 아무런 힘도 방안도 없었다. 큰 사고 없이 착륙하기만을 빌며, 온몸에 힘을 주고 눈을 꼭 감은 채 몸을 움츠리고 있었다. 한참 후에 비행기는 쿵, 소리를 내며 활주로에 착륙했다. 순간 나는 비행기가 왼쪽으로 기울어지지 않았는지 주의를 기울였다. 제발 똑바로 가라! 3~4초 후에도 다행히 비행기는 똑바로 달려가는 것 같았다. 아! 다행이다. 이제는 살았다. 잠시 후에 비행기는 무사히 안전하게 도착했다. 승객들이 모두 일어나서 손을 높이 들고 큰 소리로 만세를 외쳤다. 어떤 여자들은 엉엉 울기까지 했다. 나도 순간 감격하여 눈시울이 뜨거웠다. 다행히도 무사히 도착했다. 당초 도착 예정시간보다 1시간 이상이나 늦어진 시각, 8시가 넘어서였다. 만약 계기에 나타난 바와 같이 한쪽 바퀴가 덜 나온 상태였다면 큰 사고가 났을 것이다. 그러고 보니 오히려 계기가 고장나서 정확하지 않은 것도 참 다행이다 싶은 생각이 들기도 했다.

비행기에서 내려보니 소방차와 앰뷸런스 수십 대가 공항활주로에 들어와 대기하고 있었다. 제주도 내에 있는 모든 소방차와 앰뷸런스가 다 온 것 같았다. 경찰도 수십 명이 비상 대기를 하고 있었다. 그리고 제주 방송국에서는 중계방송을 하고 있었다. 중계 카메라를 보는 순간 우리가 마치 매몰된 탄광에서 생환되어 나온 사람들 같았다. 비행기에 타고 있던 승객들도 걱정을 많이 했지만, 제주공항에서도 만약의 사태를 대비해서 만반의 준비를 하고 있었던 것으로 보였다. 우리는 공항에서 나오자마자 약국에 들러서 청심환을 하나씩 사서 먹고 마음을 진정시켰다. 그때까지도 가슴이 두근거리고 머리가 멍한 상태였다. 저녁밥을 먹을 생각이 전혀 나지 않았다.

나는 그때의 제주 골프여행을 마치고 돌아와서 바로 유언장을 작성했다. 유언장을 쓰면서 인생에 대한 여러 가지 것들을 많이 생각하게 되었다. 사람은 언제 어디서 예기치 못한 상황에서 죽을 수도 있다는 것을 새삼 깨닫게 되었다. 생각해 보니 죽음은 몇십 년 뒤 한참 늙은 다음에 오는 것이 아니라, 내년 아니 내일이라도 불시에 바로 옆에서 닥칠 수도 있다는 것을 절실히 느꼈다. 그래서 또다시 그런 상황이 생기더라도 크게 당황하지 않도록 인생을 후회 없이 잘 살아야겠다는 다짐을 했다. 또 항상 언제 죽을지도 모른다는 생각으로 주변 정리를 잘하고 살아가야겠다는 생각을 했다.

다시 보게 된 중국

한 나라를 이해하려면 그 나라의 사람을 이해해야 한다. 중국을 알려면 중국인을 알아야 한다. 중국인을 이해한 만큼이 중국을 이해하는 척도가 된다. 중국을 방문하면서 중국인의 변화를 느끼게 되었다. 중국인의 변화만큼이 중국의 변화였다.

중국을 첫 방문한 것은 공적인 이유에서였다.

2002년 9월 10일에 나는 중국을 처음 가게 되었다. 한국세무사회의 상임이사로 있을 때, 회장을 비롯하여 상임이사 일행이 4박 5일간의 일정으로 중국을 방문했다. 한국의 세무사제도와 중국의 세무사제도를 비교연구하고 제도발전을 도모하기 위하여 한국세무사회와 중국의 세무자순협회는 몇 년 전부터 격년제로 상호 방문하고 있었다. 세무자순협회는 한국의 세무사회와 비슷한 단체였다. 전년도에는 중국 측에서 한국을 방문했다. 이번에는 한국 측에서 중국을 방문하는 해였다. 첫날은 중국의 국세청과 중국의 세무자순협회를 방문하여 국세청 청사내의 사무실을 구경하고 중국의 세제와 세무사제도에 대하여 설명을 들었다. 중국의 국세청 청사는 나라의 크기에 비하여 그렇게 크지 않았다. 간담회를 마친 다음에 중국 국세청과 세무자순협회의 간부들로부터 고급반점에서 장어새끼요리 등으로 점심 대접을 잘 받았다.

다음 날은 베이징 시내의 세무서와 세무사 사무실을 방문했다. 베이징세무서의 규모와 업무 내용에 대하여 질문을 많이 했다. 우리나라와는 다르게 세무서장은 국세청에서 임명하지 않고, 간부들 중에서 직원들이 선거로 선출한다는 것을 알게 되었다. 공직의 고위직은 거의 다 공산당 당원이라는 사실도 처음 알았다.

3일째에는 공식일정을 마치고 우리 일행은 1천 1백여 년간 13개 왕조가 숨 쉬어온 천년의 고도이며 동양과 서양을 이어주는 실크로드의 출발지인 시안(西安)으로 관광을 가게 되었다.

시안(西安)은 베이징(北京)에서 중국 민항기를 타고 약 1시간 반 정도 가야하는 거리에 있었다. 그동안 중국에 다녀온 사람들로부터 "중국의 비행기는 시간도 잘 지키지 않고 또 중국 민항기는 추락사고도 많다."는 얘길 자주 들었다. 그래서 비행기를 탑승할 때부터 기분이 좀 찜찜했다. 비행기에 탑승은 하였으나 얼마나 늦게 출발할 것인지 마음이 편하지 않았다. 생각과는 다르게 오후 2시 10분발 비행기는 예상 밖으로 정시에 탑승 통로로 이동하여 정상적으로 이륙을 했다. 1분도 늦지 않고 정시에 출발을 하는 것을 보니 중국이 벌써 이렇게 많이 변했나 하는 생각이 들었다.

비행기는 예정시간대로 시안에 무사히 도착했다. 그런데 잊지 못할 사건이 발생했다. 시안(西安)에 도착한 후 비행기에서 내린 다음 짐을 찾는데 내 여행가방 하나가 나오질 않았다. 일행의 짐을 다 찾고 짐 나오는 벨트가 정지할 때까지 기다려도 나오질 않았다. 어떻게 된 일일까? 공항 직원에게 물었다.

"왜 짐이 안 나오느냐?"

공항 직원이 답했다.

"다른 일행이 가져간지도 모르니 알아보라."

가이드가 먼저 나간 다른 한국 단체관광 팀에 연락을 해봐도 잘못 가져간 짐이 없다고 했다. 다시 공항직원에게 항의를 하니, 베이징 공항에 전화를 해서 확인했다. 한참 후에야 확인 결과를 알려주었다.

"짐표가 떨어져서 어디로 가야할 짐인지를 몰라서 싣지 않았으며, 그 짐이 베이징공항에 있다."고 하였다.

일단 짐이 베이징에 있다는 것을 확인하게 되니 다행이었다. 모든 여행용품이 그 가방에 다 들어있는데 그날 저녁에 당장 써야 할 물건들이 없어서 여간 불편한 일이 아니었다. 더구나 가방 안에는 아내가 써야 할 물건들도 많았다. 그날 오지 않으면 여러 가지로 난감할 일이었다. 공항 직원은 가능한 빨리 가져다주겠다고 했다. 그렇지만 우리가 묵을 호텔은 시안 공항에서 1시간 반이나 떨어져 있는 곳에 있었다. 베이징에서 다음 비행기로 보내준다고 하더라도 언제 호텔에까지 가져다줄지가 의문이었다. 솔직히 중국 시스템이 미덥지가 않았다. 중국에 관광 다녀온 사람들로부터 좋지 않은 얘기를 많이 들었기 때문이다. 어쩔 수가 없어서 일행과 같이 시안 시내로 출발했다. 단체로 시내 관광을 하고 호텔로 들어가자니 또 가방 걱정이 되었다. 가방 안에는 여행용품들이 다 들어있었다. 10시 30분경에 호텔 로비에 들어가 보니 프론트데스크에 있던 직원이 나를 기다리는 사람이 있다며 어서 가보라고 했다. 그 말을 듣는 순간 나는 내 가방을 갖고 온 직원이 도착했나 보다 하고 생각했다. 확인 결과 내 생각이 맞았다. 공항에서 짐 찾는 업무를 도와주었던 그 시안 공항의 여직원이 내 여행가방을 가지고 와 로비에서 기다리고 있었던 것이다. 나는 정말 깜짝 놀랐다. 중국에 대한 안 좋은 이미지가 싹 가시었다. 10여 년 전에도 태국에 갔다 오다가 우리나라의 K비행기를 타고 귀국을 할 때도 골프 가방 하나가 안 나와서 가방을 못 찾고 집으로 돌아온 경험이 있었다. 한 달 만에야 D항공사에서 가방을 찾았다고 전화가 왔다. 그것도 집으로 가져다준 것이 아니라 김포공항에 도착했으니 찾아가라고 연락이 온 것이다. 그래서 할 수 없이 내가 직접 공항까지 가서 찾아왔다.

중국은 시스템이 엉망이라는 소문을 들었는데, 그 말이 와전된 것이었구나 하는 생각이 들었다. 우리나라보다 시스템과 서비스가 몇 배는 더 좋다는 생각이 들었다. 예상 밖의 일이었다. 이제 중국에 대한 우리의 생각을 바꾸어야겠다는 생각이 들었다. 중국이 이렇게 빨리 변화하고 있는데 우리만 안일하게 생각했다가는 정말 큰코다칠 것이라는 생각이 들었다. 그런데도 그때 한국 사람들은 중국을 얕잡아 보는 경향이 많았다. 중국에 처음 갔을 때 느낀 바, 베이징 시내는 물론 시안 시내의 개발 상황이나 발전상을 볼 때 중국은 머지않아 한국을 따라올 것만 같았다. 몇 년 전에 본 중국을 그대로 보지 말고 급속도로 발전하는 중국을 다시 보고 충분한 대비를 해야겠다는 생각이 들었다.

더구나 중국은 사회주의이기 때문에 중국 정부에서 뭔가를 하려고만 마음먹으면 복잡한 절차가 필요 없이 통치자의 의지에 따라 바로 시행이 가능하다. 그래서 변화의 속도가 우리가 상상할 수 없을 정도로 빠를 것이다. 대비를 잘해야 할 것이라는 생각이 들었다. 또 다른 것도 있다. 중국은 땅덩어리가 어마어마하게 크다. 중국의 국토 면적이 9억 6천만 핵타르다. 우리나라보다 96배나 크다. 땅이 넓고 커서 대국이라고 한다. 그러나 내가 보기에는 땅덩어리가 커서 대국이 아니라 중국 사람들의 생각이 커서 대국이라는 생각이 들었다.

중국에 간 사람들은 거의 다 그 어마어마한 규모의 만리장성과 자금성을 구경하게 된다. 시안에서 1974년에 처음 발견된 진시황의 묘와 그 내부에 같이 매장된 병마용도 보게 된다. 그것들의 규모를 보면 너무나 황당하리만큼 어마어마하게 크고 웅장하다. 시안에 있는 진시황릉은 우리나라의 왕릉과는 규모가 완전히 다르다. 그 크기를 감히 짐작하기 어려우리만치 컸다. 부장품은 실제 크기의 전차가 100여 대이며, 보통 사람 크기로 만든 병마용이 8천여 개였다. 각각 머리 모양과 얼굴표정까지 다르게 만들었다. 무기도 10만여 점이나 발굴되었다. 발견된 지 30년이 넘었는데도 아직도 발굴을 다 못했다. 우리가 지금 그것들을 볼 때는 막연히 규모가 대단하다는 생각이 든다. 하지만 그것을 만든 사람들의 머릿속은 쉽게 짐작이 가지 않는다.

처음에 그러한 것들을 만들려고 구상한 사람과 또 그런 대규모로 설계를 하고 실제로 건설한 사람들의 머릿속을 생각하면 짐작이 가질 않았다. 어떻게 그런 어마어마한 규모의 시설을 하려고 생각을 하게 되었는지, 또 그 주위 사람들은 그런 대규모의 건설 구상에 대하여 어떻게 동조를 하게 되었을까. 일반적으로 사람들의 생각은 거의 비슷하다고 생각했다. 그러나 중국의 거대한 규모의 역사유물을 보게 되면서부터 사람들의 생각은 다 비슷하지 않다는 것을 느끼게 되었다.

결국 중국에는 그런 '생각이 큰 사람들'이 많았기 때문에 그런 어마어마한 규모의 작품을 만들 수 있지, 어느 한 사람만의 구상이었다면 미친 사람으로 여기고 그런 규모의 시설이나 작품이 만들어지지 않았을 것이다. 그리고 생각이 크고 스케일이 크지 않다면 목숨을 걸고 넓은 땅을 통일하려고 하지도 않았을 것이라는 생각이 들었다. 그런 것들을 보면 중국 사람들은 스케일 자체가 크고 또 생각을 크게 하는 사람들인 것 같았다. 그래서 중국을 대국이라고 하는 것이며, 또 그런 사람들 때문에 중국은 대국이 될 수 있었을 것이라는 생각이 들었다.

중국을 처음 여행하면서, 다른 나라에 여행할 때와는 다른 많은 것을 느끼게 되었다.

같은 나라, 다른 여행

 여행은 어디를 가느냐보다 누구와 가느냐가 더 중요하다. 잠도 호텔에서 직장 상사와 자는 것보다 텐트에서 노숙하더라도 애인과 함께하는 것이 즐겁다. 같은 여행지라도 동반자가 달라지면 여행의 풍경 역시 달라진다. 여행은 풍경보다 사람에 의해 여행의 진가가 달라진다. 라오스 여행이 그랬다. 같은 곳을 두 번 갔지만 다른 사람들과의 여행이었다. 전혀 다른 여행이었다.

 2016년 11월에 내가 회장을 맡고 있는 한국세무사석박사회에서 학술토론회를 겸한 해외여행을 가게 되었다. 그동안 소속 회원들은 매년 해외여행을 다닌 사람들이었다. 여러 사람이 같이 갈 수 있는 여행지를 정하기가 쉽지 않았다. 가볼만한 여행지를 추천하면 반수 이상이 이미 다녀왔다고 했다. 할 수 없이 회장단 회의를 거쳐 여행지의 환경이나 서비스는 좀 열악하지만, 가본 사람이 많지 않은 라오스로 가기로 했다. 또 라오스는 TV 프로인 〈꽃보다 할배〉를 통해 몇 년 전부터 새로운 관광지로 부상한 곳이었다.

라오스는 이름난 유적지가 많지 않아서 큰 사원 몇 군데를 제외하고는 구경할 만한 곳이 별로 없다고 가이드가 소개했다. 라오스의 수도 비엔티엔에서 6,840여 불상이 있는 왓시사켓과 에메랄드 불상을 모셔 놓아 유명한 왓호파깨우 사원을 구경했다. 이후에 곧바로 새로운 관광지로 각광을 받고 있는 방비엥으로 출발했다. 가는 도중에 소금공장에 들렀다. 소금공장은 바닷가가 아니라 산 중턱에 있었다. 아주 의외였다. 라오스는 동쪽으로는 베트남, 서쪽으로는 태국으로 길게 둘러싸여 있다. 바다가 전혀 없는 육지만 있는 나라다. 우리나라와 같이 바다의 갯벌이 있는 곳에서 생산되는 천일염이 없다. 소금은 외국에서 비싼 돈을 주고 사다 먹는다고 했다. 그래도 사람이 죽으라는 법은 없는지, 식수용으로 쓸 우물을 팠는데 짠물이 나왔다. 그 물을 먹을 수가 없어서 다시 팠는데 또 짠물이 나왔다고 했다. 몇백만 년 전에 지반이 융기되면서 바닷물이 같이 밀려 올라와 지하에 갇혀있게 되었다. 지혜가 있는 어떤 사람이 우물파기를 포기하고, 짠물을 끓여서 소금을 만들기 시작하여 소금공장이 되었다. 심장약을 만들다가 잘못 만들어진 약으로 비아그라를 만든 것과 같이 역발상으로 전화위복이 된 셈이다. 그러니 실패했다고 해서 낙심할 일이 아니다. 그 실패를 역이용하는 역발상도 해봐야 할 일이다.

시속 평균 50~60키로미터로 흙길 위를 달리며 거의 4시간 동안 관광버스를 타고 수없이 엉덩방아를 찧으며 달려갔다. 라오스에서 가장 유명한 관광지임에도 아직 아스팔트 공사를 못 한 것이다. 이런 상황이니 라오스의 경제사정을 짐작하고도 남았다. 서울에서 대전보다 가까운 정도의 거리인데 4시간 이상이 걸렸다. 방비엥은 베트남의 하롱베이나 중국의 계림에서 본 것과 같은 산봉우리가 수직으로 솟은 둥글둥글한 산 밑으로 흐르는 계곡의 자연경관이 정말 아름다웠다. 라오스는 사회주의 체제를 오랫동안 유지해 오다가 개방을 한 지 얼마 되지 않았다. 그래서 본래의 자연 상태 그대로였다. 반면에 변변한 호텔도 없고 편의시설이 아주 열악한 상태였다. 오히려 때묻지 않은 천연자원이 관광객을 더욱 유혹하는지도 모르겠다.

라오스 여행에서 특이한 것 중 하나가 있다. 방비엥에 도착한 다음부터는 길이 좁고 울퉁불퉁해서 이동하는 교통수단으로 관광버스를 이용할 수가 없었다. 중형 트럭을 타고 다녔다. 지붕도 없는 짐칸에 길게 설치해 놓은 나무의자에 걸터앉아 먼지를 흠뻑 뒤집어쓰고 엉덩방아를 찧어가며 이동했다. 한국 같으면 그런 트럭은 아무도 타지도 않을 것이며, 탄다고 해도 경찰이 위험하다고 절대로 운행 자체를 못 하게 할 것이다.

다음날 30미터가 넘는 긴 흔들다리를 건너서 높은 산 밑 계곡으로 갔다. 수로를 따라 들어가 지하 동굴을 구경하기로 한 일정이었다. 수영복으로 갈아입은 다음에 헬멧과 헤드랜턴을 머리에 쓴 다음 계곡물에 들어가 큰 튜브를 하나씩 잡아탔다. 탐쌍 지하 동굴에서 흘러나오는 물길을 따라 밧줄을 잡고 산 밑의 동굴로 들어갔다. 밖은 아열대기후라 많이 후텁지근하였으나 동굴 속에 들어가니 아주 시원하고 좋았다. 동굴 속으로 들어갈수록 많은 물이 흘러나왔다. 산속 어디에서 흘러나오는지 신비스럽기도 하고 경외스러웠다. 그 경외감이 컸던지, 나도 모르게 서서히 무서운 생각이 들기 시작했다. 어두컴컴하고 축축한 동굴 속의 공기가 더 오싹한 기분을 들게 하여 머리끝이 동굴 천정까지 솟았다. 더 들어가고 싶은 생각이 싹 가셔서 서둘러 밖으로 나와버렸다. 지금 생각해도 산속 지하에서 그 많은 물이 어떻게 계속 흘러나올 수 있는지 정말 신비스러웠다.

오후에는 강에서 큰 튜브를 비스듬히 누워서 타고 계곡 물길을 따라 내려갔다. 튜브도 정식 튜브가 아니라 새까만 자동차 타이어였다. 라오스 관광에서 유명한 것 중에 하나였다. 튜브를 타고 누워있으니 완만하게 흘러내리는 시원한 강물을 따라 빙그르 돌기도 하고, 천천히 또는 빠르게 물길 따라 떠내려갔다. 계곡 양쪽으로 여자들의 젖가슴 같이 봉긋하게 솟아있는 산봉우리를 비롯하여 원시상태 그대로인 계곡의 자연경관을 구경하며 강물이 흐르는 대로 물길 따라 떠내려갔다. 튜브와 물에 몸을 맡겨 2키로미터 이상을 유유히 떠내려갔다. 한가롭고 여유로운 힐링 체험이었다. 자연에 몸을 맡기고 유유자적했던 그 시간은 두 번 다시 그 어디에서도 느낄 수 없을 것이다.

라오스 관광의 하이라이트인 짚라인을 탔다. 짚라인은 우리나라 것과는 조금 달랐다. 우리나라는 높은 곳에서 낮은 지상으로 바로 단번에 내려가지만, 이곳의 짚라인은 산 중턱에서 나무와 나무 사이에 20~30미터의 거리로 연결된 12개의 코스에 짚 라이트를 타고 가다가 내려서 구경하고, 다시 여러 번 갈아타고 계속 내려오게 되어있었다. 처음 탈 때는 높이가 꽤 높기도 하고 처음 타보는 것이라 좀 무서웠다. 더구나 후진국인 라오스의 안전의식이 미덥지가 않아 더 무서운 생각이 들었다. 한두 코스를 타고 나니 다음 코스부터는 시원한 바람을 안고 숲속을 달리는 기분이 아주 상쾌했다. 마치 타잔이 나무에 맨 줄을 잡고 나무 사이를 날아다니는 기분이 들어서 어린애 같이 정말 재미있었다. 젊은 사람들이 긴 줄을 오래 기다리면서까지 짚라인을 즐겨 타는 것이 이해가 되었다. 일행들은 거의 고령자들이라 한국에서 짚라인을 타는 것은 엄두도 못 냈던 사람들이었다. 라오스에 와서 원시림의 멋있는 숲속에서 12번이나 탔다는 사실에 대하여 모두들 스스로 대견스럽게 생각하고, 애들같이 즐거워했다.

다 내려오자마자 일행들은 아내와 아들, 딸, 손자들에게 카톡으로 사진을 보내고 자랑을 하느라 바빴다. 나이 들어서도 이런 것도 해봤다는 자부심으로 뿌듯해하였고, 또 죽을 때까지 잊지 못할 멋있는 추억을 하나씩 만들게 되었다고 좋아했다.

다음 해 4월에 다른 모임에서 또 라오스로 관광을 가게 되었다. 국세청 외국인세과에서 같이 근무했던 동료들의 모임에서 모두들 가보지 않은 곳으로 가자는 의견을 모아 라오스로 가기로 했다. 나는 6개월 전에 이미 다녀왔지만 나만 반대할 수도 없었다. 할 수 없이 단체로 라오스를 다시 가게 되었다. 일행 중에 한 친구가 라오스의 벽지에 있는 어느 초등학교에 쓰러져 가는 학교 건물을 다시 신축해 주고 학용품도 매년 사서 보내주며 도와주고 있다고 했다. 이번에 초등학교를 우리 일행이 단체로 방문하기로 했다. 노트와 연필 그리고 크레파스 등 학용품도 사고 우리 모임의 기금에서 일정 금액을 학교 발전기금으로 줄 금일봉까지 준비해서 갔다.

학교 앞에 우리가 탄 미니버스가 도착하자 이미 연락을 받았는지 학교에는 교사들과 학생들이 운동장이 꽉 찰 정도로 많이 모여있었다. 학교 교실들이 내가 어렸을 적에 시골 초등학교 다닐 때와 비슷하게 열악했다. 6·25 전쟁 직후에 우리가 다녔던 초등학교도 시설 자체가 정말 초라하고 형편없었다. 책상과 걸상도 아주 조잡한 수준이었다. 라오스는 아직 경제사정이 좋지 않아 정부에서 초등학교 교실조차 제대로 지어주지 못하고 있다고 했다. 학교 교사들과 학생들은 학교에 지원금을 주신 분들이라고 우리 일행을 극진히 환대를 해주었다. 성대한 환영을 받고 나니 우리가 학용품과 지원금을 너무

적게 준비한 것 같은 생각이 들어 미안하고 또 쑥스럽기도 했다. 그동안 얘기를 안 해서 모르고 있었는데 매년 학교에 지원금을 보내준 동료 K친구가 참 훌륭해 보였다.

6개월 전에 왔었던 곳에 또 다시 와서 똑같은 코스로 관광을 하고 다녀서 처음에는 아주 지루할 것이라는 염려가 앞섰다. 헌데 막상 와서 보니 아니었다. 일행의 멤버가 바뀌니 그만큼 노는 방법도 달라졌다. 느낌이 완전히 새로워진 것이다. 첫 번째에 왔을 때에는 70~80대의 나이 많은 사람들끼리만 와서 움직이는 폭도 좁고 술을 마셔도 겨우 맥주나 한 잔씩만 하고 말았다. 그나마 반수 이상은 아예 한 잔도 못했다. 두 번째에는 좀 더 젊기도 하지만 술을 잘 마시는 친구들끼리 같이 가니 술의 주종도 달라지고 분위기도 완전히 달라졌다. 처음에 갔을 때는 저녁식사 후에는 모두들 피곤하다고 곧바로 호텔로 들어가기 바빴다. 그러나 두 번째 갔을 때에는 저녁식사 후에도 맥주 한 잔 더 하자고 하며 이곳저곳을 더 돌아다녔다.

방비엥에서는 음악이 흐르고 불빛이 반짝이는 강가로 나갔다. 강가에 설치한 평상에 앉아 강물에 발을 담갔다. 시원한 강바람을 맞으며 물장구를 치고 있으니 옛날 어렸을 적의 시골 생각이 났다. 평상에 앉아 라오스 전통 안주에 술을 한 잔씩 하는 분위기가 더 없이 멋있고, 신선이 된 기분이 들었다. 처음에는 맥주를 한 잔씩 하다가, 나중에 라오스 소주를 마셔봤는데 특이한 향도 없이 맛도 부드럽고 깔끔해서 좋았다. 강가에 즐비하게 늘어서 있는 술집들의 현란한 불빛과 음악에 취해 몸도 흔들거려 보고 흐르는 강물에 발장구도 치는 기분이 "이런 것이 바로 행복"이라는 생각이 들었다.

두 번째 라오스 여행을 즐기다 보니 노벨문학상후보에도 올랐던 시인 고은 선생의 작품이 떠올랐다. 「그 꽃」이라는 시다.

> 내려갈 때 보았네,
> 올라갈 때 보지 못한
> 그 꽃
>   – 고은, 「그 꽃」

여행지에서 맛보는 음식과 식후의 야시장, 밤 문화에 따라 여행의 멋과 재미가 완전히 달라진다. 여행은 식성도 비슷하고 주량도 비슷한 친구들과 같이 가야 재미가 한결 더해진다는 것을 절실히 깨달았다. 6개월 만에 같은 곳을 두 번 여행을 가게 되니 처음 우려하는 것과는 다르게 여러 가지로 새로운 맛을 느끼게 되었다. 아마 라오스 여행은 영원히 잊지 못할 것이다.

남탕에서 만난 여자

목욕탕에 들어갔을 때 여성이 있었다. 순간 움찔했다. 그것도 남탕에서였다. 당혹스러웠다. 어찌해야 할지 몰랐다. 일본은 대중목욕탕 문화가 우리와 달랐다. 문화의 차이가 여행의 맛을 배가시켰다.

1997년 가을에 한일세무사친선협회 합동행사에 참석차 일본에 갔다. 전년도에는 일본 측에서 한국을 방문했다. 일본 측부회장을 맡은 다카하시라는 친구가 부인을 동반하고 우리나라에 방문했다. 나는 부부를 행사 다음 날 따로 초대해 아내와 같이 관광도 하고, 음식을 맛있게 잘하는 한정식 집에서 식사를 함께하기도 했다. 다카하시는 식사하면서 다음 해에 일본에 와서 부부동반으로 골프를 한번 치자고 제안을 했다.

다음 해인 1997년도에 나와 아내는 한국에서 골프채를 챙겨들고 일본으로 갔다. 물론 골프장에서 골프채를 빌려서 칠수도 있었다. 모처럼 일본 사람하고 같이 치는 골프여서 기왕이면 좀 더 잘 쳐야겠다는 생각으로 번거롭고 힘들어도 골프채를 가지고 갔다. 다카하시가 회원권을 가지고 있는 일본에서도 명문으로 알려져 있는 요미우리CC로 갔다. 명문 골프장답게 클럽하우스도 멋있고 경관이 멋있었다. 조경도 잘되고, 특히 페어웨이에 양탄자를 깔아 놓은 듯 푹신푹신해 페어웨이가 아주 좋았다.

골프를 마치고 그 친구를 따라 라커룸으로 갔다. 우리나라에서는 대개 라커룸에서 겉옷은 다 벗고 내복만 입고 샤워장으로 간다. 그런데 친구는 상의만 벗고 바지는 입은 채 샤워실로 걸어가고 있었다. 그래서 일본의 풍습은 바지는 입고 가야 하는 것으로 알고, 나도 바지는 벗지 않고 갈아입을 내복을 챙겨들고 친구를 따라 샤워실로 갔다. 샤워실에 들어서니 탈의장에 중년쯤으로 보이는 여자들 2명이 있었다. 순간 깜짝 놀랐다. 한 여자는 세면대를 닦고 있었고 다른 여자는 수건을 정리하고 있었다. 나는 잠깐 일 보러 들어온 여자들일 것이라고 생각을 했다. 잠깐 하던 일만 마치고 곧 돌아가겠지 하고 생각했다. 여자들 앞에서 차마 바지를 벗을 수가 없어서 잠시 기다렸다. 여자들은 서둘러 돌아갈 생각을 안 하고 있었다. 옷을 벗을 수가 없어서 이걸 어떻게 해야 하나 하고 망설이고 있었다. 그런데 일본 친구는 여자들이 있어도 전혀 스스럼없이 바지를 벗더니 또 팬티까지 다 벗어서 빈 바구니에 넣고는 수건으로 중요부위만 가리고 샤워실로 들어갔다. 나도 하는 수 없

266

이 한쪽으로 돌아서서 바지와 팬티를 벗고는 맞바람에 게 눈 감추듯이 목욕탕으로 쏜살같이 들어갔다.

우리나라 목욕탕은 샤워기가 두 가지 높이에 설치되어 있다. 샤워를 서서 하거나 앉아서도 할 수 있도록 말이다. 일본 목욕탕은 다르다. 서서 샤워하는 곳은 간이 문을 닫고 쓸 수 있도록 따로 있었다. 반면 일반 샤워기는 앉아서만 할 수 있도록 샤워기가 낮게 달려있었다. 물론 칸막이는 다 되어있었다. 특이한 점은 그 친구는 목욕탕 내에서 움직일 때마다 수건을 가지고 중요부위를 꼭 가리고 다녔다.

샤워를 마치고 목욕탕에서 탈의실로 나오는데, 여자들이 그때까지도 나가지 않고 탈의실에 그대로 있었다. 나는 전라인 상태로 나왔기 때문에 깜짝 놀라서 얼른 돌아섰다. 나중에 알고 보니 일본에서는 남자 탕의 탈의실과 목욕탕 내의 일을 여자들이 한다는 것이었다. 한국 사람들에게는 놀랄 일이었다. 일본은 남자목욕탕에서 여자들이 와서 일을 하는 것이 자연스러운 문화였다. 일본에서는 남자들이 여자들 앞에서도 전혀 개의치 않고 옷을 훌렁훌렁 잘 벗었다.

이제와 생각하니 대만 사람들의 목욕 문화도 일본과는 또 조금 달랐다. 자매JC 행사 때문에 대만에 가서 대만 친구들과 골프를 같이 하고 목욕탕에 갔었다.

대만도 탈의실까지는 우리나라와 별로 다른 바가 없었다. 탈의실에 종사하는 사람도 일본처럼 여자가 아니라 남자였다.

대만은 우리나라와 일본과 다른 점이 또 하나 있었다. 그들은 탈의실에서 속옷을 다 벗은 다음에 갈아입을 속옷을 목욕탕 안으로 들고 들어갔다. 샤워장도 옆으로 칸막이가 잘되어 있었다. 서서 할 수 있는 샤워부스는 밖에서 중요 부분은 보이지 않도록 무릎 부분까지 가려지는 간이 문이 달려있었다. 대만 친구들은 갈아입을 속옷을 샤워부스 위에 얹어놓고 샤워를 했다. 그런 다음 팬티와 러닝셔츠를 다 챙겨 입고 난 다음에 목욕탕에서 나왔다.

일본 사람들은 샤워실에 들어가거나 나올 때는 물론, 목욕탕 내에서 돌아다닐 때는 꼭 수건으로 아래를 꼭 가리고 돌아다녔다. 그래서 그들의 중요부위는 잘 볼 수가 없었다. 대만 사람들은 한술 더 떠서 내복까지 목욕탕으로 들고 들어가서 목욕을 마친 다음에 옷을 갈아입고 나왔다. 일본 사람들보다 더 철저한 관리를 하고 있는 모습이었다.

우리나라 목욕탕은 서서 샤워를 할 수 있는 곳에도 옆 사람과의 사이에 간이 칸막이가 되어있을 뿐이다. 샤워부스에 문까지 설치해 놓은 목욕탕은 거의 없다. 그래서 샤워부스가 완전히 열려있다. 언제든지 샤워하는 사람의 전신을 다 볼 수 있게 되어있다. 따라서 그 사람의 중요부위를 비롯한 온몸을 완전히 볼 수 있는 형태다.

일본이나 대만의 목욕탕에서는 일부러 옷을 벗는 순간 훔쳐 보기 전에는 목욕탕에서 그 남자의 중요부위를 볼 수 있는 기회가 거의 없다. 반면 우리나라 사람들은 극히 몇 사람을 제외하고는 목욕탕에서 수건으로 아래를 가리고 다니는 사람들은 거의 없다. 아래를 가리기는커녕 탈의실에서는 물론 탕 내에서도 남을 전혀 개의치 않고 두 팔을 벌리고 꼿꼿하게 서서 당당하게 활개 치며 걸어 다닌다.

특히 일본은 우리나라보다 성 개방이 더 잘되어 있다는 나라다. 그런데도 남자의 중요부위를 가능한 보여주지 않으려고 보안을 철저히 하고 다닌다. 성의 개방과는 별개의 문제이다. 그렇다고 예의를 잘 갖추기 위한 것도 아닌 것 같다. 예의를 갖추는 문제라면 우리나라가 동방예의지국으로 손꼽히는 나라이기 때문에 더 잘 가리고 다닐 것이다. 특히 대만 사람들이 목욕탕에서 내복까지 다 입고 나오는 것은 분명히 예의문제는 아닌 것 같다.

그런 문화는 결국 그것에 대한 남자의 자존심 때문일까. 즉 일본이나 대만 사람들이 남자의 중요부위 생김새에 대해 중요하게 여기는 경향이 있기 때문이 아닐까? 그런 측면으로 본다면 일본 사람들보다 대만 사람들이 그 문제에 관한 자격지심이 더 강하기 때문에 그런 문화가 형성된 것은 아닐까 싶었다.

한편으로 생각하면 한국과 일본 그리고 대만은 다 같이 불교와 유교의 문화권에 속해있다. 그리고 쌀을 주식으로 살면서 젓가락을 사용하는 같은 아시아권 인종이다. 그런데도 목욕탕 문화가 서로 다르다는 것이 재미있다. 물론 이러한 차이를 두고 문화의 우열을 가리는 잣대로 생각해선 안 된다. 우리나라 속담에 '남의 제사에 밤 놔라 대추 놔라 하지 마라'라는 말이 있다. 지방과 가문마다 제사 문화의 차이가 있기 때문에 무엇이 정답이라고 할 수 없으므로 남의 풍습에 간섭하지 말라는 뜻이다. 목욕문화의 차이뿐만 아니라 각 나라의 모든 문화가 그렇다. 문화 간의 차이에 대하여 고급이니 저급이니 잘잘못을 가려서는 안 된다. 그저 문화와 풍습이 서로 다를 뿐이다. 그래서 우리와 다르다고 흉보지 말고 그들만의 다양한 문화 그 자체를 인정해 주어야 한다. 오히려 다양한 문화의 차이가 우리의 삶을 보다 재미있게 할 수도 있다.

머나먼 남해 여행

별러서 한 일은 종종 탈이 난다. 작정하고 한 일이 오히려 어긋날 때가 있다. 평상시에 마음이 하고픈 일을 하며 사는 것이 옳다.

몇 년 전 아내와 함께 남해여행을 떠났다. 남해는 오래 전부터 한번 가보고 싶었던 곳이었다. 친구들로부터 남해 자랑을 많이 들었기 때문이다. 국립해상공원으로 지정된 수정같이 맑은 청정한 앞바다, 멋진 남해대교, 은빛의 싱싱한 멸치회가 일품이라고 했다. 독일 마을도 볼 만하다고 했다. 그동안 너무 멀어 쉽게 나서지는 못하였으나 언젠가 시간이 나면 한번 가봐야겠다고 벼르고 있었다.

드디어 아내와 1박 2일로 남해를 가보기로 했다. 연휴 마지막 날인 현충일에 출발해서 평일인 7일에 올라오면 차도 덜 밀릴 것 같았다. 우리는 오전 10시쯤에 출발했다. 아버지를 모시고 살고 있기 때문에 주말이나 연휴에 아내와 같이 여행을 떠나기가 그렇게 쉽지 않았다. 다행히 이번에 딸 내외가 와서 할아버지 식사를 대신 챙겨드릴 테니 어디 좀 다녀오시라고 해서 모처럼 마음 편히 여행을 떠나게 되었다.

차를 몰고 고속도로에 들어섰다. 6월 초순이라 산야는 온통 초록색으로 뒤덮여 있었다. 파란하늘과 초록색만 있는 동화 속에 들어 온 것만 같았다. 아내가 타온 커피도 구수하고, 경쾌한 클래식 음악과 하늘에서 쏟아지는 청량한 햇볕이 기분을 아주 상쾌하게 했다. 연휴가 끝나는 날이라 차가 전혀 밀리지 않을 것이라고 예상했는데, 아니었다. 안성 근방부터 차가 많이 밀렸다. 하지만 우리의 마음은 벌써 남해의 청정한 앞바다에 취해서 차가 밀려도 전혀 짜증나지 않았다. 원효가 당나라에 불법공부를 위하여 떠났다가 중도에 일체유심조(一切唯心造)를 깨닫고 되돌아왔다는 그 말씀이 정말 딱 맞는 격일까?

느긋한 마음으로 여유를 갖고 가다 보니 어느덧 남해에 도착했다. 7시간이 금방 지나갔다. 휴일 마지막 날이라 모텔 방이 많을 것이라고 예상했는데, 의외로 아니었다. 몇 군데를 가봤으나 방이 없었다. 한참을 돌아다니다가 방 2개 값을 치르고 특실 하나를 겨우 잡았다.

방을 구하니 마음이 느긋해졌다. 그래서 가능한 남쪽 끝 바닷가로 가보기로 했다. 남해의 끝 상주은모래비치 해변까지 내려갔다. 청정하고 넓은 앞바다를 보는 순간 가슴이 확 트였다. 그리고 아스라이 떠있는 섬들이 안정제가 되어 마음을 편

안하게 했다. 바다를 처음 본 사람마냥 바다를 한참이나 바라
보았다. 해가 저물어가고 있었다. 저 멀리 섬들은 점점 더 멀
어져 갔다. 시장기를 느끼며 돌아서서 식당으로 갔다. 남해에
서 제일 유명하다는 식당에 들어가 멸치회와 잡어매운탕으로
저녁을 맛있게 먹었다. 아내와 나는 멸치회를 처음 먹어봤다.
고소하고 생각보다 부드럽고 맛있었다. 밤바다를 쳐다보며 차
한잔하려고 분위기 있는 카페를 찾아서 막 들어가려는데 딸한
테서 전화가 왔다. 다급한 목소리였다.

"할아버지한테 저녁을 드리려고 방에 들어가 봤더니, 말도
못 하시고 팔다리를 심하게 떨고 있어요. 주무르고 있는데 무
서워요. 아빠, 어떻게 해요?"

"빨리 119로 전화해서 병원으로 모시고 가라."

"119에 이미 전화 해 놨어요."

왜 그러실까. 어떻게 해야 하지. 이런저런 생각을 한참 하는
동안 또다시 전화가 왔다.

"아빠. 어떻게 해. 할아버지가 경련을 멈추더니 숨도 안 쉬
셔요. 황 서방이 지금 인공호흡을 하고 있는데, 어떻게 해. 아
빠, 무서워요."

"119 아직 안 왔냐?"

"아직 안 왔어요."

너무나 난감했다. 천 리나 되는 남해에 와있으니 내가 할 수
있는 일이 아무 것도 없었다. 119가 빨리 오기만을 학수고대

할 뿐. 카페 앞에서 차를 급하게 돌려 서울로 차를 몰았다. 아내와 딸은 전화를 끊지 못하고 계속 통화했다. 딸이 아예 일일이 중계방송을 하고 있었다.

황 서방이 전문가도 아닌데, 인공호흡을 한다고 살아나실까. 119가 빨리 와야 할 텐데, 왜 그러실까. 하는 걱정과 두려움에 머릿속이 하얗게 되었다. 도대체 무엇을 어떻게 해야 할지 답답하기만 했다. 호흡이 거칠어지며 가슴까지 답답하게 조여왔다.

황 서방이 계속 인공호흡을 하였더니, 다행히 119가 도착할 때쯤에 호흡이 조금 돌아왔다고 했다. 강남세브란스병원으로 모시고 가라고 했다. 집에서 가깝기도 하지만 또 아버지가 평소에 다니시던 병원이었다.

"일단 응급실에만 도착하면 위급한 상황은 넘길 수 있을 거예요. 너무 급하게 서두르지 말고 이제 운전이나 조심해서 하세요."

아내가 나를 안심시켰다.

저녁 7시가 넘은 시각이었다. 차가 많이 빠져나가서 덜 밀릴 것이라고 생각했다. 그런데 차가 밀려도 너무나 밀렸다. 영화에서 본 것처럼 그 자리에서 차가 하늘로 날아갔으면 얼마나 좋을까 하는 생각이 간절히 들었다. 남쪽 끝까지 내려간 것이 후회스럽기도 했다. 남해대교를 건너는 데 2시간이나 걸렸다. 아마 그보다 더 지루하고 답답한 시간은 내 평생에 없었을 것이고 또 앞으로도 없을 것이다.

남해대교만 지나면 교통체증이 풀릴 줄 알았는데 천안에서부터 또다시 밀리기 시작했다. 생명이 위독한 상황은 면했다는 전화를 받고 나니, 갑자기 피로가 엄습해 왔다. 정신이 좀 들어서 생각하니 경황이 없어서 모텔에서 숙박비도 못 찾고 그냥 와버렸다. 전날 7시에 출발해서 정확히 8시간만인 새벽 3시에 강남세브란스병원 응급실에 도착했다. 다행히 아버지는 의식이 돌아오셨다. 아버지는 나를 보자 집에 빨리 가자고 하셨다.

"애비야. 너 왔냐. 잘 왔다. 나 아무렇지도 않은데 의사들이 나를 집에 못 가게 한다. 네가 얘기해서 빨리 집에 가자."

"위험한 상황까지 가셨기 때문에 정확한 원인을 알고 퇴원하셔야 된대요."

다행히 아버지는 특별한 병세는 없고, 과음을 하신 탓으로 10여 년 전에 스턴트 시술을 한 것에서 일시적으로 트러블을 일으킨 것으로 담당의사는 결론을 내렸다. 추가로 더 치료할 것도 없다고 하였다. 아버지는 새 아침의 일출을 보며 퇴원하셨다. 막 솟아난 태양은 유난히도 밝고 빛났다.

중병이 있는 것도 아니고 별 후유증 없이 퇴원을 하시게 된 것은 참 다행이었다. 그렇지만 하필 우리가 모처럼 남해에 간 날 그런 소동이 벌어지다니. 벼르고 벼려서 갔다가 아무것도 못 보고 15시간 동안 운전만 하다 돌아오고 말았다. 다행히도 아버지가 아무 이상이 없다고 하니, 한편으로 다행이다 싶으면서도 잠시 꿈을 꾸었던 것 같은 허탈감이 들었다. 정말 멀고도 먼 남해였다. 아버지가 일부러 그러신 건 아니지만 아내에게 미안했다. 그런데 오히려 아내가 위로를 해주었다.

"그래도 황 서방이 인공호흡을 할 줄 알아서 참 다행이었어요. 만약 119가 오기 전에 돌아가셨더라면, 우리는 임종도 못 하고 30년 동안 모시고 살았던 것이 허사가 될 뻔했잖아요."

"여보, 미안해. 다음에 기회 봐서 다시 한번 갑시다. 그때는 정말 멋있게 모실게."

아내와 가고픈 울릉도

여행을 하다 보면 다시 가고 싶은 곳이 있다. 울릉도가 그랬다. 마음과 몸이 따로 놀지 않을 때 가야 할 곳이었다. 멀고 험했다. 풍광이 가슴을 흔들어놓는 곳이었다.

오래전부터 가보고 싶었던 울릉도를 가게 되었다. 40대부터는 주말에 주로 골프를 치느라 국내여행을 많이 못 다녔다. 나이가 들어가며 많은 친구들이 현직에서 은퇴를 하고부터는 주말골프를 거의 안 하게 되어 국내여행을 다니기 시작했다. 울릉도를 한번 가보고 싶었지만 혼자 가기도 그렇고 2박 3일 정도로 가야 하기 때문에 선뜻 나서지 못했다. 성인봉 등산도 할 겸 우리나라의 동쪽 끝인 울릉도를 가보자고 친구들에게 권해 같이 가기로 했다.

울릉도는 5월경에 가야 풍랑이 적어 멀미를 덜 하게 되고, 또 기후가 좋다고 한다. 특히 나에게는 이때가 사무실이 덜 바쁜 시기이기도 했다. 5월 8일로 일정을 정하고 친구들에게 울릉도에 같이 가자고 문자를 보냈다.

"더 늦기 전에 우리나라 동쪽 끝에 있는 섬 울릉도의 성인봉에 한번 가보세. 울릉도에는 비경도 많다는데 같이 가보세. 2박 3일이니, 일정 보고 같이 가실 분 연락 주시기 바라네."

다행히 5명이 동참하여 울릉도관광 전문여행사에 예약을 했다. 전년도에 인천에서 제주로 가던 여객선, 세월호가 대형사고가 난 뒤라서 그런지 예약 자체도 까다로웠다. 여행자의 성명은 물론 주민등록번호까지 다 제출하고 선금을 내고서야 여객선 예약을 할 수 있었다.

2박 3일 일정이었지만 일정이 아주 빠듯했다. 우선 출발시간이 꼭두새벽인 3시 30분에 잠실에서 출발했다. 동해에 가서 아침 식사를 간단히 하고 8시 30분에 출발하는 울릉도행 여객선을 타게 되어있었다. 당일 새벽 2시에 일어나서 등산복과 배낭을 준비한 다음에 집사람이 잠실운동장 앞까지 차를 태워다 주어서 겨우 시간에 맞추어 동해로 가는 버스를 탔다.

동해에서 울릉도까지 배를 3시간이나 타고 가야 했다. 배멀미를 할까, 멀미약을 먹거나 귀밑에 패치를 붙이고 배를 탔다. 다행히 나는 배 멀미를 잘 안 하기 때문에 그럴 필요가 없어서 참 편했다. 배가 대형여객선으로 450인승이라는데 거의 만선일 정도로 사람들이 많았다. 우리 일행은 울릉도 성인봉 등산도 하려고 등산장비를 준비하고 갔는데, 다른 사람들은 주로 관광을 목적으로 가는 모양이었다.

다행히 바다에 파도가 전혀 없어서 배가 그냥 물 위에 떠있는 기분이 들 정도로 배가 평온하게 운항을 했다. 배가 출항한 몇 분 동안은 출항지인 묵호항을 쳐다보기도 했다. 얼마 지나지 않아 아무것도 보이지 않는 망망대해를 가게 되자 아무도 바다에 관심이 없었다. 창밖은 아예 잊어버리고 일행들과 잡담을 하거나, 싸 가지고 온 간식거리를 꺼내놓고 먹기도 했다. 그것도 지쳤는지 아예 눈을 감고 있는 사람들이 많았다.

한참 동안 무료한 시간이 지나가고 있을 때였다. 누가 갑자기 큰 소리를 질렀다.

"저거 봐라 돌고래 떼다. 수십 마리는 되겠다."

소리를 듣자 모두들 창밖을 내다보며 탄성을 질러댔다.

"야, 돌고래다!"

모두들 처음 보는 광경이라 어린애들 같이 신기해하며 함성을 질렀다. 정말 돌고래 수십 마리가 배 바로 근처에서 잠영질을 하고 있었다. 환영인사를 하는지 돌고래들이 우리들을 쳐다보고 물속을 들랑거렸다. 난생처음 보는 광경이었다. 운 좋게 울릉도 여행의 보너스로 TV에서만 보았던 장관을 목격했다. 돌고래들은 배를 한참동안 따라왔다. 돌고래 때문에 많은 사람들이 한꺼번에 왼쪽 창문 쪽으로만 몰려들어 배가 왼쪽으로 기울지나 않을까 순간 걱정이 들기도 했다. 배 안은 한참을 술렁거렸지만 순간이 지나자 다시 조용해졌다. 새벽부터 서두르느라 잠을 못 자서인지 모두들 눈을 감고 조용하게 도착시간만을 기다리고 있는 듯했다. 뱃전에 파도가 부딪히는 소리만 들려오고 있었다. 조용히 눈을 감고 있으니 유치환의 「울릉도」라는 시의 한 소절이 떠올랐다.

동쪽 먼 심해선(深海線) 밖의
한 점 섬 울릉도(鬱陵島)로 갈거나

금수로 굽이쳐 내리던
장백의 멧부리 방울 뛰어
애달픈 국토의 막내
너의 호젓한 모습이 되었으리니

– 유치환, 「울릉도」

배 안이 다시 시끄러워 지면서 11시 40분쯤 울릉도항에 도착했다. 수백 마리 갈매기 떼들이 뱃전에서부터 우리를 반갑게 맞이해 주었다. 여느 항구와 같이 항구 특유의 비릿한 내음이 나기는 하지만 드넓은 동해 바다 한가운데 떠있는 섬의 항구라 그런지 덜 비리고 진하지를 않아 바다공기가 너무나 상큼했다.

가이드를 만나 숙소를 배정받고 한 방에 두 명씩 들어갔다. 이름은 ○○호텔인데 시설은 모텔 수준도 안된 옛날의 삼류 여관 수준이었다. 방이 아주 작고, 온돌방에 샤워시설도 없었다. 이런 수준의 숙소라면 외국사람들은 절대 오지 않을 것 같았다. 울릉도가 앞으로 외국관광객을 유치하려면 숙소부터 개선을 해야겠다는 생각이 먼저 들었다.

점심 식사를 하고 오후에는 일정대로 울릉도 일주 버스관광을 다녔다. 버스관광이라고 해봐야 관광가이드가 따로 있는 것이 아니라, 버스 운전기사가 헤드마이크를 머리에 쓰고 운전하면서 안내를 해주었다. 가다가 전망이 좋은 지역에서는 내리게 하여 사진을 찍을 시간을 주기도 했다. 울릉도는 작은 섬이기 때문에 2시간도 안 되어서 한 바퀴를 다 돌았다. 울릉도는 바위섬이라고 할 정도로 돌바위로 되어있었다. 논이 하나도 없어 쌀이 전혀 생산되지 않았다. 그런데도 식수는 충분했다. 특이하게도 지하수가 고일 곳이 없어 보이는데도, 지하의 수맥이 동해바다의 압력을 받아 지하수가 용출이 된다고 했다.

2일째는 성인봉 등산을 하기로 되어있었다. 당초에는 독도까지 갈 계획이 없었는데 날씨가 너무 좋기도 하고, 또 바로 예약을 하면 내일 갈 수 있다는 말을 듣자 모두들 애국자가 된 듯이 외쳤다.

"여기까지 왔는데, 좀 힘들더라도 우리의 땅 독도를 우리가 꼭 가서 살펴보고 발자국을 남기고 와야 할 것이 아니냐."

그래서 2일째 아침 일찍 첫 배로 독도를 먼저 다녀오기로 했다. 성인봉은 오후에 가기로 했다. 독도는 일기변화가 심하고 풍랑이 심해서 독도에 가더라도 상륙은 못하고 올지도 모른다고 했다. 독도는 방파제도 안 만들어져 있고, 접안시설이 없어서 바람이 조금만 불어도 배를 댈 수가 없게 되어있다. 그래서 1년에 약 40일 정도만 독도에 접안이 가능하다고 했다. 우리일행은 날씨가 너무나 좋기 때문에 독도에 상륙할 수 있을 것으로 믿고 희망을 갖고 아침 일찍 독도로 향했다.

약 2시간 가까이 항해를 했다. 독도에 거의 다 왔을 즈음이었다. 선장이 방송을 통해서 오늘 독도에 접안할 수 있을지 없을지 아직 모르겠고 했다. 매일 독도를 항해하는 선장이 거의 다 온 시점인데도 예측을 못한다는 것에 대해서 이해가 가지를 않았다. 알고 보니 독도 근방에는 한류와 난류가 교차하는 지역이어서 풍랑이 없을 때에도 조류의 흐름이 거셀 뿐만 아니라, 수심 100미터 가까이 소용돌이가 크게 일기 때문에 방파제가 없는 독도에는 배가 접안이 쉽지 않다는 것이었다. 다행히도 우리는 운 좋게 배가 독도에 접안을 하여 전 승객이 독도에 상륙할 수가 있었다. 정말 행운이었다. 우리는 모두들 탄성을 질렀다.

"와, 독도다. 독도에 상륙했다!"

울릉도에서 87키로미터나 떨어져 있는 동쪽 끝 망망대해에 외롭게 떠있는 독도에 발을 딛는 순간 바람결에 세차게 휘날리는 태극기를 보니 감개가 무량했다. 배에서 내리자마자 모두들 사진 먼저 찍느라 정신이 없었다. 준비성이 좋은 사람들은 태극기를 가지고 와서 태극기를 양손에 높이 들고 사진을 찍기도 했다. 나도 동도를 배경으로 찍고, 서도를 배경으로 찍기도 하고, 또 태극기를 빌려서 높이 들고 찍기도 했다. 사진을 찍자마자 즉시 카톡으로 집사람과 손주들에게 자랑삼아 사진을 보내주었다. 사진을 몇 장 찍고 나니, 순간 일본 사람들이 독도를 자기네 땅이라고 우기고 있는 망발이 생각이 났다. 순간 나는 마음속으로 크게 외쳤다.

"이 독도는 우리 땅이야!"

독도에는 오래전부터 민간인 한 가족도 와서 살고 있을 뿐만 아니라, 우리의 늠름한 젊은 경찰들 수십 명이 지키고 있다. 나아가 독도에 방문한 관광객도 우리가 안내해 주고 있는 모양이나 분위기가 전적으로 한국 땅이 분명하다. 일본 땅이라는 흔적을 전혀 찾아볼 수가 없다. 그런데도 자기네 땅이라고 우기는 것이 정말 가증스럽다는 생각이 절실하게 들었다. 도대체 무슨 이유로 독도를 자기네 땅이라고 한단 말인가.

독도를 다녀온 오후라 좀 피곤했다. 하지만 우리가 언제 울릉도에 다시 올 수 있겠는가 하는 생각으로 성인봉 등산을 강행했다. 전날 관광안내원이 주의를 준 말이 생각이 났다.

"성인봉을 갈 때 정상에서 올라가던 길로 다시 내려와야지, 종주하려는 욕심으로 산을 넘어가면 영원히 못 내려오고 울릉도 사람이 될 수도 있습니다."

위험하다는 말이었다. 그러나 정상에서 넘어가는 길로 가야 경치가 멋있다는 말을 들었기 때문에 우리는 종주하는 길을 택했다. 남○○라는 친구가 산행을 힘들게 해서 예정보다 늦어져 반대편 해안에서 마지막 버스를 겨우 타고 돌아왔다. 사실 같이 간 친구들은 모두 내일 모래면 70세가 다 된 나이들인데, 아직 마음은 젊어서 힘든지도 모르고 어렵다는 길을 택해서 성인봉을 종주하고 나니 정말 기분이 좋았다.

저녁을 먹고 나서 우리는 해안가로 산책을 나갔다. 울릉도에서 멋있다는 해안가였다. 바다에 바로 접해있는 해안 길이었다. 조명장치를 잘해놓아 아름답기도 하지만, 파도소리가 바로 발밑에서 들리니 정말 너무나 아름답고, 신비하고 상쾌했다. 낭떠러지로 이어지는 직벽과 기암괴석이 조명을 받아 멋있기도 했지만 발 바로 밑의 바닷물이 너무나 맑고 깨끗했다. 세계 어디에서도 보기 드문 비경이며 멋있는 해안 길이었다. 아내와 같이 왔더라면 더 좋았을 걸 하는 아쉬움이 절실했다. 다음에 아내와 꼭 한번 다시 와 보고 싶었다.

"이번 울릉도와 독도의 여행은 멋있고, 의미도 있고 보람도 있어서 정말 좋았다."

네팔의 가이드 '고파리'

여행에서 남는 것은 관광이나 풍경이 아니라 사람이었다. 인생장사에서 남는 장사가 사람장사였다. 사람에게 받은 감동이 풍경보다 더 깊고 오래갔다.

더 나이 들면 못 가게 되니 고희가 되기 전에 한번 가보자고 선동했다. 선동이 통해서 고등학교 동창 5명과 함께 2014년 5월 초에 히말라야 푼힐전망대로 트래킹을 갔다. 네팔에서 트레킹과 관광 가이드의 이름이 '고파리'였다.

"제 본래 이름은 '고팔'인데, 알기 쉽고 부르기 편하게 그냥 '고파리'라고 불러주세요."

네팔 사람들 같지 않게 키도 상당히 크고, 코도 오뚝하니 인물이 훤한 젊은이였다. 그는 네팔의 수도 카트만두 시내만 가이드 하는 것이 아니었다. 3,250미터나 되는 푼힐전망대까지 무거운 배낭을 메고 산행을 같이하며 안내하는 전문가이드였다.

그는 한국말을 아주 잘하고 또 상당히 유식했다. 장시간 이동하는 버스 안에서 네팔에 대해 안내해 준 다음에 시간이 남으니 자기 얘기를 해주었다.

"저는 10년 전에 돈 벌려고, 한국에 산업근로자로 3년 동안 다녀왔습니다. 그 때 한국말을 많이 배웠습니다. 그 당시 네팔은 급여수준이 월 10~20만 원 정도로 아주 낮았기 때문에 한국에 근로자로 가는 것이 네팔 젊은이들의 로망이었습니다."

그는 차분하면서도 진솔하게 말했다.

"그러나 네팔에서 한국에 산업근로자로 가기가 무척 어렵습니다. 한국에 가려면 한국어능력시험을 봐서 합격해야 가게되어 있습니다. 그것도 한국에서 미리 정해놓은 인원 범위 내의 성적이라야만 갈 수 있습니다. 그래서 실제로 한국에 간 근로자의 반수 이상은 대학졸업자이거나, 최하가 고등학교 졸업자 이상입니다."

한국으로 가려는 사람들 때문에 카트만두에 한국어 학원이 여러 곳 있다고 했다. 학원들은 아주 성황이라고 했다. 고파리는 꿈이 있었다. 10년 전 한국에 갔을 때였다. 처음에는 돈 벌어서 경제적으로 어려운 부모님과 가족들을 도와주고 장가도 가려고 했다. 하지만 한국에 가서 모두들 잘사는 걸 보니, 공부를 더 많이 해서 성공해야겠다는 욕심이 생겼다. 어떻게든 공부를 더 많이 해서 출세해야겠다는 마음을 먹었다. 그래서 아버지에게 전화를 했다고 한다.

"아버지, 저는 지금부터 돈 벌어서 공부하려고 합니다. 그러니 아들이 외국에 돈 벌려고 갔다가 죽었다고 생각하고 돈 보내줄 기대를 하지마세요. 대신 성공해서 고향에 돌아가겠습니다."

집에 돈을 안 보내주면 가족이 모두들 어렵게 살아야 할 것이었다. 부모님께 너무나 미안하고 눈물밖에 안 났다. 하지만 이를 악물고 돈을 모았다. 한국에서 3년 있다가 네팔에 돌아와서 모아놓은 돈으로 대학을 다녔다. 지금도 자기 부모님이 고향에서 힘들게 고생하고 있는 것을 떠올리면 자신이 불효하는 것만 같아 마음이 아프다고 했다.

한국에 근로자로 다시 안 가고 네팔에서 돈도 벌고 학교도 다닐 수 있는 방법을 모색한 끝에 그는 결국 한국어학원을 차리자고 마음먹었단다. 그는 몇 년 전 네팔의 수도 카트만두에서 한국어학원을 시작했다.

"저는 꿈이 있습니다. 공부를 더 많이 해서 국회의원이 되는 것이 제 꿈입니다."

돈 벌어서 자기 혼자만 잘살려는 것이 아니라, 국회의원이 되어서 네팔도 한국과 같이 부자 나라로 만들고 싶었다. 다행히 자기가 운영하는 한국어학원이 잘되는 편이라고 했다. 자기는 직접 한국어를 배운 경험을 살려 이해하기 쉽게 가르친다고 했다. 뿐만 아니라 한국에 근로자로 가서 실수한 실례를 들어가며 가르쳐준다고 했다. 한국 파견근로자 선발시험 합격 비율도 타 학원에 비하여 월등하게 높았다. 특히 국회의원에 대한 꿈이 있기 때문에, 먼 장래를 생각해서 자기 고향에서 온 학생들한테는 수강료를 아예 받지 않았다. 그렇게 그가 가르친 젊은이들은 자기를 구세주로 여긴다고 했다. 마음속 깊이 존경하며 언젠가는 은혜를 갚겠다며 믿고 따르고 있었다. 앞으로 5년이나 10년 후에 자기가 국회의원에 출마할 때쯤에는 그 친구들이 고향에서는 중산층 이상의 영향력이 있는 유지들이 다 될 것이라고 했다. 그는 이 친구들이 자기에 대한 열렬한 무보수 선거운동원이 될 것이라고 자신했다.

고파리는 그해에 대학원에 들어가서 정치외교학을 공부하고 있었다.

"어쩌다 가끔 운동 삼아 재미로 산에 오르는 것이 아니라, 한 달에 몇 번씩 3,000미터 넘는 곳까지 무거운 짐을 짊어지고 2박 3일 동안 트래킹을 하면서 가이드를 한다는 것은 정말 힘듭니다. 힘들고 고단하기는 해도 돈을 많이 벌 수 있으니까요. 공부도 하고 꿈을 키울 수 있기 때문에 트래킹 가이드를 즐겁게 하고 있습니다."

그런 건전한 정신과 목표를 향한 노력이라면 충분히 꿈을 이룰 수 있을 것이라는 생각이 들었다. 그리고 자기 개인만을 위한 것이 아니라, 고향사람들을 위한 국가를 위해 국회의원을 하겠다는 정신자세가 존경스러웠다.

지난 2015년 4월 25일, 네팔에 진도 7.8이나 되는 큰 지진이 일어났다. 네팔의 수도 카트만두에서 수많은 건물들이 무너지고 사망자가 7천 명 이상이라는 뉴스가 나왔다. 순간 나는 국회의원이 되겠다던 네팔의 그 가이드 고파리 생각이 났다. 그때의 트레킹 전문여행사 사장에게 전화를 했다.

"박 사장님. 네팔에 큰 지진이 나서 난리라는데, 가이드 고파리는 괜찮답니까?"

"그렇지 않아도 걱정이 되어서 전화를 해봤는데 통화가 안 되네요. 나중에 소식을 알게 되면 제가 전화 드리겠습니다."

고파리는 틀림없이 어려움에 처한 사람들을 도우려 이리저리 뛰어다니고 있을 것이다. 아무쪼록 무사하기를 바란다. 그가 계획한 대로 열심히 노력해서 꼭 국회의원이 되기를 진심으로 빌어 마지않는다.

6장

단풍이 부럽다

마음으로 걸어본 양재천 길

목에 생긴 척수종양 수술을 받고 병원에서 퇴원한 지 꼭 일주일 만이었다. 아직은 밖에 나가면 위험하다고 만류하는 아내를 뒤로하고 아파트 뒤 양재천 길로 산책을 나섰다. 2주 동안 병실과 집 안에만 있어서 그런지 너무 답답하고 좀이 쑤셨다. 행여 감기라도 들세라 패딩바지와 점퍼로 옷을 단단히 챙겨 입었다. 입동이 지난 늦가을 끝자락이었다. 전날 비까지 내려서인지 날씨가 꽤 쌀쌀했다. 목 보호대는 착용했지만 혹시라도 삐끗하거나 넘어지게 되면 경추 수술한 것이 도로 아미타불이 되어버릴 수도 있었다. 머리에 물동이를 이고 손 놓고 가는 것보다도 조심스러웠다. 고개를 숙이지도 못하고 목을 꼿꼿하게 세우고 나무늘보같이 아주 천천히 조심조심 걸어서 양재천 둑방길로 올라섰다.

초록색 우레탄이 깔린 둑방길은 비가 온 뒤 물을 머금고 있어 파란 카펫 위에 유리를 덮어 놓은 듯, 물 머금은 녹색이 마치 바닷속의 파란 파래만큼이나 투명하고 맑았다. 공기도 이른 아침 월정사의 산속같이 맑고 상큼했다.

평상시에 둑방길로 아침 산책을 나왔을 때는 천천히 걸어가면서 깊은 생각에 잠겨보고 싶어도 내 마음대로 안 되었다. 아침에는 사람들이 너나 할 것 없이 앞만 보고 최대한 빨리 종종걸음으로 걸어갔다. 나만 뒤처져 천천히 걸어 갈 수가 없었다. 그러니 나도 덩달아 빨리 걸어갈 수밖에 없었다. 남을 의식하니 사색의 시간을 즐길 수도 없다. 그날은 낮이라 그런지 사람들이 많지 않았다. 이런 저런 생각을 하며 내 보폭대로 유유자적 천천히 걸었다.

입원한 지 딱 보름 만에 나와서 산책을 해도 이렇게 기분이 좋은데, 몇 주일 아니 몇 달째 누워있거나 심지어 몇 년을 병실 안에 있는 사람들은 얼마나 답답할까. 아직 걷는 것조차 힘들고 고개를 숙이지 못하여 샤워는커녕 세수도 잘 못하는 상태였다. 어려운 상황에 처한 사람들을 생각했다.

"나는 정말 다행이다. 정말 행복하다. 나를 치료해 주고 간호해 주신 분들이 감사하다."

그들에 대한 고마움을 가슴 깊이 느꼈다.

아직 목보호대를 착용하고 있어 조심조심 걸어야 하고, 또 한가해서 천천히 걷다 보니, 그날은 평상시에 잘 안 보이던 것들도 눈에 선명하게 들어왔다. 또 여러 가지 새로운 것들을 느끼게 되었다. 비가 온 뒤였다. 나무들이 모두 단풍이 들어서 다 떨어져 버렸을 것이라고 예상했다. 가서 보니 그렇지가 않았다. 늦은 가을인데도 나무마다 각자 모양이 다르게 옷을 벗고 있었다. 이미 이파리를 다 떨어뜨리고 앙상하게 알몸으로 서있는 나무들이 있는가 하면, 푸른빛은 잃은 지 오래 되어 누렇게 변했지만 아직도 잎이 떨어지지 않고 무성하게 그대로 붙어있는 나무들도 있었다. 감나무는 넓은 이파리들을 다 떨구었다. 앙상한 모습이었다. 머리에 이고 있는 빨갛고 노란 감들이 가을 햇볕에 선명하게 빛나고 있었다. 그 모습을 보고 있자니 어렸을 때 고향집의 향수가 느껴졌다.

은행나무는 순금보다 더 노랗게 된 잎 때문에 젊어서보다 노년기에 사랑을 더 많이 받는다. 그래서 황금기라는 말은 은행나무에 빗대 나온 말일 거라 생각했다. 이제 은행나무도 늦가을의 비와 함께 영욕의 시절은 다 지나고 있었다. 소나무는 사철나무니 겨울에도 푸른빛을 지니고 있는 것은 당연하겠지만, 나무 잎이 윤기와 힘은 없어 보여도 아직 초록빛을 뽐내고 있는 나무들도 있었다. 특히 수양버들은 한참 왕성할 때인 한여름에도 가지가 축 늘어져 있었다. 실바람에도 힘없이 흐느적거렸다. 그걸로 봐서 수양버들은 아주 연약한 나무로만 여겨졌다. 늦가을의 싸늘한 날씨에도 비록 빛은 좀 바랬지만 푸른 잎을 오롯이 다 지니고 꿋꿋하게 그대로 잘 버티고 서있었다. 봄이 오면 수양버들은 다른 나무들보다 제일 먼저 푸른 새싹을 틔운다. 그러고 보면 수양버들은 외유내강의 선비의 기상을 닮은 것일까.

1년 중 11월 말쯤은 인생으로 치면 70대쯤 된다고 볼 수 있을 것이다. 이제 70대에 접어든 신노년의 사람들도, 늦가을의 나무들과 같이 건강의 차이가 많이 난 것 같다. 이제 겨우 70살이 되었는데 벌써 건강을 잃고 앙상한 몸으로 외부 활동도 못 하고 있는 친구들이 있는가하면, 혈색은 좋지 않지만 그런대로 건강을 유지하며 잘 살고 있는 친구도 있다. 또 어떤 친구들은 고혈압이나 당뇨 같은 지병이 있으면서도 운동을 열심히 하고 음식조절 등 섭생을 잘하는 친구들도 있다. 그런 친구들은 활동에 전혀 지장이 없다. 그리고 아주 드물게는 혈색도 좋고 체력도 좋아 또래들보다 10년은 더 젊어 보이는 친구들도 있다. 부모님으로부터 DNA를 잘 타고나야 한다지만, 결국 자기가 건강관리와 섭생을 잘한 정도에 따라 건강상태가 좌우되는 것이다.

퇴원 후 처음으로 바람 쐬러 나갔기 때문에, 일부러 평소 다니던 쌍둥이 빌딩 다리까지는 안 갔다. 절반 정도까지만 갔다가 돌아섰다. 돌아오다 보니 대나무 몇 그루가 자라고 있었다. 그런데 그날따라 대나무는 참 이상하다는 생각이 들었다. 원래 대나무가 봄에 자랄 때는 열대지방의 나무들처럼 한두 달만에 10~20미터나 속성으로 키가 다 자란다. 키 자라는 모양새로 봐서 대나무는 열대성향의 식물임이 분명하다. 그렇다면 11월 말쯤 되면 추위를 못 견뎌서 이파리가 누렇게 변해있어야 될 터이다. 그런데 이상하게 대나무는 11월 말까지도 파란 잎을 그대로 지니고 꿋꿋이 서있는 것이 아닌가. 그리고 대나무는 사철나무들의 전형적인 잎 모양인 침엽수도 아니지 않는가. 그래서 고려시대의 대표적인 문인 이인로도 「월등사죽루죽기(月燈寺竹樓竹記)」에서 대나무에 대하여 이렇게 노래했다.

> 대나무는 바다가 얼도록 추워도 잎이 떨어지지 않고, 쇠가 녹도록 더워도 마르지 않습니다. 새파랗고 싱싱하여 사철 변하지 않는 것은 마찬가지입니다. 그래서 성인은 대를 숭상하며, 군자는 대를 본받으려 합니다. 때와 장소에 따라 그 뜻을 바꾸지 않으니 대나무의 지조가 바로 이러합니다.
>
> — 이인로, 「월등사죽루죽기」

대나무는 보통 나무와 달리 속이 텅 빈 내공의 마디를 수십 개나 가지고 있어서 그런 걸까. 큰 스님들이 비움의 내공을 기르고 난 다음에는 마음의 풍파와 번뇌, 망상을 타파할 수 있다고 한다. 그러니 저 대나무들도 내공의 힘으로 늦가을의 차디찬 가을비와 겨울의 눈, 찬바람을 이겨낼 수 있는 것일까. 윤선도의 「오우가(五友歌)」중에 '죽(竹)'부분이 이를 잘 표현하고 있었다.

나무도 아닌 것이 풀도 아닌 것이

곧기는 뉘 시기며 속은 어이 비었느냐
저렇게 사시에 푸르니 그를 좋아 하노라
　　　　　- 윤선도, 「오우가(五友歌)」

　대나무가 사시사철 푸르름을 지니고 사는 것을 보니, '인생의 늦가을에 접어든 우리도 지금부터라도 마음을 비우고 내공을 기르면, 저 대나무처럼 인생의 겨울에도 싱싱하게 살아갈 수 있을까?' 하는 생각이 든다. 나는 그날 정말 느리고 여유로운 산책을 난생처음 해보았다. 덕분에 느껴보지 못한 느림의 미학을 처음 만끽해 보았다. 건강도 어쩌면 마찬가지 아닐까. 조급해 하지 않고 마음의 평정을 지니고 느긋하게 기다리다 보면 오히려 더 빨리 회복될 수 있을지도 모른다. 그렇게 생각하니 마음이 편하고 돌아오는 발걸음이 아주 가벼웠다.

10월의 마지막 밤

고등학교 동창 중에 Y라는 친구는 골프를 참 좋아하기도 하고 또 잘 쳤다. 공무원 재직 당시에는 꽤 고위직에 있어서 골프 치는 것이 자유롭지 못했다. 정년퇴임을 하고 나서부터는 골프 치는 것에 대한 부담이 없어져 연습도 열심히 하고, 또 자주 다녔다. 고등학교 동창들 골프모임에도 매번 빠지지 않고 잘 나왔다. 그런 연유로 1년 전에 고등학교 골프회장까지 맡았다.

연둣빛 새순이 돋아나는 4월에 그 친구를 초대해서 홍천에 있는 멋있는 명문 골프장에 같이 갔다. 그 친구는 평소에 골프를 80대 초반을 무난히 치는데 그날은 90대가 넘도록 너무나 못 쳤다. 캐디피 내기에서 돈도 몇 만 원을 잃었다. 골프장은 페어웨이가 양잔디로 되어있었다. 친구가 양잔디에 익숙하지 못해서 못 친 것이 아닌가 생각했다. 그래서 다음 달에 다시 한번 만나서 결판을 내자며 헤어졌다.

친구에게 도전할 있는 기회를 주기 위해 일부러 그 골프장으로 다시 부킹을 해 같이 가자고 전화를 했다. 친구는 자기 부인이 아파서 수술을 해야 하기 때문에 골프를 같이 갈 수 없다고 했다. 한 보름쯤 후에 부인이 퇴원했을 것 같아 다시 같이 가자고 했다.

"부인이 수술은 잘되었지만, 아직도 몸이 많이 안 좋아서 뒷바라지를 해주어야 한다. 그래서 아직 골프를 못 가겠다."

그러면 부인이 좀 회복되면 전화를 달라고 한 다음에 전화를 끊었다.

얼마 후에 다른 친구의 얘기를 들어 보니 부인이 수술을 한 것이 아니라, 사실은 그 친구 본인이 '담낭암 수술'을 했다고 했다. 지금 생각하니 친구가 그날 골프를 잘 못 친 것도 이미 몸 상태가 안 좋았기 때문이었다는 것을 알게 되었다. 다행히 수술이 잘되었고, 항암치료를 하고 많이 좋아졌다고 해서 다행이었다. 좀 더 나아지면 그때 다시 치자고 했다.

한 4개월 후였다. 친구들과 점심을 먹고 있는데 고등학교 동창회 총무로부터 이메일이 왔다. 내용을 보니 친구 Y가 새벽 3시에 저세상으로 갔다는 것이다. 같이 있는 친구들이 모두 깜짝 놀랐다.

"아니 그 친구는 몇 달 전에 골프도 같이 쳤는데 이렇게 갑자기 가다니…."

모두들 할 말을 잊고 한동안 멍하니 서로의 얼굴만 쳐다보고 있었다. 정말 충격이었다. 그제야 얘기를 들어보니 그 친구는 이미 3월에 임파선에 암이 있다는 것을 알았다고 한다. 그런데 친구들에게 전혀 내색을 하지 않았다. 심지어 수술하기 직전인 5월, 우리와 골프를 같이 칠 때도 그는 말했다.

"골프를 치면서 막걸리도 한 잔씩 먹어야 골프도 잘 치게 되고 또 골프 치는 멋도 있는 것이야."

넉살을 부리며 동반자들에게 막걸리를 한 잔씩 권하기도 했다. 사실은 그때 이미 임파선 암이 있다는 것을 확인한 상태였다. 5월말에 종합병원에서 수술을 하기로 예약을 한 상태였다. 결국 수술을 하고 보니 담낭암이었단다. 임파선까지 전이가 되어 큰 수술을 하고 항암치료를 힘겹게 받고 있었다. 결국 친구는 수술한 지 딱 5개월 만인 10월 31일, 새벽에 저 세상으로 가고 말았다.

인생이 정말 허무하다는 생각이 들었다. 불과 5개월 전에 골프도 같이 쳤다. 그때만 해도 술도 잘 먹고 아주 건강한 친구였는데…. 그 친구가 살아있었던 그때와 오늘은 하나도 달라진 것이 없다. 그런데 오늘은 분명히 그 친구가 이 세상에 없다. 그 친구가 평상시에 건강이 안 좋았으면 오래 못 살 것이라고 짐작이라도 했을 것이다. 그러나 그 친구는 그동안 골프도 잘 치고, 술도 잘 먹고, 성격도 좋고, 정말 건강하게 잘 살고 있던 친구였다.

"우리도 언제 갑자기 가게 될지 모른다. 우리가 지금 현재 살아있는 것만으로도 참 다행으로 생각하고 행복하게 생각하자. 그리고 나중에 후회하지 않도록 사는 동안 더 재미있게 살고 보람 있게 살자."

어느 누구도 예상못한 그 친구의 갑작스런 비보를 듣고 모두들 이구동성으로 얘기했다. 그 순간 나도 나를 돌이켜 보니 그동안 특별히 이루어 놓은 것도, 내놓을 것도 없이 개미 쳇바퀴 돌듯이 하루하루를 살아가고 있다는 생각이 들었다. 순간 정신이 번쩍 들었다. 나에게도 언제 죽음이 닥칠지 모른다는 생각을 하니 갑자기 두렵고, 허전했다. 무엇인가라도 해야 될 텐데, 하는 생각으로 마음이 바빴다. 그 친구가 우리에게 무언의 큰 교훈을 주고 간 것 같다.

"만약, 그 친구가 지금 우리에게 말을 할 수만 있다면 뭐라고 할까?"

단풍이 부럽다

가을 하면 단풍이다. 가을은 이별을 준비하면서 곱게 물이
든다. 가을은 이별이 아름다움인 것임을 온몸으로 알려준다.
이별의 축제를 위해서 저마다 최고의 색으로 갈아입는다. 가
을 잎이 떨어져서 모두 봄에게로 달려간다. 가을 잎의 추락은
봄을 기약하고 있어 이별은 아름답다. 다시 만날 것을 약속하
고 헤어지는 일이기 때문이다.

요즘은 냉장시설이 좋아 과일은 사시사철 흔하다. 그러나
단풍은 냉장고에 보관할 수 없다. 단풍은 가을 한 철 그것도
겨우 보름 정도만 아름다움을 뽐내다가 가을비라도 맞게 되면
금방 사라져 버린다. 그래서 아무리 시적 감각이 둔한 사람도
단풍하면 가을을 생각하고, 지나간 가을날의 추억에 젖게 된
다. 가을 단풍하면 바바리코트 입은 남자가 연인과 정답게 손
잡고 걸어가는 영화의 한 장면이 생각나기도 한다. 그래서 누
가 뭐래도 단풍이 가을의 대표선수다.

한여름의 짙은 초록색의 신록도 싱그럽고 아름답지만 그 멋으로 말하자면 가을의 단풍만은 못하리라. 여름의 신록은 모든 나무의 그 푸르름이 진하거나 연하거나 할 뿐이다. 다 초록색 일색이다. 하지만 단풍은 붉은 단풍, 노란 단풍, 갈색 단풍 등 개성 있는 빛깔들의 조화 때문에 그렇게 아름다운 것이다.

단풍잎 하나하나도 오래 간직하고 보고파 책갈피로까지 쓰게 되는 아름다움이 있다. 가을만 되면 사람들은 삼삼오오 떼를 짓거나 혹은 관광버스까지 대절하여 설악산이나 내장산은 물론 단풍이 있는 전국의 산에 몰려간다. 사람들이 말로는 푸른 산을 좋아한다고들 하지만 신록을 구경하러 버스를 대절해 쫓아다니지 않는 걸 보면, 신록의 아름다움보다 단풍의 아름다움이 한 수 위가 아닌가 싶다.

단풍은 멀리서 보아도 멋있고 가까이에서 보아도 예쁘다. 그래서 사람으로 치면 단풍은 진정한 미인이다. 그렇게 멋있다고 뽐내는 설악산도 금강산도 단풍이 없다면 볼 품 없는 험악한 한낱 돌산으로 밀려나고 말 것이다.

청명한 가을 하늘 아래에서 태양빛을 받아 붉게 이글거리는 단풍의 빛깔은 용광로보다 더 붉게 빛나다 못해 찬란한 검붉은 빛을 낸다. 검붉은 빛깔은 마치 지금 사랑에 빠진 젊은이의 뜨거운 심장을 닮아서 그렇게 보이는지도 모른다. 그래서 젊은이들이 연인과 손을 꼭 잡고 붉은 단풍을 바라보며 마치 자기의 심장이 투영되어 있는 듯한 심상에 젖는다. 김용택 시인의 「환장」이라는 시를 읊으며 사랑을 고백하고 장래를 기약하고 있을지도 모른다. 그리고 보면 단풍은 중매쟁이 노릇도 많이 하는 것 같다.

그대랑 나랑 단풍 물든
고운 단풍나무 아래 오래오래 앉아 놀다가
산에 잎 다 지고나면 늦가을 햇살 받아
바삭바삭 바스라지든가

그도 저도 아니면
우리 둘이 똑같이 물들어
이 세상 어딘가에 숨어버리든가

                        – 김용택, 「환장」

사람들은 단풍을 보면 인생의 황혼기를 떠올린다. 동시에 외로움과 쓸쓸함도 느낀다. 낙엽이 떨어진 것을 보면 인생의 마지막을 연상하고 인생의 무상함을 회한하기도 한다.

신록이 다하여 늙은 이파리에 불과한 단풍인데도 사람들이 멋있다고 버스까지 대절하여 줄줄이 구경하러 다니는가 하면, 떨어진 낙엽을 주워 예쁘다고 책갈피에 꽂아두기도 한다. 요즘에는 단풍공예로까지 발전하여 예술작품으로 승화된다. 단풍은 정말 귀하신 몸이 되었다.

사람은 나이가 들면 손자 손녀들까지도 냄새난다고 피한다. 단풍은 태우는 냄새마저도 구수하고 멋있다고 여러 편의 시 구절에서 말하고 있다. 소설 속에서도 자주 예찬의 대상이 되곤 한다. 뿐만 아니라 영화에도 자주 출연한다. 단풍 너는 참 좋겠다. 부럽다.

단풍은 단풍으로 있을 때 단풍이지, 나무에서 떨어지고 나면 멋과 품위가 떨어진 낙엽이 되고 만다. 그래서 단풍은 수명을 재촉하는 가을비를 싫어한다. 단풍이 짙어지거나 비바람에 낙엽이 되어 떨어지기 시작하면, 사람들은 너나 할 것 없이 감상에 젖어 철학자인양 인생의 무상함을 노래한다. 그런 걸 보면 단풍은 낙엽이 되어도 고상하게 철학자들의 선생님이 되기도 한다.

나무들은 늦가을이 되면 단풍든 낡은 낙엽들은 털어내고 앙상한 가지만으로 겨울을 난다. 하지만 봄이 오면 다시 신록의 잎으로 갈아입고 새 삶을 살아가게 된다. 나무는 근심, 걱정, 욕심, 화냄이 없어서일까. 사람은 길어야 겨우 100년도 못 살지만 나무는 사람보다 훨씬 더 오래 살아가고 있다.

나도 죽어서 단풍나무나 되었으면….

목욕과 인생

　나는 목욕을 참 좋아한다. 어쩌다가 지방에 출장 갔을 때도, 볼일을 본 다음 시간이 남을 때, 목욕탕으로 간다. 어떤 사람은 영화를 보거나 시장구경을 간다지만 목욕은 피로도 풀고 정신적으로나 육체적으로 자투리 시간을 가장 효율적으로 보내는 좋은 방법이라고 생각한다.

　목욕은 나만 좋아하는 것이 아니라, 다른 사람들도 대개 다 좋아하는 것 같다. 또 목욕은 우리나라 사람들만 좋아하는 것이 아니다. 외국에도 일본의 온천을 비롯하여 습식사우나나 핀란드사우나 등 목욕문화가 많이 발달해 있는 것을 보면 동서양을 불문하고 다 좋아하는 것 같다.

　또 요즘 사람들만 목욕을 좋아하는 것도 아니다. 이태리에 있는 '폼페이의 최후' 유적지의 잔해들은 서기 79년에 있었던 화산의 대폭발로 묻혀버린 폼페이의 옛 도시와 건축물이다. 유적지에서 현대의 것과 별로 다를 바 없는 1900여년 전의 대형 목욕탕 시설을 보고 동서고금을 통해서 사람들은 다 목욕을 좋아한다는 것을 새삼 깨닫게 되었다. 또 중국 시안에 가면 당나라의 현종이 목욕을 좋아하는 양귀비를 위해서 지어 준 규모가 엄청나게 큰 온천탕을 봐도 가히 짐작할 수 있다.

사람들이 목욕을 좋아하는 것은 태어나기 전 엄마의 배 속에 있을 때, 따뜻한 양수 속에서 포근함과 평안함을 느끼며 지냈던 태고의 몸에 밴 잠재의식 때문이 아닐까. 그래서 사람들은 따뜻한 물속에서 몸을 푹 담그고 목욕하는 것을 본능적으로 좋아하게 되었을 것이다.

옛날 시골에서는 목욕시설이 없었다. 때문에 겨우내 목욕 한 번 못하고 지낸 경우가 많았다. 설날이나 되어야 겨우 목욕을 했다. 그마저도 부지런한 어머니들이라야 가마솥에 물을 덥혀 애들을 집에서 목욕을 시켜주었지, 그러지도 못하고 봄을 맞이한 애들도 많았다. 겨울에 애들이 몸에 때가 새까맣게 낀 채로 다니는 것이 시골에서는 흔한 일이었다. 그렇게 크게 부끄러운 일도 아닌 것으로 여기고 살았다. 농촌에는 개인 집에 목욕시설이 있는 집은 단 한 집도 없었다. 공중목욕탕도 하나 없었다. 초등학교 교장선생님의 관사에 목욕물을 덥히는 큰 통이 있는 것이 우리면 내에서는 유일한 목욕시설이었다. 일제 강점기 때 일본 사람들이 지은 관사였다.

옛날 같지 않아 때를 밀려고 몇 달 만에 목욕탕에 가는 사람은 거의 없다. 목욕탕에 오는 사람들의 이유는 가지각색이다.

밤늦도록 사무실에서 야근을 하고 피곤해서 온 사람, 먼지를 둘러쓰고 일을 했거나 힘들게 땀 흘리며 일을 마치고 온 사람, 날 새기로 놀다가 피곤해서 온 사람도 있다. 가진 것이라곤 돈과 시간밖에 없는 사람들이 매일 일과처럼 습관적으로 목욕탕에 온다.

목욕탕에서는 지위고하를 막론하고 다 같이 평등하다. 목욕할 때에는 제복도 없고 계급장도 달지 않기 때문에 너나 할 것 없이 일등병이다. 목욕탕에 들어올 때는 벤츠 600을 타고 왔건 지하철을 타고 왔건 전혀 구별할 수 없다. 그냥 다 같은 사람이다.

여자들 같으면 손톱의 매니큐어를 보고 대충은 알 수 있을 것이다. 여자들은 손톱을 어떤 형태로든 자기 나름대로 관리하고 다닌다. 그래서 손톱의 길이나 매니큐어의 문양이나 일부 벗겨진 정도로 보아 조금이라도 짐작할 수 있다. 남자들은 드물게 몸에 문신을 한 사람들을 제외하고는 대개의 경우 맨몸에 특별한 것이 없다. 목욕탕에서 사람의 인품이나 신분 등을 판단하기가 아주 어렵다. 그래서 이런 해프닝이 일어난 경우도 있었다. 스님이 목욕을 하다가 옆에 있는 학생에게 부탁했다고 한다.

"학생, 나 등 좀 밀어줄래?"

하고 등을 대고 돌려 앉으니 그 학생이 등을 밀다가 대뜸 물었다.

"네, 몇 학년이고?"

"난 중이야."

"뭐라꼬?"

스님의 대답을 들은 학생은 스님의 뒤통수를 손바닥으로 탁 치면서

"짜샤! 나는 중3이야. 중2가 버릇없이!"

이렇게 응했다고 한다.

목욕탕에서는 몸매가 좋고 건강해 보이는 사람이 최고다. 지위가 높거나 돈이 많은 것보다는 가슴이 떡 벌어지고 팔의 근육이 잘 발달된 사람이나 복근이 멋있게 잘 다져진 몸매의 사나이가 왕이다. 그래서 몸매가 좋거나 남자의 중요부위가 튼실하게 잘생긴 사람들은 가슴을 쭉 펴고 목욕탕 안을 거들먹거리며 활개를 치고 다닌다. 대부분의 사람들이 목욕하는 동안에는 서로 침묵을 지키고 제법 의젓함을 보인다. 본래 아는 사람이 아니라면 목욕탕에서 가끔 만나더라도 서로 말을 쉽게 건네지 않는다. 특히 사교성이나 붙임성이 적은 내성적인 사람들은 몇 년간을 다녀도 서로 말을 주고받는 경우가 없다. 그저 조용히 목욕만 하고 가는 경우가 많다. 반면 어떤 사람은 유난히도 물을 튀기면서 첨벙거리거나 코 푸는 소리나 가래 뱉는 소리를 크게 내는 사람들도 있다.

목욕탕에서는 인간과 인간으로서의 만남이 이루어진다. 사회생활에 있어서 지인과 운동을 같이 하거나 식사를 같이 하

는 것이 그 사람과 친분관계를 더욱 끈끈하게 하는 좋은 계기가 될 수 있다. 목욕을 한번 같이하게 되면 식사 한 번 같이하는 것보다 몇 배로 친밀감을 느끼게 된다. 만약 사업상의 거래처 상대방과 목욕탕에서 만날 수 있다면 어려운 상담은 이미 90% 이상 성공한 것이라고 보아도 된다.

목욕을 하고 나면 피로도 풀리고 혈액순환이 잘되어 여러 가지로 건강에 좋다. 건강을 위한 반신욕과 냉온탕법 등 목욕요법이 많이 권장되고 있다. 심지어 목욕요법으로만 자연치유를 하고 있는 어떤 요양원도 있다.

온탕에서 이마에 땀이 보송보송 날 때까지 무아의 삼매경을 즐기며 반신욕을 하고 나면 머리가 개운해지고 눈까지 맑아지는 것을 느끼게 된다. 그 다음에 온탕에서 나와 냉수욕을 하면 정말 시원하고 상쾌하다. 이것이 목욕의 백미다.

나는 30세 이전에 몸이 약했을 때에는 목욕할 때 냉탕에 너무 차가워서 들어갈 수가 없었다. 온탕에서 냉탕으로 뛰어드는 사람들을 보면 여간 부럽지가 않았다. 요즘에는 건강이 많이 좋아져서 냉탕에 자주 드나드는 편이다. 냉온요법이 건강에 좋다는 말을 들었다. 그래서 냉탕과 온탕을 번갈아 들어간다. 또한 옛날에 못 했던 한풀이도 있고 또 은근히 뽐내고 싶은 욕심이 더해져 사우나에 갈 때마다 냉탕에 여러 번 들어간다.

목욕하는 동안에는 기분도 좋아진다. 뿐만 아니라 목욕하고 나온 다음 거울을 보면 기분이 또 좋아진다. 혈색이 좋아진 자기 얼굴을 발견하게 되기 때문이다. 자기가 봐도 평소보다 많이 좋아 보인다. 기분이 상쾌해지고 또한 자신감이 생겨 자기도 모르게 기분이 아주 좋아진다. 결국 목욕탕은 몸의 피로만을 푸는 곳이 아니다. 기분까지 상쾌하게 만든다. 약 없는 자연치유 건강원인 셈이다. '전국노래자랑'에서 사회를 보는 송해 선생도 90이 넘도록 현역으로 뛸 수 있는 건강의 비법이 매일 아침에 목욕탕에서 따끈한 온탕에 들어가 땀을 쫙 흘리는 것이라고 하니 맞는 말인 것 같다. 어떻게 보면 인간은 목욕의 역사다. 사람은 엄마의 뱃속에서 태어나자마자 제일 먼저 목욕을 함으로서 새로운 삶이 시작된다. 그리고 사람이 죽으면 입관하기 전에 마지막으로 염습이라는 목욕을 함으로서 인생의 끝을 맺는다. 그러고 보면 결국 인간은 목욕으로 생을 시작해서 목욕으로 생을 마친다.

스님의 머리 염색

　사회생활을 함에 있어서 그 사람의 이미지가 굉장히 중요한 부분을 차지한다. 특히 그 이미지는 얼굴뿐만 아니라 머리스타일에 따라서 많이 달라진다. 그래서 대개의 경우 남녀를 불문하고 머리를 단정하고 깔끔하게 하고 다니는 것이 일반적이다.

　미국의 역대 대통령인 에이브라함 링컨은 "남자가 40세 이후에는 자기 얼굴은 자기가 책임을 져야한다."고 말했다. 즉, 청소년 때는 부모님의 영향이 크다. 그렇지만 40세 이후에는 이미지 관리도 자기 스스로가 잘해야 한다. 사회생활도 자기 책임 하에 성공적으로 이루어야 한다. 10여 년 전에 잘 아는 어느 선배가 "염색을 하지 않은 하얀 머리의 자기 얼굴을 거울에서 매일 아침 보게 되면 '나도 이제 늙었구나' 하는 자기 최면에 걸리게 된다."고 하였다. 누구나 늙은 자신의 모습을 보고 의기소침해질 수 있을 것이다. 나는 그때부터 주위 사람들에게 나이가 많아 보인다는 말도 듣지 않고, 또 자기 최면에 걸리지 않기 위해 머리염색을 하기로 했다. 실제로 내가 경험을 해봐도 이발하고 염색까지 한 다음에 거울을 보면 한결 젊어 보이고 생기 있어 보인다. 나도 모르게 기분도 좋고 자신감이 생긴다.

어떤 친구는 머리 염색을 하면 알러지가 있어서 머리에 부스럼이 나기 때문에 머리염색을 하지 못한다고 하였다. 어떤 때는 허브로 염색을 해보기도 했지만, 그 절차가 너무나 복잡하고 시간이 많이 걸려서 염색을 아예 안 하기로 했다고 한다. 가끔 그 친구를 염색하지 않은 상태에서 길거리에서 마주칠 때가 있다. 그럴 땐 머리 숱도 적고 머리칼도 하얀 것이 실제 나이보다 거의 열 살은 더 먹어 보였다.

또 어떤 사람들은 머리염색을 하면 눈이 나빠진다고 해서 염색을 안 한다고 하였다. 그러나 내 경험으로 봐서는 염색을 했다고 해서 눈이 나빠지는 것 같지는 않았다. 염색을 한 다음 그 염색약이 다 빠지도록 몇 번씩 머리를 꼼꼼하게 잘 감았다. 그래서인지 염색을 한 다음부터 눈이 더 나빠진 것 같지는 않았다. 내 생각엔 머리를 염색하게 되는 나이 즈음에 대개 눈이 나빠지기 시작하기 때문에 우연의 일치로 머리염색을 하고부터 눈이 나빠짐을 느껴 머리염색을 하면 눈이 나빠진다고 생각하는 것 같다. 한편, 스님머리를 하고 다니면 머리염색을 안 해도 되니까 참 편하고 좋을 것 같은 생각을 해본다. 그렇지만 남들이 곱게 보지 않을 그 이미지 때문에 스님머리를 함부로 하지는 못한다. 그래서 귀찮아도 할 수 없이 한 달에 한 번 정도는 머리염색을 하고 있다.

요즘은 머리염색을 검은색으로만 하는 것이 아니다. 젊은이들은 빨간색, 초록색, 파란색으로도 하고 심지어 어떤 사람은 하얀색으로 탈색을 하는 사람도 있다. 헤어스타일도 옷 못지 않게 패션이다. 젊은이들은 그런 칼라머리도 개성이 있어 좋다고 한다. 하지만 연예인이 아닌 일반인의 경우에는 어쩐지 이미지가 단정해 보이지는 않는다. 이런 말을 하면 젊은 사람들이 세대차이가 난다고 핀잔을 줄지도 모르겠다. 하긴 일반인이 아닌 이북의 김정은 위원장도 좀 이상할 정도로 머리를 두상 끝까지 수직으로 깎고 다닌 것을 보면 헤어스타일도 자기의 개성을 표출하는 시대가 된 것 같다.

검정색이 아닌 칼라로 염색을 하려면 먼저 하얗게 탈색을 한 다음에 칼라로 다시 염색을 해야 한다. 그래서 모발 건강이나 수명에도 많이 안 좋을 것 같은 생각이 든다. 머리염색을 칼라로 하는 경우에는 검정색으로 하는 것보다 비용도 몇 배나 더 비싸고 시간도 많이 걸린다. 그런데도 어떤 젊은 여대생은 거의 반년 동안 아르바이트를 한 돈으로 칼라염색을 하였다고도 하였다. 그래야 더 예뻐 보이고 개성 있어 보인다고 생각하기 때문이리라. 어떤 친구는 집에서 머리염색을 한 후에 양다리 사이의 머리까지 염색을 하였다고 한다. 그런데 마누라가 그 광경을 보고는

"뭣 땜시 그런 데까지 염색을 다 한다요?"

하고 따지고 들어서 변명하느라 한참 동안 혼이 났다고 하였다.

또 어떤 친구들은 염색할 머리조차 없어서 머리염색을 못하니 더 큰 고민이라고 한다. 그래도 그나마 나는 염색할 머리라도 있어서 부모님께 감사하게 생각한다. 그리고 나는 아직 눈썹까지는 염색을 안 해도 되니까 참 다행이다. 그렇지만 나는 나이 80~90세가 될 때까지 계속 머리염색을 하지는 않을 생각이다. 아직은 내가 현업에서 일을 하고 있으니까 이미지 관리상 머리염색을 하고 있다. 하지만 나이가 더 들어 사무실을 접은 다음에는 차라리 이발도 자주 안 하고 머리를 길게 길러서 자유롭고 편하게 살고 싶다. 그때 가서는 머리를 길러서 파마를 해야겠다. 거기에다가 청바지에 가죽으로 된 검은 재킷을 입고 자유분방한 이미지로 살아봐야겠다는 생각을 한다.

불러도 대답 없는 이름

　상명대학교 경영대학원 글로벌부동산학과에서 강의를 할 때의 일이었다. 석사과정 학생들에게 '부동산 조세론'에 대한 강의를 했다. 학생들이 수강을 신청한 이유는 대체로 업무와 관련이 많아 실무에 도움도 많이 된다는 이유에서였다. 또 석사학위도 받을 수 있기 때문에 들어온 학생들도 많았다. 금융기관을 비롯하여 투자자문사, 부동산중개사, 부동산개발시행사 및 한국감정원 직원들이 주로 수강신청을 해 강의를 듣고 있었다. 물론 순수하게 관련 학문을 전공하기 위하여 온 젊은 학생들도 있었다. 경영대학원이기 때문에 학생들의 나이가 20대부터 60세까지 다양했다. 물론 40대의 학생들이 제일 많았지만 20대 후반의 젊은 나이의 학생도 있었다. 또 '지공카드'를 가지고 있는 60대 후반 만학도도 있었다.

　수업 첫날 자기소개를 마치고 나서 반장과 총무를 선출했다. 총무는 40대 초반의 H라는 학생이었다. H는 수업에 적극적이고 열성적으로 참여한 모범적인 학생이었다. 수업시간에도 처음부터 끝날 때까지 줄곧 나와 눈을 맞추며 강의를 열심히 들었다. 학생들 간의 친밀감도 좋았다. 또 리포트도 성의 있게 알찬 내용으로 준비해 제출했다. 마음속으로 그 학생은 무조건 A학점 감이라고 생각했다.

2개월 후 첫 번째 주였다. 월요일 강의 시간에 출석을 부르는데 H학생이 대답을 안 했다. 전화도 없이 결석한 것이다. 평소 성실한 학생이었기에 무슨 일이 있어서 못 나왔겠지 하고 대수롭지 않게 넘겼다. 다음 주에 출석을 부를 때 그 학생의 이름을 불렀다. 그러자 이번엔 반장을 맡은 학생이 답변했다.

"그 친구, 갔답니다."

"가다니, 어디를 갔단 말이야?"

"지난주에 교통사고로 죽었답니다."

"뭐라고?"

나도 모르게 큰 소리로 되물었다.

"2주 전인가, 일요일 저녁에 귀가하다가 집 앞 건널목에서 신호를 위반하고 질주하던 차량에 치어 병원으로 가는 중에 죽었답니다."

지난주 월요일 첫 번째 결석한 날, 그 학생은 이미 하루 전날인 일요일부터 이미 이 세상에 없었던 것이다. 그런데 우리는 학생이 죽은 줄도 모르고 살아있는 사람으로 알고 출석까지 불렀다. 그렇다면 살아있다는 것과 죽은 것의 차이는 무엇인가. 죽은 줄을 모르고 있으면 그 사람은 살아있는 것인가. 삶과 죽음의 차이가 무엇인지 머리가 혼란스러웠다. 죽음은 결국 자기도 모르게 갑자기 맞이하게 될 수도 있었다. 살아오면서 수없는 고비가 있었던 것을 생각하면 지금 우리가 살아 있는 자체가 기적일 수도 있다.

죽음 자체는 같지만 죽음의 모양은 다르다. 암이나 뇌출혈로 몇 년씩 고생하다가 본인이나 가족들이 모두 진이 다 빠진 다음에 돈만 다 쓰고 비참하게 죽은 사람도 있다. 그런가 하면 돈이 없어서 온전한 치료 한번 받아 보지 못하고 불쌍하게 죽은 사람도 있다. 어떤 사람은 경제적인 여유가 많아 특실에서 온갖 새로운 의술에 의한 치료를 다 받아보고, 여러 사람이 지켜보는 가운데 죽음을 맞은 경우도 있다. 학생의 경우와 같이 멀쩡한 사람이 교통사고가 난 지 1시간도 못 되어 가족은 물론 아는 사람도 하나 없는 싸늘한 119 구급차 안에서 한마디도 못 하고 허무하게 가버린 사람도 있다.

총무 본인이 죽게 되니까 서로 연락이 안 되었다. 나는 물론이고 친하게 지내던 학생들마저 아무도 몰랐다. 장례를 다 치루고 나서야 정신이 든 가족이 학교에 연락을 했다고 한다. 그때야 비로소 그 학생이 죽은 사실을 알게 되었다.

"아니 어떻게 지난주까지만 해도 저 왼쪽 앞좌석에서 나와 시선을 맞추어 가며 강의를 열심히 듣던 학생이 갑자기 없어 졌다는 것인가!"

전구에 불이 환하게 잘 켜져있다가 어느 순간 갑자기 전기가 나가버린 기분이었다. 영화의 필름 한 부분이 잘려나간 뒷부분을 보게 될 때, 그 뒷부분의 상황이 도저히 이해가 안 갔다.

'어느 누가 그의 죽음을 단 한 번이라도 생각을 해보거나, 염려를 해보았단 말인가?'

어느 성인이 '인생은 번개와 같다'는 말을 했다. 그 말은 이런 경우를 두고 하는 말인가! 그 학생은 이제 겨우 40대 초반 젊은 나이의 아주 건장한 학생이었다. 인생 3세대 중에 제1세대의 힘겨운 교육기간을 겨우 마쳐가는 중이었다. 이제 인생의 꽃을 피우기 시작한 혈기 왕성한 인생 중 최고의 시절인 40대 초반이었다. 인생의 꿈을 펼치기 위해 그동안 결혼을 미루면서까지 자기 발전을 위하여 낮에는 회사 근무를 하면서 저녁에 또 대학원 공부를 그렇게 열심히 한 학생이었다.

유치원부터 계산하면 초·중·고·대를 합하여 무려 20년 이상을 공부만 하다가 꿈도 피워보지 못하고, 단 한 순간의 사고로 번개같이 사라져버렸다. 인생은 이렇게도 허무한 것인가. 한동안 머릿속이 멍했다. 눈시울이 뜨거워졌다. 그 학생의 명복을 비는 묵념을 올리고, 다시 그 학생의 이름을 크게 불렀다. 대답을 하지 않았다. 출석부에 그 학생을 차마 결석으로 표시할 수가 없었다. 그렇다고 출석부에서 이름을 지워버리자니 너무 미안한 생각이 들었다. 그래서 종강 때까지 출석을 부를 때마다 그 학생의 이름도 계속 크게 불러주었다.

그림자의 색깔

그림자에 색깔이 있다면 어떨까. 즐거운 상상으로 아침 일찍 양재천 길을 자주 걷는다. 마음의 빛깔 따라 그림자의 색깔 또한 달라진다면 재밌겠다는 생각으로 산책을 한다. 태양빛을 받아 내 그림자가 길게 나타난다. 내 그림자는 나를 따라다니며 나의 흉내를 낸다. 내가 팔을 들면 그림자도 팔을 들고, 내가 천천히 걸으면 나를 따라 천천히 걷다가도 내가 빨리 걸으면 그림자도 아주 빨리 따라 걸어간다. 내가 멈추어 서면 자신도 서서 내가 다시 갈 때까지 기다린다. 참 다정한 친구다. 내 그림자는 항상 나보다 빠르다. 내가 그림자를 밟아보려고 발을 내딛으면 나보다 더 빨리 달아난다. 이 세상에 아무리 빠른 사람도 자기 그림자를 따라잡을 수는 없다. 100미터 달리기 세계신기록 보유자인 '우사인 볼트(Usain Bolt)'도 자기 그림자는 따라잡을 수가 없다. 그림자를 따라잡기 위해서 또 그 그림자를 밟기 위해서 빨리 달려가면 갈수록 그림자는 더 빨리 달려 도망간다. 그래서 결국 자기 그림자는 죽을 때까지 밟을 수가 없다.

옛날부터 어른들이 스승은 부모님보다 더 공경해야 한다고 했다. 스승님의 그림자도 밟지 말라고 하지 않았던가. 신기하게도 타인의 그림자를 밟으면 순간에 오히려 그 그림자 속으로 들어가고 만다. 결국 스승님의 그림자는 밟아서도 안 된다지만, 어느 누구도 스승의 그림자를 절대 밟을 수가 없다. 스승의 그림자를 밟는 순간 바로 스승의 그림자 속으로 들어가고 만다.

대개 사람들이 그림자를 어둠이나 부정적인 상징으로 인식하고 있다. 도둑이나 간첩을 그림자로 표현하는 경우가 많다. 그림자를 어둠의 자식으로 부정적인 이미지로 생각하고 있다. 사실은 그림자는 밝은 곳에서만 존재하는 양성이다. 어두운 밤에는 그림자 자체가 만들어지지 않는다. 그림자는 어둠속에서는 절대로 살지 못한다. 그림자는 태양이 있어야만, 불빛이 있어야만 존재한다. 그리고 보면 그림자는 어둠의 자식이 아니라 태양의 자식이다. 또 그림자는 홀로 존재하지 못한다. 특정 사물과 빛이 있어야만 존재하게 된다. 동화 '피터팬'에서 피터팬은 잃어버린 자신의 그림자를 찾아 웬디가 사는 집으로 들어간다. 웬디는 '피터팬'이 그림자를 잃어버리지 않도록 '피터팬'과 그림자를 꿰매어 준다. 그림자가 따로 분리되어 돌아다닌다는 것은 동화적인 상상일 뿐, 그림자는 빛과 따로 떼어

내어 생각할 수 없는 또 다른 성질이자 일부이다. 즉 '피터팬'의 그림자가 사라지는 것은 빛이 사라지거나 여러 곳에서 빛이 비치는 경우에만 가능하다. 빛과 무관하게 그림자만 스스로 나타나거나 사라지지는 않는다.

그림자는 요술쟁이다. 키가 1미터 50센티미터밖에 안 되는 사람도 그림자는 2미터 아니 7미터, 8미터도 될 수 있다. 빛의 높이에 따라 그림자의 길이가 자유자재로 몇십 배로 커지기도 한다. 또 크기도 자유자재로 변할 수가 있다. 크기가 작은 대상도 빛을 가까이 하면 키만 커지는 것이 아니라 엄청나게 큰 괴물이 될 수도 있다. 또한 머리 위에서 빛을 비추면 아무리 거인이라도 그림자는 난장이가 되기도 한다.

우리 눈으로 볼 수 있는 그림자 중에 가장 멀리 만들어진 그림자는 아마 지구의 그림자일 것이다. 지구의 그림자에 따라 초승달을 만들기도 하고 또 반달을 만들었다가는 아예 달을 다 가려서 깜깜한 밤을 만들어버리기도 한다. 달이 한 번 눈을 감았다 뜨는 데 한 달이 걸린다. 달이 한 번 윙크하는 데 한 달이 걸린다.

그림자는 우리에게 많은 이로움을 주기도 한다. 창의적이고 머리 좋은 사람들은 그림자를 아주 효율적으로 활용했다. 낮에 태양의 위치에 따라 그림자의 길이가 길어졌다 짧아졌다 하는 것을 이용해, 그림자의 길이를 일정한 간격으로 눈금으로 새겨 해시계를 만들었다. 더 나아가 고대 그리스의 수학자들은 그림자의 길이와 태양의 높이를 이용하여 삼각함수에 의해서 직접 높이를 잴 수 없는 산이나 건물의 높이를 측정했다. 그림자를 일상생활에 이용하기 시작한 것은 고대 천문학자들뿐만 아니었다. 화가들도 그림자를 세밀히 관찰하고 속성을 활용하여 음영을 표현하고 원근을 나타내어 생생하고 실감나는 그림을 그렸다. 특히 르네상스의 거장들은 빛과 그림자의 속성을 이용해 살아있는 듯한 사진 같은 그림을 그렸다. 또한 그림자를 만들어내는 어둠상자를 이용해서 사진기를 만들어 낸 사람도 있었다. 심지어 그림자를 역 이용하여 엑스레이 사진을 만들어 몸속에 보이지 않은 장기와 뼈를 촬영하여 질병을 진단하고 치료에 이용하기도 했다.

현실에서는 한 발짝 이상 떨어져 있는 두 사람이 실제로는 전혀 접촉하지 않고 있는데도 그림자의 세상에선 악수도 하고 포옹도 하며 키스를 하는 것처럼 연출할 수도 있다. 그림자로는 우리나라 대통령과 북한의 김정은 위원장이 다정하게 포옹하는 장면도 연출할 수 있다.

어떻게 보면 그림자는 아주 공평하다. 그림자는 빈부격차도 없애준다. 비싼 옷이나 아주 저가의 옷이나 그림자에선 전혀 구분되지 않는다. 그림자는 명품 옷이나 명품 가방들과 짝퉁을 구분하지 않고 똑같이 보여준다. 그러니 그림자는 정말 공평하다. 부자들은 자랑을 못 하게 되니 싫어할지도 모르겠지만 말이다.

그림자는 눈에 보이는 것도 있지만 눈에 보이지 않는 관념적인 그림자도 있다. 자아의 밑바닥에 위치하고 있기에 어두운 그늘이라는 인격으로 존재하는 심리 및 정신의 내용이라고 부르는 그림자도 있다. 눈에 보이는 그림자는 내가 움직이는 대로 따라 움직인다. 하지만 마음속의 그림자는 반대로 그림자의 주인을 나약하게 하거나 움츠러들게 하기도 한다. 심지어 마음의 그림자는 불행을 만들어가고, 암의 씨앗을 키워나가기도 한다. 몸 밖의 그림자는 빛이 만드는 것이지 자신이 마음대로 만들 수가 없다. 마음의 그림자는 자기가 만들기도 하고 안 만들기도 한다. 똑같은 상황에서도 마음의 그림자를 만드는 사람도 있고, 또 안 만드는 사람도 있다. 그리고 보면 그림자가 안 좋은 것이 아니라 그 사람이 안 좋은 것으로 사용하기 때문에 부정적인 의미가 생긴 것뿐이다. 그림자는 요술쟁이다. 머지않아 총천연색 그림자도 나타날 수 있지 않을까?

잘못 배달된 사과박스

  명절을 며칠 앞둔 날의 일이었다. 명절 전이라 사무실에 바쁜 일이 별로 없었다. 평상시보다 조금 일찍 퇴근했다. 엘리베이터에서 내려 현관문을 열려고 보니, 현관 앞에 택배가 와있었다. 사과 박스였다. 누가 선물을 보냈나 하고 상자에 붙어있는 송장을 들여다보았다. 복도가 좀 어둡기도 하고 글씨가 작아서 발송인이 잘 안 보였다. 그런데 수신자의 주소는 잘 보였다. MD아파트 1202호라고 쓰여 있었다. 우리 집은 1201호다. 그렇다면 앞집에 배달할 물건을 택배아저씨가 실수로 우리 집 앞에 놓고 간 것이라는 판단이 들었다. 그래서 나는 택배 물건을 앞집 1202호 현관 앞에 옮겨두고 들어왔다. 집에 들어와 보니 아내도 집에 일찍 와있었다.

  "일찍 오셨네요."

  "네. 준비할 것도 있어서 오늘은 좀 일찍 왔어요."

  "들어오다 보니, 현관에 1202호 택배 물건이 우리 집 현관 앞에 놓여있어서 앞집 현관 앞에 옮겨놓고 들어왔네요. 택배 아저씨가 배달을 잘못 했나봐."

내 말이 끝나자마자 아내가 박장대소하고 웃었다.

"내가 들어올 때 보니까, 1202호 택배 물건이 우리 집 앞에 있어서 내가 앞집 현관 앞에 다 옮겨놓고 들어왔는데. 그러면 그 앞집 사람이 또 우리 집 앞에 옮겨놓았나 봐요. 그런데 당신이 또 그 집 앞에 옮겨놓은 거예요."

"그래?"

왜 그런 일이 생겼는가 하고 생각해 보았다. 앞집에 배달된 선물을 앞집 사람이 누가 보냈는가 확인해 보고, 보내는 사람이 모르는 사람이라서 수신자를 확인해 보다가 내 이름으로 되어있어 앞집 사람이 우리 집 현관 앞에 옮겨둔 것이 분명하다. 만약 그 집에서 호수만 확인하고 무심코 들고 들어갔더라면 이런 일이 벌어지지 않았을 것이다. 그런데 아내가 집에 들어오다가 배달된 상자의 수신자 주소가 1202호로 된 물건이기 때문에 나와 똑같은 생각을 했나 보다. 그런 생각으로 앞집 1202호 앞에 물건을 옮겨두고 들어온 것이다. 그런데 앞집 사람이 나가다 보니, 1201호로 온 택배이기 때문에 다시 우리 집 현관 앞에 두었다. 그런데 나는 그동안 그런 사정을 모르고 나대로 1202호 물건이기에 다시 또 1202호 앞으로 옮겨 놓았던 것이다. 아내 말을 듣고 보니 수신자 이름을 확인해 봐야겠다는 생각이 들었다. 나가서 수신자를 자세히 확인해 보니 과연 내 이름으로 되어 있고, 발송인도 내가 잘 아는 분의 이름으로 되어 있었다. 박스를 들고 집으로 들어왔다. 결국은 선물을 보낸 사람이 착오로 1201호를 1202호로 잘못 기재하는 바람에 벌어진 해프닝이었다. 그러고 보니 2호에서는 1호로, 또 1호에서는 2호로 서로 두 번씩 앞집 문 앞으로 사과박스를 옮겨 놓게 되었다.

옛날이야기 중에 그런 얘기가 있다. 형제가 벼를 베어놓은 날, 어느 달밤에 각자 벤 벼를 서로의 볏단에 더 많이 옮겨놓다가 그만 그런 자신들의 모습을 서로에게 들켜버린 이야기. 들키고 난 후에 형제간의 우정이 더 깊어졌다는 초등학교 교과서에 실린 아름다운 이야기가 생각났다.

자기 집 주소로 배달된 물건이니 자신이 가져도 모를 일이었다. 실제로 어떤 집에서는 택배로 배달된 곶감을 부인이 갖고 들어가서 애들하고 맛있게 먹은 일이 있었다. 저녁에 남편이 퇴근하고 들어오자 누가 곶감을 선물로 보내서 맛있게 먹었다고, 남편에게도 몇 개를 그릇에 담아주었다고 했다. 남편이 곶감을 먹으며 보낸 사람의 이름을 확인해 보니 전혀 모르는 사람이었다. 그래서 돋보기를 갖다 대고 수신자를 자세히 확인해 보니 앞집에 사는 사람 이름이었다. 부인은 당연히 자기 집 주소로 온 것이어서 의심하지 않고 집으로 들여왔을 것이다. 애들이 학교에서 돌아오니 간식으로 곶감을 나누어 먹었다. 결국 수신자 이름을 확인하지 않고 집으로 들여와 먹기까지 했다. 나중에서야 부인은 남편에게 꾸지람을 들었다. 그 부인은 절반밖에 남지 않은 곶감 박스를 들고 앞집에 가서 자초지종을 얘기하고 미안하다고 사과했단다. 그러고선 부인들끼리 한참을 같이 웃었다는 얘기도 있다.

택배로 배송된 물건이 많다 보니 배달사고가 심심찮게 일어나고 있다. 대개의 경우 선물을 보낸 쪽에서 선물 보냈다는 얘기를 잘 안 한다. 때문에 보낸 선물이 중간에 없어져 못 받은 경우가 있다. 보낸 사람은 물론 받을 사람도 그런 사고가 발생한 자체를 모르고 지나쳐버린 경우도 있을 수 있다. 대개의 경우 선물을 받은 사람이 고맙다고 전화를 하거나 문자라도 보내주는 경우는 확인이 된다. 그러나 받은 사람이 마음속으로만 고맙게 생각을 하고 답례를 안 하거나, 혹은 전화나 문자로 인사를 하려다가 잊어버리고 못한 경우도 있을 수 있다. 그래서 이런 허점을 이용하여 아직도 명절 때마다 현관 앞에 택배로 배달된 물건들을 훔쳐간 사람들이 많다고 뉴스에 자주 나오기도 한다.

7장

아버지의 유산

10년 만에 받은 박사학위

꿈은 이루어진다. 꿈을 이루어 나 자신에게 선물하고 싶었다. 고등학교만 졸업하고 스물셋의 나이에 국세청에 들어갔다. 고등학교 3학년 때 아버지가 하시던 사업이 부도가 나서 대학을 갈 수 없게 되었다. 그 전엔 2년여 동안 아버지는 날마다 큰소리를 치셨다.

"어떻게 하든 대학을 보내줄 테니, 너는 돈 벌 생각 말고 공부나 열심히 하고 있어라."

아버지는 한 달에 한두 번씩 돈을 받으러 서울까지 가셨다. 그러나 돈은 못 받고 술만 드시고 오는 날이 점점 더 잦아졌다. 그러면서도 공부나 열심히 하고 있으라고 똑같은 말씀을 계속 하셨다. 처음에는 아버지를 믿었지만 날이 갈수록 아버지의 말씀을 믿을 수 없게 되었다. 그래도 잘되기만 바라고 또 그렇게 되기를 믿어보고 싶었다.

나중에서야 대학에 갈 형편이 안 된다는 것을 깨달았다. 날이 갈수록 대학에 갈 형편이 되기는커녕 오히려 내가 생활비를 벌지 않으면 안 될 상황이 되었다. 그동안 한껏 키워온 청운의 꿈은 서서히 망상이 되어가고 있었다. 결국 눈물을 머금고 대학진학을 포기하고 취업을 하기로 마음을 굳혔다. 막상 취업을 하려고 하니 일자리를 구할 수가 없었다. 요즘도 마찬가지지만, 경제여건이 훨씬 취약한 당시에 고졸학력으로는 막노동 외에 할 만한 일이 없었다. 제대로 된 직장을 갖는 방법은 오직 공무원이 되는 길뿐이었다.

다행히 이듬해인 1968년 3월, 국세청 공무원 채용시험이 있었다. 어려서 차에 다친 후유증 때문에 신체검사를 어렵게 거쳐 1968년 6월, 스물셋이라는 젊은 나이에 수원세무서로 첫 발령을 받았다.

국세청에서 근무하기 시작하면서부터는 학력을 따지는 일이 거의 없었다. 대학을 안 나왔어도 세법과 회계학 실력이 좋고 업무처리만 잘하면 우수 직원으로 인정을 받았다. 마음속으로 짧은 가방끈에 대한 자격지심이 있었다. 그래서 야간으로라도 대학을 다닐까도 생각도 해봤다. 그러나 쥐꼬리만 한 공무원 월급에서 하숙비 주고 나면 집에 생활비 보태기에도 빠듯했다. 그래서 대학 다닐 엄두가 나지 않았다. 유명대학도 아닌 야간대학에 많은 등록금을 내고 다니기 싫었다. 그것은 돈의 문제가 아닌 자존심의 문제였다.

10년 후 애들이 자라서 아들이 초등학교를 들어갔다. 국세청공무원의 적은 봉급으로는 두 애들을 도저히 대학까지 교육시킬 수 없을 것만 같았다. 일반 사람들은 국세청은 돈 많이 버는 좋은 직장으로 알고 있다. 하지만 사실과는 달랐다. 요즘은 공무원들의 봉급도 꽤 많아졌지만, 그때 당시는 아니었다. 봉급이 대기업의 3분의 1 수준밖에 안 되었다. 어쩌다가 납세자들한테 용돈을 얻어 쓰는 경우가 있기는 했다. 그러나 그것은 겨우 생활비에 좀 보태 쓸 정도의 극히 적은 돈에 불과했다. 물론 무리를 해서 많은 돈을 얻어 쓰는 직원들도 있었다. 하지만 나는 떳떳한 돈이 아니었기 때문에 그렇게 하지 못했다. 해가 거듭될수록 큰돈을 버는 것도 아니면서 잘못하면 형사처벌을 받을 수도 있다는 걱정이 항상 마음을 무겁게 했다. 그 무렵 윤동주의 「서시」는 나를 더 옥죄었다.

> 죽는 날까지 하늘을 우러러
> 한 점 부끄럼 없기를
> 잎 새에 이는 바람에도
> 나는 괴로웠다
> — 윤동주, 「서시」

그럴 때마다 국세청을 그만두어야겠다는 생각을 수없이 했다. 그렇지만 남들이 부러워하는 안정적인 직장을 그만둔다는 것은 쉬운 일이 아니었다. 그래도 고생스럽더라도 내 노력으로 벌어서 떳떳하게 살아야겠다는 생각으로 국세청에 사표를 내고 세무사 사무실을 개업했다. 그동안 국세청에 근무할 때는 학력이 별 문제가 없었다. 세무사 사무실을 운영하면서부터 여기저기 사회적인 모임 활동을 하다 보니 학력을 기재해야 할 경우가 많아졌다. 그때마다 대학을 못 나온 것이 또다시 나를 주눅 들게 했다. 대학을 들어가자니, 그때는 이미 아들과 딸이 중고등학교를 다니고 있었다. 교육비 때문에 그렇게 하기도 어려웠다. 결국 '대학을 안 나온 사람도 성공한 사람들이 수 없이 많다'는 것을 위안으로 삼고 그대로 살기로 마음먹었다.

'현대그룹의 정주영 회장도 소학교밖에 나오지 않았고, 일본 산요의 창시자 마츠시타 고노스케의 학력도 초등학교 4학년이 전부라고 하지 않는가?'

하지만 이내 곧 다른 생각도 들었다. 학력을 보완하고 실력을 쌓아야 한다는 욕심이 들었다. 친구들과 노는 시간을 줄이고 법학을 비롯하여 경영학, 철학, 역사, 종교 등 여러 방면의 책을 많이 보았다. 주위에서 나를 당연히 대학 나온 사람으로 믿어주었다. 부단한 노력과 성실한 사회생활 덕분에 1986년에는 은평JC회장을 했다. 1999년에는 한국세무사고시회 회장도 했다. 뿐만 아니라 1983년에는 매일경제신문에 칼럼을 3개월이나 연재했다. 제호는 '창업과 세금'이었다. KBS의 아침 프로인 뉴스광장 시간에 여러 차례 출연했다. 세무문제에 대한 해설을 녹화가 아닌 생방송으로 황수경 아나운서와 같이 진행했다.

어느덧 세월이 흘러 2000년도에는 미국으로 유학간 아들도 대학을 졸업하고 귀국하게 되었다. 애들 교육비가 더 들어갈 일이 없게 되었다. 그러자 이제부터 내가 대학을 다녀볼까 하는 생각이 고개를 들기 시작했다. 한참 고민한 끝에 아내와 상의하기로 했다. 나의 얘길 듣더니 아내가 말했다.

"환갑이 다 되어가는 나이에 이제야 무슨 대학을 다녀요."

"대학은 나의 자존심에 관한 문제예요. 그리고 사람은 죽을 때까지 공부를 해야 한다고 하잖아요."

"그렇게 한이 맺혔으면 당신 하고 싶은 대로 하세요. 그렇지만 나이 생각해서 건강 조심해서 하세요."

드디어 2001년도에 56세의 나이로 야간대학교 1학년에 입학을 했다. 그곳에서 나의 아들딸보다 어린 학생들과 수업을 함께 받았다. 학교에 가면 내가 교수인 줄 알고 복도에서 나에게 인사를 하는 학생들도 많았다. 평소에 잘 알고 지내는 나보다 한참이나 젊은 후배 교수로부터 강의를 듣게 되는 경우도 있었다. 그럴 때마다 창피해서 교수를 바로 쳐다보기가 어려웠고 또 교수도 어색해하는 경우가 많았다. 솔직히 처음 대학에 들어 갈 때는 대충 다니면서 대학졸업장만 딸 생각이었다. 그렇지만 신사복을 입고 다니는 나이 많은 학생이어서 눈에 확 드러나 도저히 적당히 할 수가 없었다. 다른 학생들은 결석을 해도 표가 안 나는데, 나는 결석을 할 수도 없었다.

"이름깨나 날린 고지석 세무사가 이것도 모르나?" 이런 말을 들을까 봐 시험도 대충 볼 수가 없었다. 늘그막에 괜한 짓을 시작했다는 후회를 여러 번 하게 되었다. 그렇다고 중도에 그만둘 수도 없었다. 푹신한 의자에서만 생활하던 사람이 대학 강의실의 좁고 딱딱한 나무의자에 몇 시간씩 앉아있다 보니, 엉덩이가 아프고 허리까지 뻐근해서 정말 힘들었다. 찬 의자 때문에 어렵게 수술한 치질이 재발할 수도 있겠다는 생각이 들었다. 젊은 학생들과 같이 학교생활을 하다 보니 나도 젊은 학생이 된 것 같은 기분이 들기도 했다. 나이를 잊고 식사를 같이하고 맥주도 마시며 어울리다 보니 학교생활이 차츰 즐거워졌다. 사무실 일이 바쁘다는 핑계를 대고 학교를 가끔 빠질 수도 있었다. 하지만 기왕이면 제대로 하자는 생각에 MT도 빠짐없이 꼬박꼬박 참가했다. 축구화까지 새로 사서 신고 족구는 물론 축구까지도 같이 하며 뛰어 놀았다. 나도 젊은 학생인 것 같은 착각에 빠졌다. 그게 그렇게 재미있고 뿌듯할 수가 없었다. 덕분에 나는 환갑이 다 된 나이에 동강 래프팅까지 다녀왔다. 팀 별로 물속에 빠트리기 놀이를 하다가 꽤 비싼 시계를 물속에 수장시켜 버리기는 했어도 평생 잊지 못할 낭만을 간직하게 되었다. 지금도 그때를 생각하면 즐겁고, 한참 젊어지는 느낌이 든다.

4년 후 드디어 대학을 졸업했다. 그런데 그동안 4년간의 고생은 어느새 잊어버리고, 기왕에 한 김에 석사학위도 받고 싶었다. 그래서 대학원에 또 진학을 하게 되었다. 경영대학원이 아닌 일반대학원으로 진학했다. 2년 후 석사학위를 받고나니, 이번에는 또 박사학위도 받고 싶었다. 그동안 6년간 낮에 근무하고 밤에 학교 다니는 것이 어느 정도 몸에 배었나 보다. 그러나 박사과정은 석사과정보다 훨씬 더 힘들다는 것을 잘 알고 있어 쉽게 결심하기가 어려웠다. 석사학위 논문을 제출하고 난 후에 이럴까 저럴까 한참 동안을 망설였다. 어떤 선배는 늦은 나이에 박사학위논문 쓰다가 이빨이 다 빠졌다고 만류하기도 했다. 아내도 반대를 했다.

"그동안 6년씩이나 계속 야간 학교를 다녔는데 지겹지도 않으세요? 그 나이에 박사학위를 따서 뭐하게요. 나이도 있고 하니 이제 그만하세요."

학교를 그만 다닌다고 해도 골프나 좀 더 칠 것이고, 여행이나 좀 더 다니며 놀 뿐이다. 그러면 4년 후에 남는 것은 아무것도 없을 것이 아닌가! 박사과정에 대한 선택 여부가 계속 내 머릿속을 꽉 채웠다. 한참을 고민하다가 김용택의 시가 떠올랐다.

이게 아닌데
이게 아닌데
그러는 동안
봄이 가며 꽃이 집니다
— 김용택, 「그랬다지요」

이 시를 읽다가 결심했다. 더 나이가 들기 전에 시작하자. 고생스러워도 내 인생의 4년을 가장 보람되게 보낼 수 있는 방법은 박사학위 공부를 하는 것이라는 생각을 굳혔다. 용기를 내어 또 박사과정에 입학했다. 3년 동안 골프 약속과 저녁식사 회식을 거의 모두 피하고 학교와 책과 논문에 매달렸다. 논문을 쓸 때는 너무 힘들어서 아내의 말을 들을걸 하는 후회를 여러 번 했다. 그렇다고 중도에 그만둘 수도 없었다. 논문이 잘 풀리지 않아 머리가 아프고 밤잠을 설친 경우가 한두 번이 아니었다. 그때마다 곁에서 아내가 염려해 주었다.

"그 나이에 박사학위는 꼭 안 받아도 되니, 건강이나 좀 챙기면서 하세요."

3년 반 동안의 고생 끝에 지도교수인 홍정화 교수님으로부터 논문형식의 구성방법과 통계작업 등에 대한 자상한 지도를 받아 박사학위논문의 심사가 통과되었다. 박사과정에 입학한 지 4년째에 박사학위를 받게 되었다. 학위논문은 '우리나라의 상속세 회피성향에 관한 연구'였다. 결국 나는 2001년 쉰여섯의 나이에 대학 1학년에 입학한 후, 10년 동안 밤에 계속 학교를 다니며 공부한 끝에 10년 만에 경영학 박사학위를 받았다. 65세 최고령자 박사였다. 2010년 8월 19일, 양력 내 생일날이었다. 박사 가운을 입고 가천대학교 이길녀 총장으로부터 박사학위 패를 받았다. 우연의 일치로 내 생일날에 박사학위를 받게 되니 기분이 더욱 좋았다. 학위 패를 받은 그날 저녁

생일잔치를 겸해서 가족 모두 참석해 회식을 했다. 감회가 남달랐다. 그날 밤 회식 때 나는 박사학위증을 아버지에게 바쳤다.

"아버지, 저는 이제 대학은 물론 대학원도 나오고, 박사학위까지 받았습니다. 지금부터는 저 대학 못 보내주신 것에 대해서 마음 아파하지 마세요."

"아니야, 내가 너를 그때 대학에 보내 주었더라면, 네가 더 출세할 수 있었을 텐데, 미안하다. 고생했다. 박사까지 되었다니, 장하다. 그리고 고맙다."

학위 패를 천천히 쓰다듬으시며 아버지는 눈물을 훔치셨다. 이어서 아버지가 술잔을 기울이며 좋아하시는 모습을 보니, 내 눈에도 뜨거운 눈물이 주체할 수없이 솟았다. 내 평생에 제일 기쁘고 흐뭇한 시간이었다.

할아버지, 걱정하지 마세요

내 나이 고희가 되던 해 1월 초였다. 그날 아침도 여느 날과 마찬가지로 잠에서 깨어나자마자 이부자리에 누워 복부지압과 모관운동으로 몸을 풀고 있었다. 그런데 손가락 끝이 쥐가 난 것 같으면서 저린 느낌이 들었다. 열 손가락 모두 그랬다. 잠을 잘 못 자서 그런가. 손을 한참 동안 비비면서 마사지를 해보았다. 대개 쥐가 난 경우에는 몇 분 지나면 증세가 없어지는 것이 일반적이다. 그런데 하루 종일이 지나도 차도가 없었다. 며칠이 지나도 낫지 않고 그 상태로 변함이 없었다. 한의원에 가서 증세를 얘기했더니, 혈액순환이 잘 안되면 그럴 수 있다고 하며 침을 놔주었다. 2주 정도 침 맞고 온열 찜질 치료도 받았다. 그러나 별 차도가 없었다. 또 아픈 부위가 오히려 더 넓어져 가는 것 같아서 정형외과를 찾아갔다. 정형외과에서는 손목터널증후군일 수 있다고 손목 초음파검사를 하고, 목 디스크에서 올 수도 있다고 하면서 목 엑스레이도 찍었다.

검사 결과 손목터널증후군은 아닌 것이 분명했다. 목도 특별히 직접적인 영향을 주는 것 같지 않으니 일단 물리치료를 좀 해보자고 했다. 물리치료를 한 2주 동안 받았지만 별 차도가 없었다.

'옛날 말에 병은 자랑하는 것이 좋다'고 했다. 주위 사람들에게 얘기를 했더니 목과 어깨 치료를 아주 잘한다는 한방병원을 추천해 주었다. 알려 준 한방병원에 가서 20회분 치료비를 선금으로 내고 치료를 시작했다. 일주일에 두 번씩 체침과 약침을 맞고 또 지어준 한약도 먹었다. 10주 동안 20회의 치료를 다 했지만 차도가 없었다. 오히려 마비되고 저린 부분이 더 넓어졌다. 오른손은 손목까지, 왼손은 팔꿈치까지 올라온 느낌이었다. 그리고 손의 감각도 둔해져서 한 손으로 단추를 잠그기가 힘들어지고, 골프 스윙이 제대로 되지를 않았다. 같이 골프를 치던 친구들이 깜짝 놀랄 정도로 그날 점수가 엉망이었다. 그동안 거의 9개월 동안을 이런저런 치료를 해봤다. 전혀 효과가 없었다.

약정된 20회분의 치료가 끝나는 날, 한의원 원장을 직접 만나서 물었다.

"원장님. 20회 치료를 다 했는데도 전혀 차도가 없습니다. 내 손의 마비증세 원인은 무엇이며, 병명은 무엇입니까?"

원장은 좀 더 자세히 알아보려면 MRI를 찍어 보라고 했다. 다음 날 영상전문병원에 가서 MRI를 찍었다. 원장이 사진을 보며 설명해 주었다.

"경추부위 척수관에 종양, 즉 혹이 자라서 척수의 신경을 누르고 있음이 확인됩니다."

큰 병원에 가서 전문의와 상의해 보라고 했다. 손 저림의 원인을 알았다. 침이나 맞고 약이나 먹어서는 절대로 낫지 않을 병이며, 시일이 더 지나면 하반신이 마비가 될 수도 있는 상황이었다. 영상의학과전문병원 원장은 나에게 약물치료로는 불가능하니 가능한 빨리 종양 제거수술을 받으라고 했다. 결국 그동안 약 9개월 동안 한의원과 정형외과, 그리고 침술원에 다니면서 치료한 것은 모두 헛고생이었다. 만약 MRI를 찍어보지 않았더라면 더 많은 헛고생을 했을지도 모른다는 생각을 하니 가슴이 철렁했다.

다음 날 종합병원 원장으로 있는 친구의 소개로 모 대학병원 척추센터에 영상자료를 가지고 가서 진찰을 받았다. 치료방법은 역시 수술하는 방법뿐이었다. 종양의 위치가 경추 2번과 3번 사이의 척수관에 있기 때문에 수술이 굉장히 어려운 자리에 있었다. 그래서 앞쪽으로 목을 절개하고 들어가서 경추 2번 뼈를 잘라내고 종양을 제거한 다음에 인공 목뼈를 삽입하는 방식으로 수술을 해야한다고 했다. 식도를 절개해야되기 때문에 입원기간도 꽤 길 수밖에 없었다. 게다가 성대도 다칠 수 있다고 하였다. 더구나 척수관은 하반신으로 가는 신경선 다발이 있는 곳이라 잘못하면 하반신에 이상이 올 수도 있는 위험한 수술이었다. 순간 무서웠다. 목뼈와 식도를 잘라 내고 수술을 한다면 굉장히 어려운 수술일 것 같았다. 또 수술 부위가 재생되고 회복이 되려면 오랫동안 고생을 해야 될 것 만 같았다. 몸에 힘이 쭉 빠지고 앞이 캄캄했다.

집에 와서 아내와 아들에게 이런 어려운 수술을 해야 된다 는 사실에 대하여 설명을 해주었다. 그러자 아들이 더 좋은 방 법이 없는지 또 만약에 수술을 꼭 해야 한다고 하면, 어디서 누구한테 받는 것이 좋을 것인지를 알아보겠다고 했다. 다행 히 아들이 의료관련 사업을 하고 있었다. 의학 분야의 정보를 많이 가지고 있고, 또 아는 사람도 많아서 기다려보기로 했다. 다음 날 아들에게서 연락이 왔다.

"우리나라에 그 분야의 최고 권위자가 두 분 계신답니다. 예 약을 해드릴 테니 두 군데를 다 가서 상의해 보시고 마음에 드 는 곳에서 수술을 하시지요."

먼저 예약이 된 병원에 가서 진찰도 받고 수술방법에 대한 설명을 들었다. 거기에서도 지난 병원과 똑같은 방법의 수술 을 권했다. 경추의 척수종양 수술은 한 가지 방법밖에 없는 것 으로 단념하고, 할 수 없이 일단 수술 날짜를 받고 돌아왔다. 마지막으로 그 다음 주에 분당 S대학병원 척추센터로 가서 진 찰을 받았다. 역시 척수관 내의 종양제거 수술을 받아야한다 고 했다. 그런데 연세가 꽤 많은 K교수는 이렇게 얘기를 해 주었다.

"목 뒤에서 경추와 뒷목 뼈 사이로 들어가 흡입(suction)기로 종양을 제거하는 방식으로 수술을 할 것입니다. 워낙 신경선이 복잡한 부분이라 현미경수술을 해야 합니다. 어려운 부위라 후유증이 염려되기는 하지만 그런 수술을 해본 경험도 있으니 한번 해봅시다."

그 말을 듣는 순간 내 가슴을 옥죄고 있던 걱정이 순간 사라졌다. 진찰실 문을 열고 나오자 나는 아내와 두 손을 마주잡고 소리를 질렀다.

"야! 이제 살았다."

식도와 목뼈를 자르지 않으니 몸에 무리가 가지 않고 회복이 빠를 것 같은 생각이 들었다. 정말 다행이었다. 가장 빠른 날로 수술 날짜를 받았다. 11월 12일이었다. 2주 후에 입원을 했다.

수술하는 동안에 마음이 약한 아내가 너무 걱정을 많이 하다가 혹시라도 무슨 일이 생기지나 않을까 걱정이 되었다. 우황청심환 2알을 미리 사서 아내에게 주었다. 수술 전날 주치의는 수술할 때 발생할 수 있는 문제점과 또 수술 후에 생길수 있는 후유증에 대해서 설명을 해주었다. 서명을 하라고 했다. 생명이 위험할 수도 있고 하반신이 마비될 수도 있다고 했다. 내용들이 너무나 걱정스럽고 두려웠다. 전문가가 아닌 내가 내 목의 MRI 사진을 봐도 그랬다. 머리(뇌) 바로 밑에 경추와 뒷목 뼈 사이에 자리 잡고 있는 종양을 제거하는 수술을 하기가 너무나 어려워 보였다. 더구나 그 부위는 신경선이 많이 얽혀 있는 곳이라고 하였다. 아무리 현미경 수술을 한다고 해도 후유증이 발생할 가능성이 많을 것 같은 걱정이 들었다. 실제로 친구의 동생도 몇 년 전에 목 디스크 수술을 했는데 후유증으로 다리를 조금씩 절고 있다는 얘기를 들었다. 걱정이 더 커졌다. 차라리 수술을 안 하고 살아버릴까 하는 생각이 들기도 했다. 이럴 때는 열심히 믿는 종교가 있으면 좋겠다 싶은 생각이 들었다. 자기가 진심으로 믿는 신이 있다면 신에게 의지할 수도 있고, 또 위안이 될 수도 있을 것 같았다. 그래서 사람들은 약해졌을 때나 괴로울 때 신을 찾게 되는 것일까. 그러나 나는 종교를 갖고 있지 않기 때문에 의지할 신이 없었다. 이제 내 마음은 내가 스스로 다져야만 했다.

이미 주사위는 던져졌다. 이제 모든 것은 운명에 맡기자. 걱정한다고 해결될 일도 아니었다. 누가 도와줄 수도 없는 일이지 않는가. 수술이 잘 되기만을 믿고 마음을 비우자. 그렇게 마음을 다스리고 나니 오히려 마음이 편해지고 두려움이 없어졌다. 내가 생각해도 놀라울 만큼 마음이 평온하고 담담해졌다.

예정된 수술시간이 되자 환자운반용 침대에 누워서 수술실로 실려 갔다. 침대에 누워서 수술실로 실려 가는 동안에 걱정스러운 표정으로 내 손을 꼭 붙잡고 따라오는 아내의 얼굴을 보니 나도 모르게 눈물이 저절로 나왔다. 흐르는 눈물을 닦아준 아내의 따뜻한 손길이 느껴지자 오히려 눈물이 더 많이 솟아났다.

"여보, 난 기가 센 놈이잖아. 걱정하지 마. 잘될 거야."

수술실에 들어가서 대기하는 동안에 한참 동안 천장을 멍하니 쳐다보고 있었다. 정말 만감이 교차했다. 제발 수술이 잘되어 후유증만 없기를 빌었다. 조금 전 입원실에서 중학교 다니는 손녀 딸 유진이가 나에게 위트 있는 위로의 말을 해주었다. 그 말이 생각나서 웃음이 나왔다.

"할아버지, 마취한 상태에서는 죽어도 안 아프니까 걱정 하지 마세요."

그렇다. 수술하다가 죽으면 나도 모르게 죽는 것이니 하나도 두려울 것이 없다.

잠시 후 간호사가 주사를 한 대 놓자, 수술실로 들어가는 순간까지만 생각이 나고 그 뒤로는 아무런 기억이 없다. 7시간 만에 눈을 떴을 때는 회복실이었다. 의사가 수술은 성공적으로 아주 잘되었다고 했다. 가족들과 인사를 나누고 나는 제일 먼저 다리에 이상이 생기지 않았나 하는 걱정이 되었다. 걱정스러운 마음으로 발가락부터 여러 번 움직여 보았다. 내 의지대로 양발의 발가락은 잘 움직였다. 하반신의 마비 증세가 없다는 것이 확인되었다. 기분이 날아갈 것같이 좋았다. 두 손을 번쩍 들고 외쳤다.

"야, 됐다. 만세! 여보, 내가 잘될 거라고 했잖아."

회복실에서 입원실로 오는 동안에 너무 기분이 좋아 횡설수

설 말도 많이 하고, 농담 섞인 말까지 하면서 병실로 돌아왔다.

담당 의사가 수술하기 전에 수술을 하더라도 현재 상태보다 더 좋아지기는 어렵다고 하였으나, 손의 저린 정도나 범위가 수술 전보다 많이 호전되고 있어 기분이 좋았다. 만약에 먼저 갔던 병원에서 식도를 절제하고 목뼈 한 마디를 잘라내는 방식으로 수술을 했더라면 어땠을까. 그러면 수술도 복잡하고 회복 기간도 훨씬 오래 걸려 고생을 더 많이 했을 것이다. 그러나 나는 의사를 잘 만나 고생도 덜 하고 후유증도 없이 치료가 잘되어 천만다행이었다. '큰 수술을 할 때는 진단을 받자마자 곧바로 수술을 할 것이 아니다'라는 말도 일리가 있었다. 맹장염같이 시간을 다투는 급한 병이 아니라면, 병원을 2~3군데 더 방문해 보는 것이 좋다. 방문 후에도 모든 병원에서 똑같은 진단이 나올 때에 마음에 드는 의사한테서 수술을 받는 것이 좋다는 생각이 들었다. 결국 나는 큰 수술로 고희라는 70고개의 통과의례를 아주 잘 치른 셈이었다. 이제부터 운동도 열심히 하고 섭생을 잘해야겠다. 인생의 제3단계라는 노년기를 더 건강하고, 더 재미있게, 그리고 보람 있게 살아야겠다는 다짐을 굳게 했다.

장기기증 서약

요즘은 장례문화가 많이 바뀌었다. 옛날에는 거의 다 매장을 위주로 하였다. 하지만 1990년쯤부터 화장을 하는 사람들이 많이 늘었다. 유교적 관습으로 볼 때 돌아가신 부모님의 시신을 불에 태운다는 것은 있을 수 없는 불효의 일이라고 생각하고 있었다. 더군다나 나이든 어른들 중에는 자기는 절대 화장하지 말라고 신신당부를 한 사람들이 많았다. 그래서 특별히 불교를 돈독하게 믿는 분들을 제외하고는 거의 다 매장을 선호하였다. 매장을 하더라도 그냥 아무 곳에나 매장을 하는 것이 아니라, 지관을 대동하고 거리가 좀 멀거나 높은 산을 개의치 않고 명당자리를 찾아서 묘를 썼었다. 돌아가신 부모님들의 묏자리를 좋은 곳에 써야 그 가족과 후손이 복 받고 집안이 융성하게 된다는 생각들을 가지고 있었다. 그래서 명당이라고 하여 높고 깊은 산에까지 모셔진 묘들이 많다.

1960년대부터 국책사업으로 산에 나무 심기를 적극적으로 추진하다 보니 모든 산이 다 숲이 울창하게 우거지게 되었다. 그러다 보니 20여 년 전부터는 산소에 가는 길이 막혀서 성묘 하는데 문제가 생기기 시작했다. 성묘를 하기 위해 산소에 갈 때마다 그 우거진 숲을 헤치고 가야 하는 어려움이 생기게 되었다. 물론 여유가 있는 집안에서는 선산 밑에 농토를 가지고 있으면서, 그 마을에서 농지가 없거나 적은 사람들에게 논밭을 지어 먹게 하고, 그 대신 가을에 성묘 때가 되면 제사 음식을 준비하게 하였다. 그리고 산소에 가는 길도 낫이나 톱으로 정비를 해주도록 해서 산소까지 쉽게 들어갈 수가 있다.

그러나 요즘은 그 농토를 지어먹던 사람들도 자기들의 자녀가 성장을 해서 어느 정도 먹고 살 만하게 되자, 자기 부모들에게 그런 일을 절대로 못 하게 하고 있다. 그래서 우리 선산에도 몇 대를 이어서 산지기를 해 주던 아저씨가 자식들 성화때문에 이제 더 이상 못 하겠다고 그만두어 버렸다. 그래서 성묘 때 산소 가는 길을 미리 내주는 사람이 없어졌다. 그 뒤로는 성묘 한 번씩 가려고 하면 톱과 낫을 가지고 가서 땀을 뻘뻘 흘리고 작업을 해야 성묘를 할 수 있게 되었다. 또 시간이 많이 걸리게 되어 겨우 한두 봉산만 성묘를 할 수밖에 없게 되었다. 그렇게 시간을 많이 허비하다 보니 다른 지역에 있는 산소는 성묘를 못 하고 돌아오게 되는 경우가 점점 더 늘어나게 되었다. 결국 성묘를 매년 갈 수가 없고 몇 년씩 거르는 상황이 생기게 되었다. 그래서 산속이 아닌 교통이 좋고 다니기 편한 산 밑에 산소를 새로 조성해서 선조들 묘를 모두 한 곳으로 이장을 하기로 하였다.

몇 년 후 산소로 쓸 땅을 매입한 후에 아버님과 집안의 형들과 같이 산소를 이장하는 일에 동참하게 되었다. 선조들의 묘를 이장하기 위해서 파묘를 할 때 묘 속의 형태를 보고 나는 깜짝 놀랐다. 파묘 과정을 실제로 접하기 전에는 막연히 생각했다. 시신은 어떤 모양으로 변해있을까? 흉측하지는 않을까? 하는 생각으로 잔뜩 긴장된 마음이었다. 그런데 묘 속을 들여다보고 의외의 상황들을 보게 되었다. 묘 속에는 뼈가 조금 있기는 하지만 어느 부위인지 알아볼 수 없을 정도의 뼈만 조금 남아있었다. 또 다른 묘는 흉측스럽게도 나무뿌리들이 두개골 속으로 침범한 경우도 있었다. 두개골 속에 잔뿌리가 꽉 차있었다. 어떤 묘는 뼈가 온전하게 남아있는 경우가 있는가 하면, 뼈가 하나도 없이 거무스름한 흙만 남아있기도 했다. 겨우 시신이 있었던 곳을 알 수 있을 뿐 아무것도 수습할 것이 없는 경우도 있었다. 할 수 없이 다 썩은 관 속에서 검은 흙만 몇 움큼 모셔 올 수밖에 없는 산소도 있었다.

'사람이 죽으면 흙으로 돌아간다.'는 현자들의 말씀이 정말로 맞는 말이라는 것을 절실하게 깨닫게 되었다. 또 한편으로 '명당이 무슨 소용이 있느냐' 하는 생각이 들었다. 매장한 지 30~40년 된 묘에서는 많건 적건 유골이 남아 있었지만, 100년 이상 된 묘에서는 대개 뼈가 거의 흔적도 없이 사라지고 검은 흙만 남아있었다.

그렇다면 명당이란 시신이 흔적도 없이 깨끗하게 흙으로 돌아가는 곳을 말하는 것인지, 아니면 백 년이 지나도 뼈가 온전히 남아있는 곳이 명당인지 도대체 그 의미를 알 수가 없었다. 지관의 지도에 따라 수습한 유골과 묘토를 정중하게 이장용 상자에 담아, 선산으로 쓰려고 미리 구해 정비해 놓은 곳으로 모시고 가서 이장을 마쳤다.

이장을 마치고 서울로 돌아오는 차 속에서 여러 가지를 생각하게 되었다. 명당자리라고 멀고 먼 깊은 산속에 모셔놓고 자주 성묘도 하지 못한다면 그게 무슨 의미가 있다는 말인가? 하는 생각이 들었다. 오히려 접근성이 좋은 곳에 모셔놓고 자주 찾아뵙고 또 여러 곳에 흩어져 사는 가족들이 성묘를 계기로 같이 만날 수 있는 기회가 만들어진다면 그것이 훨씬 좋을 것이라는 생각이 들었다. 또 한편으로는 매장을 하거나 화장을 하거나 결국 자연으로 돌아가는 것은 시간 차이만 있을 뿐 마찬가지라는 생각이 들었다. 그래서 나는 결심했다. 내가 만약 죽으면 화장을 하라고 해야겠다. 또 어차피 화장을 한다고 생각하니, 그럴 바에 내가 죽게 되는 상황이 되면 내 장기를 모두 기증해야겠다는 생각이 들었다. 장기를 기증하는 것이 내가 이 지구상에 태어나서 마지막 가는 길에 조금이라도 남을 도와주고 가는 좋은 일이라는 생각이 들었다.

서울로 돌아온 뒤 시신 전체를 기증하려고 하였으나, 시신

352

을 기증해 버리면 장례를 어떻게 치르겠느냐며 가족들이 극구 반대를 했다.

"죽고 나서 화장을 하면 마찬가지야. 시신 전체를 화장하나, 장기를 떼어내고 화장하나 마찬가지지 뭐가 달라."

"그래도 시신을 기증하면, 장기를 떼어내고 난 시신은 함부로 버려질 거 아니예요."

그래서 할 수 없이 가족들과 장기만 기증하는 것으로 합의를 봤다. 그 뒤 얼마 후에 나는 장기기증센터에 신청서를 작성하여 제출했다. 장기를 기증하겠다는 결심을 하게 되기까지는 많은 생각을 하고 또 시일이 많이 걸렸다. 막상 신청 자체는 간단하게 이루어졌다. 그 결과 내 운전면허증에는 '장기기증'이라는 표시가 되어있다. 만약 교통사고 등으로 회생 가능성이 없게 될 때에는 쓸 만한 나의 장기는 여러 사람에게 이식될 것이다. 그리하면 얼굴 모르는 누군가의 생명이 연장될 수도 있고, 누군가는 건강을 되찾게 될 것이다.

그렇게 되면 나의 장기들은 그 사람들의 몸의 일부가 된다. 나로 인해 누군가의 삶이 연장되는 셈이다. 이러한 행위가 결국 내가 살다간 이승에서 남에게 조금이라도 도움을 주는 좋은 일이라고 생각한다. 또한 돈으로 하는 기부보다도 더 가치 있는 기부라고 생각한다. 우리나라는 아직도 장기기증자의 숫자가 적다. 몇 달씩 또는 몇 년씩 이식수술을 기다리고 있다가 결국 죽는 환자가 많다고 한다. 그런 말을 들을 때마다 나는 장기 기증이 내 생애 마지막으로 가장 잘한 일이고, 보람된 일이라고 생각한다. 그러나 아내는 아직도 무섭다며 장기기증 신청을 못 하고 있다. 그렇지만 머지않아 아내도 곧 신청을 할 것이라고 믿는다.

아버지의 유산

아버지는 최고의 유산을 남기고 가셨다. 유형의 유산이 아니라 무형의 유산이다. 병원에 입원하신 지 열흘 만에 세수 92세로 돌아가셨다. 갑자기 돌아가시면 자식들이 놀랄까, 또 너무 오래 아프시면 식구들을 고생시킬까 병원에 입원하신 지 열흘 만에 큰 고생 안하시고 돌아가셨다. 그리고 자식들 고생 덜 하라고 춥지도 덥지도 않고 오곡백과가 풍성한 가을날에 돌아가셨다. 장례와 삼우제를 마치고 인천장묘공원 입구에 위치한 식당에서 삼우제에 참석한 가족, 친지들과 함께 점심식사를 했다. 식사하는 중에 아버지는 생전에 술을 많이 드시고도 건강하셨다는 것과 용기와 패기가 대단하셨다는 등 아버지에 대한 이런저런 덕담들을 나누었다.

식사를 마치고 차 한 잔씩 했다. 이후에 내가 아버지를 40년 동안 모시고 살았고 또 장남이기 때문에 아버지의 유산에 대하여 발표를 했다.

"아버님, 상속 재산에 대하여 발표하겠습니다. 아버님은 무 재산이십니다. 그래서 우리 형제가 상속받을 부동산은 물론 현금, 예금도 없습니다. 그렇지만 우리에게 유산 3가지는 물 려주셨습니다. 그것은 건강한 DNA와 현명한 지혜와 도전정 신, 용감성을 우리에게 유산으로 물려 주셨습니다."

"그래요. 우리 아버지 훌륭하셔요. 좋은 유산 물려주셔서 감 사합니다."

그러자 모두들 환한 미소로 박수를 쳤다.

정말 우리 아버지는 우리에게 아주 좋은 것을 유산으로 물 려주셨다. 첫 번째로 아버지는 우리에게 아주 건강한 DNA를 물려주셨다. 그래서 일반적으로 유전성이 많다고 한 고혈압, 당뇨, 비만 같은 성인병이 우리 형제들에게는 전혀 없다. 나는 물론 동생들도 고혈압, 당뇨, 비만도 없고 대머리도 없다. 성 인병은 만병의 근원이라 했다. 그런데 우리 형제들은 2남 2녀 모두가 성인병이 없음은 물론, 여타의 큰 병도 앓는 일이 없었 다. 우리 형제들은 모두들 60세가 넘었지만 아파서 병원에 입 원해 본 사람이 없다. 이보다 더 큰 축복이 어디 있겠는가!

또 아버지는 92세가 되시도록 나이가 드신 다음에도 거의 매일 시조회관이나 노인복지회관 등 외부출입을 다니셨다. 그 렇게 건강하게 사시다가 노환으로 편찮으셔서 병원에 입원하 신 지 10일도 안 되어 돌아가셨다. 평소에 술도 거의 매일같 이 많이 드셨는데 말이다. 모든 사람의 로망인 '구구 팔팔'을 거의 실현하신 셈이다. 부모님께서 이러한 좋은 체질을 우리에게 물려주심은 천금을 물려주신 것보다 더 값지고 귀한 것이다.

그리고 좋은 눈을 물려주셨다. 그래서 나는 70이 넘은 나이에도 돋보기를 쓰지 않고 책을 몇 시간씩 계속 볼 수가 있다. 특히 나 같은 경우는 아직도 세무법인을 운영하고 있어서 작은 글씨로 된 세법책을 매일 보아야 하는데 돋보기 없이 책을 장시간 볼 수 있다는 것이 얼마나 다행인가! 눈은 보배라 했는데 정말 우리는 부모님으로부터 큰 보배를 물려받았다. 부모님께 정말 감사하게 생각한다.

두 번째로 아버지는 우리에게 현명하고 지혜로운 머리를 물려주셨다. 아버지가 어렸을 때 두 형님은 일제강점기에 중학교 이상 고등교육을 받으셨다. 아버지는 농사일을 맡으셔야 한다고 해서 소학교밖에 못 나오셨다. 그래도 아버지는 머리가 좋으시고 참 지혜로우셨다. 우리 형제들도 집안 형편이 좋지 않아 공부를 많이 못 했지만, 다들 머리가 좋고 지혜로워서 대학 나온 사람들 못지않게 잘 살고 있다. 물론 각자 세상을 열심히 살아온 결과이겠지만, 기본적으로 아버지와 어머니의 머리와 지혜를 잘 이어받고 태어났기 때문이라고 생각한다.

그리고 세 번째, 아버지는 우리에게 용기와 도전정신의 좋은 DNA를 물려주셨다. 아버지는 젊으셨을 때, 농사만 짓고 있어서는 장래가 별로 좋지 않다고 판단하셨다. 농민들에게는 가장 소중하고 아끼는 전답을 용기 내어 팔았다. 팔아서 번 돈으로 면사무소 옆에 잡화가게를 내셨다. 고향 면(面)소재지 내에 유일한 이발소와 잡화상이었다. 덕분에 많지 않은 농사를 짓는 것보다 경제적으로 훨씬 나은 편이었다. 그래서 아버지는 초등학교 육성회장을 하시는 등, 면(面) 내에서 유지 노릇을 하셨다. 또 내가 고등학교 다닐 때에는 면소재지의 가게와 농토를 모두 정리하시고 광주로 이사를 가 지함공장을 시작하셨다. 물론 시골에서 농사일만 하시며 부업으로 조그만 잡화가게만을 운영하셨다. 비즈니스나 경영에 관련된 경험도 전혀 없으신 분이 공산품 제조공장을 운영한다는 것은 쉬운 일이 아니었다. 거금을 주고 자동지함제조기 발주를 하셨으나 사기를 당하여 기계가 들어오지 않아서 수공으로 제품을 만들기 시작했다. 결국 지함공장은 망하고 말았다. 그렇지만 시골에서 농사만 짓던 분이 농토와 가게를 다 정리하고 공장을 운영하시겠다는 개척정신과 용기는 대단하셨다.

나도 1980년대에 가장 안정적이고 좋다는 직장인 국세청에서 근무를 하고 있었다. 34세의 젊은 나이에 사표를 쓰고 나와서 세무사사무실을 개업했다. 지금 생각해보면 나도 아버지의 도전정신과 용기를 본받아 안정적으로 잘 근무하고 있는 국세청에서 퇴직하고 개인사무실을 시작한 것이다. 결국 나는 국세청을 퇴직하고 세무사사무실을 운영해 아들을 미국에 유학도 보낼 수 있었고 또 경제적으로 남부럽지 않게 살 수 있게 되었다.

그 외에도 아버지는 영어도 전혀 할 줄 모르시면서 LA에 있는 둘째 딸 집에 다니러 가셨다. 그곳에 사는 노인들을 데리고 이름난 명소들을 구경하러 다니셨다. 한 번은 몇 사람의 노인들 하고 레돈도비치(Redondo Beach)라는 해변을 가보자며 노인들을 데리고 가셨다. 그중에 어느 분이 아버지에게 물었다.

"고 선생, 거기를 몇 번이나 가보셨어요?"

"오늘 처음 가보는 길입니다."

"그러면 나는 안 가겠습니다."

하고 되돌아가 버렸다. 아버지는 영어를 거의 할 줄 모르고 알파벳만 읽으실 줄 아는 정도였다. 그럼에도 젊은 사람들의 도움 없이 LA의 명소를 구경 다니셨다. 심지어 아버지 혼자 LA에서 뉴욕에 사시는 작은아버지 댁에까지 다녀오셨다. 지금 생각해보면 연세도 많으신 분이 정말 용기가 대단하셨다. 개척정신과 용기는 우리가 세상을 살아가는 데 정말 중요한 소양이다. 이런 DNA를 우리에게 물려주심은 큰 재산을 물려주신 것보다 몇 배나 더 좋은 유산이라고 생각한다. 그래서 부동산이나 주식 등 다른 물질적인 것은 유산으로 물려주시지 않았지만 건강한 DNA와 지혜와 용기를 물려주신 것에 대하여 정말로 감사드린다. 유형의 재산을 상속받게 되면 형제간에 서로 더 가지려고 재산 싸움을 많이 하게 되는 경우도 많고, 또 지키지 못하고 없어질 가능성도 많다. 그러나 무형의

DNA를 유산으로 받게 되니 잃어버릴 염려도 없고, 형제간 재산 싸움할 일도 없다. 싸움은커녕 우애가 더 좋아져서 좋다. 또 상속세를 내지 않아도 되니 얼마나 좋은가!

법정스님의 다음과 같은 말씀이 옳으신 말씀이라는 생각이 새삼스레 든다.

"재물을 상속 받으려 하지 말고, 법을 상속받으라."

철인 같으신 우리 어머니

하느님이 손이 부족해서 아이에게 손발이 되어줄 어머니를 보내주셨다는 생각을 하곤 한다. 여자보다 어머니가 위대하다. 여자가 어머니가 되는 순간 초인이 된다. 우리 어머니도 여자였지만 동시에 초인이셨다.

지금 생각해 보면 우리 어머니는 몸도 약하신 분이 그 많은 일을 어떻게 다 하고 사셨을까. 요즘 젊은이들하고 비교를 하면 과히 철인이라고밖에 달리 할 말이 없다. 밥하고 빨래하고 청소하는 것은 기본이었다. 기본적인 것도 요즘과 비교하면 크게 차이가 있다. 지금이야 식구도 3~4명 정도지만 그때는 7~8명이나 되는 대식구였다. 지금은 밥하는 것도 쌀을 씻어서 돌을 거를 필요도 없이 물만 적당히 부어 전기밥솥에 넣고 스위치만 올리면 따로 뜸 드릴 것도 없이 자동으로 잘 된다.

옛날에는 쌀을 씻을 때마다 돌을 잘 거르지 않으면 밥 먹다가 돌을 씹는 경우가 많았다. 그래서 밥할 때마다 정성들여 돌을 걸러야 했다. 아궁이에 땔감을 넣어 불을 피워서 밥을 해야 했다. 밥하는 동안에 불도 지펴야 하고, 국도 끓이고, 반찬 준비까지 동시에 해야 했다. 여간 번거롭고 바쁜 일이 아니었다.

장작을 땔감으로 쓰면 화력이 좋았다. 일단 불이 붙으면 별로 손을 안 대도 되기 때문에 아주 편하고 좋다. 하지만 그 장작을 땔감으로 쓰는 경우는 큰 부잣집을 빼고는 드물었다. 가을부터 겨울에는 주로 깨나 콩 등 밭작물의 줄기와 잎을 비롯하여 볏짚을 땔감으로 쓰는 경우가 많았다. 때로는 쌀을 빻을 때 생긴 벼 껍질을 소형 풀무를 돌려가며 때기도 했다. 또 여름에는 보릿대를 많이 썼다. 볏짚 등을 땔 때 덜 마르거나 젖은 것일 경우에는 부엌에 연기가 자욱하게 피어나 눈이 따갑고 재채기까지 나는 경우도 많았다. 그런 상황에서 밥하랴, 국 끓이랴, 반찬 만들랴, 정말 힘들게 식사를 준비를 해야 하셨다. 냉장고가 없어 반찬을 며칠씩 두고 먹을 수가 없었다. 김치나 장아찌 등을 빼고는 끼니마다 새로 만들어 먹어야 했다.

여름이 되면서 쌀이 떨어져 보리밥을 해 먹을 때에는 보리쌀을 미리 물에 불려 놓았다가 확독에 넣고 20~30분 동안을 힘들게 문질러야 좀 부드러운 보리밥을 할 수가 있었다. 확독은 예전에 곡식을 갈거나 고추 등을 빻을 때 사용하던 것으로 둥그런 돌을 우물처럼 파내어 그곳에 곡식이나 고추 등을 넣고 폿돌이란 둥글넓적한 돌로 갈고 빻을 때 사용하는 도구였다. 돌로 만든 것으로서 절구통보다 더 얕고 넓은 모양이었다.

요즘이야 보리쌀도 정미기가 좋아 보리의 겉껍질을 완전히 벗겨서 부드러운 속살만 남게 정미를 해서 팔고 있지만, 옛날에는 방앗간의 정미기가 좋지 않아 보리껍질만 겨우 벗긴 상태였다. 그래서 만약에 보리쌀을 확독에 대충만 문질러서 밥을 하게 되면 보리밥이 찰기가 없을 뿐만 아니라, 너무나 뻣뻣하고 탱글거려서 먹기가 힘들었다. 어머니는 식구들이 조금이라도 부드러운 밥을 먹게 하기 위해, 종일토록 밭에서 힘들게 일을 하고 들어와서도 무더운 여름에 온몸에 땀을 흘리며 보리쌀을 확독에 넣고 열심히 문질러서 밥을 하셨다. 그러나 보리쌀을 아무리 확독에서 오래 문질러도, 쌀밥에 비하면 보리밥은 찰기도 없고·밥알이 뻣뻣해 입안에서 밥알이 따로 놀아서 먹기가 영 즐겁지가 않았다. 먹기 힘든 보리밥에 대해 안좋은 기억이 남아있다. 그래서 나는 지금도 보리밥을 별로 좋아하지 않는다.

빨래하는 것도 옛날에는 세탁기가 없었다. 직접 손으로 문지르고 빨래방망이로 치대야만 세탁이 제대로 되었다. 그나마 봄. 여름에는 물이 차지 않아 다행이었다. 겨울에는 찬물에서 빨래를 해야 했다. 손이 시려서 고생을 많이 하셨다. 고무장갑도 없어서 겨울에 빨래를 하고 나면 손이 벌게지셨다. 더구나 흰옷을 많이 입어 하얗게 될 때까지 잘 빨아야 하니 더 힘들었다. 또 요즘과는 달리 옷에 풀을 빳빳하게 해서 입던 시절이라 더 복잡한 손질을 더 많이 해야만 했다.

아침밥을 먹고 나면 곧바로 밭에 나가 씨 뿌리고 김을 매고 때에 맞추어 거두어들여야 했다. 봄, 여름 땡볕에도 달랑 수건 하나 머리에 두르고 하루 종일 밭에서 일을 했다. 요즘 주말 농장 같이 5~10평 정도 재미로 농사를 짓는 것이 아니었다. 300~400평이 넘는 밭에 채소며, 콩과 깨, 감자 등을 심고 농사일을 하셨다. 그 일이 얼마나 많고 힘들었겠는가? 가히 짐작이 간다. 하루 종일 엎드려 밭일을 하셨으니 무릎과 다리는 얼마나 아프셨을 것인가. 허리는 얼마나 아프셨을까. 시골 할머니들은 밭일을 많이 해서 거의 다 허리가 구부정하다. 우리 어머니도 그때 허리를 혹사해서 나이가 들어 허리를 많이 불편해하시고 구부정하게 되었다. 돌아가실 때까지 반듯하게 누워 주무시지도 못하셨다.

내가 초등학교 다닐 때는 목화를 심어서 가을에 추수가 끝나면 목화솜을 가지고 밤에 물레를 돌려 실을 뽑은 다음, 실을 베틀에 메어 배를 짜서 흰 무명옷을 만들기도 하셨다. 이 배 짜는 과정을 간단히 두세 줄로 썼지만, 그 일이란 손도 많이 가고 너무나 시간이 많이 걸리는 복잡한 일이었다. 옛날에는 패딩이나 기모가 달린 보온성이 좋은 옷감이 없었다. 그래서 겨울에 입을 옷은 2중 겹으로 만들어 그 속에 솜을 넣고 누벼서 누비옷을 만들어 입었다. 그런 옷은 빨래를 할 때 누빈 실을 일일이 뜯어내고 솜을 분리해서 빨래를 한 다음에 다시 누벼야 입을 수 있었다. 그러니 옷을 한 번 세탁하는 일이 얼마나 번잡하고 손이 많이 가는 일이었겠는가?

시골에는 가까운 곳에 가게나 식품점이 없었다. 한 달에 두세 번은 5일장에도 다녀와야 했다. 장에 갈 때는 차도 없으니 십 리가 넘는 장에 곡물이나 계란을 머리에 이고 걸어가서 생선이나 집안에 필요한 물건들을 사 오셨다. 가을에는 무말랭이, 김부각을 만드시고, 겨울이 되면 청국장도 만드셨다. 메주를 쑤어 간장과 된장을 직접 담그셨다.

비가 와서 밭일을 못 나갈 때는 좀 누워서 쉬기라도 했으면 좋으련만, 비가 와서 밭일을 못 나간 날은 또 쉬지도 않고 우리들의 간식을 만들어주셨다. 밀가루를 반죽하여 파전이며 호박전, 김치전 등을 만들어주셨다. 칼국수를 만들어주시기도 하셨다. 최고의 특식이었다. 또 농한기에는 술 좋아하시는 아버지를 위하여 술밥을 쪄서 막걸리까지 담가주셨다. 그것도 2년 터울로 임신하신 몸을 이끌고 또 애를 다섯씩이나 낳아 등에 업고 기르시면서 말이다.

명절에는 떡, 수정과, 식혜를 만드시고 녹두전 파전도 만들어내셨다. 물론 식모가 있었다. 식모는 숙식을 같이하는 도우미 아줌마에 대한 옛날 호칭이라고 생각하면 된다. 하지만 보조 일만 했을 뿐이다. 그러면서도 위장병으로 속이 쓰리기 시작하면 빵 만들 때 잘 부풀라고 밀가루 반죽에 넣는 '소다'를 한 움큼씩 드셨다. 소다는 알칼리 성분으로 제산 기능이 약간 있는 하얀 가루이며 의약품은 아니었다. 입가에 묻은 허연 소다를 손바닥으로 두어 번 쓱쓱 문지르시고서는 위장병에 좋은 무슨 특효약이나 먹은 듯이 하던 일을 계속하셨다. 시골 가정 형편이 소화가 잘 안된다고 하여, 속이 쓰리다고 하여, 위통이 좀 있다고 하여 하던 일을 멈추고 누워있을 수가 없으셨다.

지금 생각해 보면 1인 몇 역을 하셨는지, 참 대단하시다. 그 많은 일을 몸도 약하신 우리 어머니가 어떻게 다 하였을까. 아마 우리 어머니가 이렇게 많은 일을 하며 사셨다고 얘기하면 요즘 젊은 사람들은 전혀 믿지 않을 것이다. 그때는 정형외과에 가서 물리치료 한 번 받으신 적이 없고 찜질방에 가서 푹 지져본 일이 단 한 번도 없으셨다.

옛날에 비하면 요즘은 천당이나 다름없다는 생각이 든다. 어떻게 그 많은 일을 하면서 살 수 있었을까. 몸이 쇠로 만들어졌어야 가능할 일이다. 실제로 내가 보고 자랐으면서도 도저히 이해가 가지 않는다. 정말 우리 어머니는 철인 같으신 분이셨다. 지금 생각해 보면 옛날에는 모든 어머니들이 그런 고생을 다 하고 사셨다. 심순덕의 시가 이것을 잘 표현하고 있다.

하루 종일
밭에서 죽어라 힘들게 일해도
엄마는 그래도 되는 줄 알았습니다.

찬밥 한 덩이로

대충 부뚜막에 앉아 점심을 때워도

엄마는 그래도 되는 줄 알았습니다.

한 겨울 냇물에서

맨손으로 빨래를 방망이 질 해도

엄마는 그래도 되는 줄 알았습니다.

…(중략)…

— 심순덕, 「엄마는 그래도 되는 줄 알았습니다」 중에서

　옛날 어머니들도 대대로 그렇게 살아오셨다. 다행히 1970년대부터 우리나라가 발전하면서 어머니들의 생활이 편해졌으니 참으로 다행이다. 그때 우리 어머니가 그렇게 피땀 흘려 우리들을 잘 길러주시고, 가르쳐주셨다. 덕분에 우리가 이렇게 건강하게 잘 살 수 있게 된 것이다. 어머니에게 너무나 감사하다는 생각을 가슴속 깊이 느끼게 된다. 어머니 살아계실 적에 좀 더 잘 모시지 못한 것을 떠올리면 지금도 가슴이 저며온다.

아버지를 만난 군함도

주말에 아내와 같이 영화를 보러 갔다. 아내와 영화를 보면 일거삼득이 된다. 영화 보는 재미도 있을 뿐만 아니라 아내와 오붓한 데이트도 하게 되어 좋다. 또 영화를 보고나서 며칠간 아내와 얘깃거리가 생겨 대화를 많이 하게 되어 더욱 좋다. 그래서 나는 아내와 영화를 가끔 보러가는 편이다. 경로우대를 받으면 단돈 만 원으로 부부가 둘이서 몇 시간을 재미있게 즐길 수 있다. 그날은 꽤 볼만하다고 소문이 난 '군함도'라는 영화를 봤다. 그 영화의 줄거리는 이러했다.

일제 강점기 말엽인 1945년, 경성 반도호텔 악단장 강옥 역의 황정민과 그의 하나뿐인 딸 소희 역을 맡은 김수안, 그리고 종로 일대를 주름잡던 주먹쟁이 칠성 역의 소지섭 등 일제 치하에서 고초를 겪어온 많은 사람들이 일본에 가면 큰돈을 벌수 있다는 말에 속아 일본으로 가는 배를 타게 되었다. 하지만 그들이 함께 탄 배가 도착한 곳은 일본 본토가 아니라, 조선인들을 강제 징용해 노동력을 착취하고 있던 지옥섬 군함도에 있는 탄광이었다.

돈을 벌게 해준다는 말에 속아 끌려온 조선인들이 해저 1,000미터 깊이의 안전시설도 제대로 되어있지 않은 탄광 막장 속에서 매일 가스 폭발의 위험을 감수하며 석탄채굴 노역을 해야 하는 과정에서 일어난 일들이 실감나게 잘 담겨있었다.

배를 같이 탄 일행 중에는 광복군 소속 특수요원 OSS 요원 역을 맡은 송중기가 있었다. 송중기는 독립운동의 주요인사 구출 작전을 지시받고 군함도에 잠입하기 위하여 배를 같이 탔다. 일본 전역에 미국의 폭격이 시작되고 일본의 패색이 짙어지자 일본은 군함도에서 조선인들에게 저지른 비인간적인 모든 만행을 은폐하기 위해 조선인들을 모두 지하 갱도에 가둔 채 폭파해서 매장해 버리려고 했다. 이를 눈치 챈 송중기는 강제 노역을 하고 있는 조선인 모두와 함께 군함도를 빠져나가기로 결심하고, 조선인들과 목숨을 걸고 군함도를 탈출하는 과정을 그린 스릴 만점의 볼 만한 영화였다.

영화를 보면서 아버지가 일제 강점기 때 일본에 징용으로 끌려가 탄광에서 석탄을 캐는 일을 하다가 죽을 뻔 하셨다는 얘기가 생각나 실감이 났다. 아버지도 강제로 일본 탄광으로 끌려 가셨다고 하셨다. 어두컴컴한 막장에서 얼굴에 새까만 석탄가루를 잔뜩 둘러쓰고 채찍을 맞으며 힘들게 일하는 영화 속의 광부들을 보자, 돌아가신 아버지도 저것과 같았으리라는 생각이 들었다. 순간 나도 모르게 눈물이 한없이 흘러내려 한참을 손등으로 훔쳐냈다. 아버지는 생전에 우리 형제들에게 당신이 일본 탄광에 끌려가셨다가 도망 나온 얘기를 여러 번 해주시곤 했다. 그 기억이 생생하다.

일제 말엽에 젊은 사람들이 일본에 징용으로 많이 끌려갔다. 일본의 어느 탄광이었다. 탄광에 도착하자 간단한 주의사항만 교육을 시키고 바로 석탄 캐는 막장으로 끌고 들어갔다. 지하 1,000미터가 넘는 어두컴컴한 깊은 땅 속이었다. 석탄을 캐는 막장은 분진이 자욱하게 끼어있어서 앞이 잘 보이지 않은 상태였다. 공기가 안 좋아서 숨쉬기도 힘들었다. 우리보다 경력이 더 많은 사람들이 막장에서 석탄을 캐면서 석탄을 실어 나르는 일을 했다. 갱도를 받치고 있는 나무기둥들은 무거운 천정을 못 이겨 부러지고 반쯤 찢어진 것들도 많았다. 천정에서는 물이 여기저기서 새어 나오는 곳도 많고, 분진이 너무 많아 숨을 제대로 쉴 수가 없었다. 식은땀만 계속 나고 죽을 것만 같았다. 또 숙소는 한 방에 여러 명이 같이 자기 때문에 땀 냄새, 담배 냄새가 진동을 하고 너무나 불결했다. 식사까지 변변치 못해서 얼마 못 가서 곧 죽을 것만 같은 불안감 때문에 하루하루가 정말 무서웠다.

탄광에 들어온 사람은 밖으로 나갈 수가 없었다. 일단 탄광 밖으로 나가야 도망이라도 칠 수 있을 텐데. 오직 밖으로 나갈 수 있는 경우는 2가지 길밖에 없었다. 죽어서 시체로 실려 나가든지, 아니면 옴이라는 피부병에 걸려서 전염될 것을 염려하여 밖으로 내보낸다는 것이었다. 그 당시 옴이라는 피부병은 치료약이 없었다. 옴 환자가 발생되면 환자를 밖으로 퇴출을 시켰다. 그런 사실을 알고 나서부터는 옴 병을 옮아서라도 밖으로 나가고 싶었다. 옴 병으로 밖으로 쫓겨나서 치료가 안되면 죽는 한이 있더라도, 그 안에 갇혀있다가 죽는 것보다는 차라리 밖으로 나가기로 마음먹었다. 그래서 일부러 병을 옮기려고 옴 병 옮은 사람의 진물이 나는 피부를 손으로 긁어서 다리에 피고름을 일부러 발랐다. 그런데 그 당시는 20대 혈기 왕성한 젊은 때라서 그런지 병도 전염이 되지 않았다. 옴 병을 옮기는 것이 밖으로 나가는 유일한 방법이었는데, 그 희망마저 허사가 되었다.

그런데 다행인 것은 탄광의 일본인 반장이 아버지가 일본 말을 잘한다는 사실을 알게 된 것이다. 반장은 아버지에게 심부름을 시키기 시작했다. 그래서 탄광에 들어간 지 두 달 만에 아버지는 힘든 노동일은 하지 않고 일본 사람의 심부름도 해주고, 보조 일을 하게 되었다. 처음에는 믿지 못해 탄광 내에서만 심부름을 시키다가 6개월 쯤 지나자 탄광 밖으로까지 필요한 물자를 구입할 때 심부름을 시키기도 했다. 여러 차례 심부름을 다녔지만 단 한 번도 실수 없이 잘했다. 일본 반장은 아버지가 미더웠던지 나중에는 많은 물건을 사는 데도 심부름을 시켰다. 1년쯤 되었을 무렵이었다. 여러 가지 물자를 사 오라며 아버지에게 많은 돈을 쥐여주기도 했다. 그쯤엔 아버지도 갈등이 많았다. 시킨 대로 물건을 사서 가지고 들어갈 것이냐, 아니면 그 돈을 가지고 도망갈 것이냐. 그 사이에서 망설임이 많았다. 그러나 도망치다가 만약 잡히면 그때는 죽임을 당할 수도 있었다. 그런 생각을 하니 무서워서 도망을 못 가고 말았다. 그동안 몇 번이나 망설였다.

'고향에 있는 마누라도 못 만나고 탄광에서 죽으나, 도망치다가 잡혀서 죽으나 마찬가지다. 그래도 남자가 죽을 때 죽더라도 일단 실행이라도 해봐야 될 것이 아닌가.'

아버지는 일단 도망치기로 결단을 내렸다. 먼저 물건 사 오라고 준 돈으로 옷 두 벌과 가방을 사가지고 목욕탕에 가서 이발과 목욕을 했다. 처음엔 무작정 큰 도시로 도망을 갔다. 그 사이 아버지는 탄광에서 일본 사람들과 1년 이상 대화를 하다 보니 일본말이 많이 늘어있었다. 일본 사람같이 일본 말을 잘했다. 취직을 해야 숙식을 해결할 수 있을 것 같았다. 아버지는 규모가 있는 가게를 찾아다녔다. 자신은 일본에 사는 조선인이라고 신분을 속이며 같이 일하게 해달라고 알아보고 다녔다.

"월급은 조금만 주어도 좋으니 먹여주고 재워주기만 하면 됩니다."

고용되어 한참 동안을 다녔다. 어느 집에선가, 아버지를 보며 위아래를 한참 쳐다보더니 옷도 깨끗하게 잘 입고 힘도 쓸 만하게 생긴 것을 보고 가게에서 일을 하라고 승낙을 시켰다.

그래서 취직을 하게 되었다. 나이가 지긋한 부부가 운영하는 쌀가게였다. 취직을 하게 되자, 항상 주인보다 먼저 일어나 청소도 깨끗이 하고 힘든 일도 열심히 했다. 가게에 오신 손님들에게 친절하게 인사도 잘하고 물건값 계산도 잘하는 것을 보고 주인이 미더워했다. 거의 1년 동안 열심히 일하며 고향에 돌아갈 자금으로 월급을 꼬박꼬박 모았다. 아버지가 하루는 주인에게 말했다.

"장가를 가야 하는데 고향에 좋은 규수가 있으니 한번 오라고 해서 조선에 가봐야 됩니다."

주인에게 돌아갈 방법도 알아보았다. 어떻게 하면 갈 수 있으며 뱃삯은 얼마나 되느냐고 물어보았다. 그러자 주인이 자세하게 알려주었다. 그렇게 해서 우여곡절 끝에 다시 한국으로 돌아오게 되었다. 일본에 끌려간 지 근 3년 만이었다. 결국 한국으로 돌아올 수 있게 된 것은 어떻게 해서든 살아서 돌아와야겠다는 굳은 의지 때문이었다. 결혼한 지 1년 만에 끌려와서 어떻게든 고향에 돌아갈 생각만 했다. 죽을 각오로 탈출을 시도하지 않았더라면, 일본에서 죽었을지도 모른다고 하셨다. 그리고 다행히 일본 말을 잘한 덕분이었다고 하셨다. 영화 '군함도'에서도 일본 말을 할 줄 아는 사람들은 막장에서 힘든 일을 안 하고 중간관리자를 하고 있었다. 그리고 보면 외국어를 잘 하느냐 못 하느냐는 평상시에도 중요하지만, 그런 격변기에도 외국어를 잘한 경우에는 많은 도움이 된다는 것을 영화를 보며 절실히 느낄 수 있었다.

만약 그때 아버지가 돌아오지 못하고 탄광에서 일을 계속하고 있었더라면, 나는 이 세상에 태어나지도 못했을 것이다. 아버지가 다행이 1945년도 초에 한국에 돌아오셨기 때문에 나는 아버지가 결혼한 지 4년 만에 태어나게 되었다. 영화 '군함도' 덕분에 돌아가신 아버지를 다시 만날 수 있게 되었다. 영화 속의 한 광부가 마치 아버지처럼 보였다. 아버지는 생전에 술만 드시면 말씀하셨다.

"그때 정말 용감하게 탈출했다."

자랑삼아 무용담을 얘기하신 아버지가 바로 옆에서 당시의 상황을 비디오로 보여주며 설명해 주시는 것같이 생생했다. 어려서 아버지의 무용담을 들을 때는 과장해서 뻥을 치신 줄만 알았다. 그런데 영화를 보니 탈출하기가 정말 어려웠겠다는 것을 알게 되었다. 정말 용감하고 지혜로웠다는 생각이 들뿐만 아니라, 계획한 일을 실행하신 결단력이 존경스러웠다. 또 사경을 넘어 나를 태어나게 해 주심에 대하여 감사한 마음이 절로 들었다. 순간 근엄하신 생전의 아버지 모습이 눈앞에 선했다.

어머니의 마지막 선물

아들에게 선물을 주고 싶었을 것이다. 어머니께서 가시면서 큰아들에게 준 마지막 선물이라 생각했다. 이별은 누군가의 가슴에 무덤을 마련하는가에 따라 잘 살고 못 사는 것이 판가름 난다. 어머니의 무덤은 내 가슴이었다.

둘째 여동생이 20여 년 전부터 미국 LA에서 살고 있다. 매제가 대한항공에 근무할 때 LA에 파견근무를 갔다가 미국이 살기 좋다고 거기에 눌러앉았다. 그 뒤로 미국 시민권까지 갖고 LA에 있는 아시아나항공에서 근무를 하고 있다. 회사에서 한국 국적 직원들에게는 1년에 한두 차례 한국에 다녀올 항공 티켓을 무료로 2장씩 준다고 했다. 본인이 한국에 다녀오지 않으면 부모님을 들어오시게 할 때 쓸 수도 있었다. 그래서 몇 년에 한 번씩 동생 내외가 부모님을 미국으로 모셔갔다.

아버지와 어머니 두 분이 5월 초에 미국 동생네 집에 다니러 가셨다. 당초에는 2~3개월 정도 계시다가 올 계획이었다.

마침 6월에 한국에서 첫 증손자가 태어나서 더 빨리 돌아오고 싶었을 것이다. 그런데도 한국은 여름이 되어 더우니 선선한 가을이 될 때까지 더 있다가 오시겠다며 LA에서 여름을 보내셨다. 어머니는 오랫동안 시어머니를 모시고 사느라 고생이 많은 며느리에게 조금이라도 더 휴가를 주고 싶은 마음에서 그러셨을 것이라는 생각이 들었다. 그래서 증손자를 보고 싶어도 일부러 미국에 더 오래 계셨는지도 모른다.

9월이 되면서부터 날씨가 선선해지기 시작했다. 아버지에게 전화를 걸어 이제 한국도 가을이 되어 시원하니 그만 들어오시라고 하였다. 비행기 좌석이 마련되는 대로 들어오겠다고 하셨다. 그런데 1주일이 지났는데도 연락이 없어 다시 전화를 하셨다.

"며칠 전에 어머니가 과식해서 그런지 몸이 좀 안 좋으니까 나으면 바로 가겠다."

아버지의 말씀이셨다.

어머니는 평소에도 위장이 좀 약한 편이시라 대수롭지 않게 생각하고 있었다. 그래도 궁금해서 며칠 후에 또 전화를 해보니 상태가 안 좋아져서 병원에 입원을 하셨다는 것이다.

"아니, 어디가 편찮아서 입원까지 하셨어요?"

"어디가 많이 아픈 것이 아니라, 먹은 것이 체하였는지 식사를 못하고 기운을 못 차려서 그저께 입원을 하셨다. 크게 아파서 입원한 것이 아니니 너무 걱정하지 마라."

"비행기만 타실 수 있으면 바로 모시고 오세요."

"그러마. 좀 웬만하면 바로 들어가겠다."

그래서 별일 없겠지 하고 무사하기만을 빌며 기다렸다.

그런데 며칠 후 아버지가 전화를 하셨다. 기력을 되찾았나 했는데, 다시 더 안 좋아지셨다고, 나이가 많아 혹시 모르니 나보고 일단 들어왔으면 좋겠다는 말씀을 하셨다. 분당에 살고 있는 큰 여동생도 소식을 듣고 같이 가겠다고 연락이 왔다. 다음 날 출근하자마자 바로 오후에 출발할 비행기 표를 알아봤다. 좌석은 하나밖에 없었다. 꼭 두 사람이 가려고 한다면 한 사람은 1등석을 탈 수밖에 없었다. 1등석은 일반석의 거의 4배 가까운 가격이라 내 형편으로는 감히 1등석을 탈 수가 없었다. 그래서 다음 날 비행기로 갈까 생각도 해봤다. 그러나 만약에 무슨 일이라도 생기면 큰일이다 싶어서 할 수 없이 1등석으로 예약을 했다.

그날 저녁에 여동생과 비행기를 탔다. 1등석은 의자도 넓고 편안하여 정말 좋았다. 의자를 취침모드로 바꾸니 완전히 평평한 침대가 되고, 새하얀 이불까지 주었다. 침대 같은 편안한 의자에 누워있어도 이런저런 걱정이 앞서서 도저히 잠이 오질 않았다. 혹시라도 미국에 도착하기 전에 어머니가 돌아가시게 되면 어쩌나. 미국에서 돌아가시면 어떻게 한국으로 모시고 와야 하나. 또 만약에 회복이 금방 안 되어 장기간 입원을 하셔야 한다면 어떻게 해야 할 것인가.

또 혹시 이번에 돌아가시게 될지도 모른다는 생각을 하니 그동안 어머니께 효도를 제대로 해드리지 못한 것이 죄스럽고 후회스럽기만 했다. 순간 나도 모르게 뜨거운 눈물이 하염없이 흘렀다. 1등석의 이불로 준 하얀 시트를 그만 눈물로 적시고 말았다. LA공항에 도착하자마자 매제가 대기하고 있던 차를 타고 곧바로 병원으로 달려갔다. 차를 타고 가는 동안 지금 상태가 많이 위중하시다는 말을 들었다. 가는 동안에 돌아가실지도 모른다는 걱정이 앞서서 마음이 조급해졌다. 발을 동동거렸다. 병실에 들어서자마자 어머니를 찾았다.

"어머니, 저 왔어요. 어머니."

그런데 어머니가 아무 말씀도 안 하셨다. 나도 모르게 큰소리로 외쳤다.

"어머니! 어머니! 저하고 옥주가 왔어요. 어머니!"

그제야 어머니가 겨우 눈을 반쯤 뜨시고 모기만 한 소리로 알은체를 하셨다.

"으, 응…."

그러고는 다시 눈을 감으셨다.

"어머니, 걱정하지 마세요. 곧 치료 마치고 집으로 가시게 힘내세요. 빨리 나아서 증손자 병무도 보셔야지요."

그러나 어머니는 아무 말씀도 못 하시고 숨만 가쁘게 내쉬었다. 더는 말씀이 없으셨다. 그것이 어머니의 마지막 육성이었다. 호흡이 가빠지는 것으로 봐서 곧 돌아가실 것만 같았다.

어찌 해야 할지를 몰랐다. 그저 '어머니, 어머니' 하고 연신 불러댈 수밖에 없었다. 결국 우리가 병원에 도착한 지 2시간 만에 어머니는 힘든 호흡을 멈추셨다. 어머니는 있는 힘을 다해 억지로 숨을 쉬며 자식들이 도착할 때까지 기다리셨다가 우리를 보고는 안심하고 가신 것 같았다. 큰아들인 나를 보고 싶으셔서 기다리신 것이 분명했다.

"어머니! 어머니!"

나와 동생들은 이미 차가워진 어머니의 손을 붙들고 큰 소리로 애타게 불렀다. 하지만 아무런 소용이 없었다. 영화를 보다가 갑자기 필름이 뚝 끊어져 버린 것처럼 멍해졌다. 그냥 초점 잃은 눈만 멀거니 뜨고 있었다. 어머니가 돌아가셨는데 눈물도 나오질 않았다. 순간 아무 생각도 없고, 감정 없는 목석이 되어버렸다. 그러다가 그렇게도 강직하시던 아버지가 창가로 돌아서서 눈물을 훔치신 것을 보니 그제서 눈물콧물을 주체할 수가 없었다.

어머니는 평소에 말씀하셨다.

"고종명도 오복 중에 하나라는데, 내가 너희들 고생 안 시키고 죽어야 할 텐데."

어머니 소원대로 자식들 고생 안 시키려고 병원에 입원하신 지 꼭 일주일 만이었다. 크게 아프신 데도 없이 돌아가셨다. 촛불이 바닥까지 다 타고나서 스르르 꺼지듯 어머니는 아주 평안하고 고요히 천수를 다 하시고 목사님의 축도를 받으시며 가셨다. 어머니의 연세 84세였다.

　어머니는 평생 나에게 그토록 사랑을 주시고, 또 돌아가시면서 마지막으로 나에게 비행기 1등석을 타보게 해주시고 돌아가셨다. 어머니가 아니었으면 내가 언제 비행기 1등석을 타보겠는가! 어머니는 생전에 몸이 약한 나를 그렇게 끔찍이도 챙겨주시더니, 마지막 가시는 길에서조차 나에게 특별한 선물을 주고 가셨다. 어머니의 끝없는 사랑과 선물을 받았다. 이제는 더 이상 효도도 할 수 없게 되었다는 것을 생각하니 너무나 후회스럽고 죄스럽기만 하다.

침 봉사의 선물

종종 봉사도 해야 한다. 대상 없는 봉사는 없다. 내가 나에게 서비스하는 것을 두고 셀프서비스라고 하듯이 내가 나에게 봉사하는 것이 셀프봉사다. 엄밀하게 말하면 셀프봉사는 봉사가 아니다. 나를 제외한 상대가 있어야 한다. 봉사의 기회가 있더라도 집단이기주의에 의해 차단된 경우도 있다. 나는 침을 배웠다. 봉사하기 위해서였다. 자비로 배웠고, 시간과 노력을 투자했다. 침을 놓을 수 있음에도 사용할 곳이 없다. 봉사를 받을 대상이 없는 것이 아니라 의료법이라는 차단벽에 의해 원천봉쇄당한 것이다.

내 나이가 60이 되었을 때였다. 내 인생을 돌이켜보면 크게 성공을 하거나 돈을 많이 벌지는 못했지만 무탈하게 잘 살아왔다. 아들과 딸이 건강하고 바르게 잘 자라줬다. 가족 모두가 큰 사고를 당한 적이 한 번도 없었다. 질병으로 아파서 병원에 입원해 본 일도 없이 평온한 삶을 잘 살아왔다. 지금 생각해

보니 그동안 큰 걱정 없이 잘 살아온 것은 축복받은 삶이었다. 또 나이가 들어가면서 좀 한가한 때가 되면 인생을 돌아보게 되며 삶의 의미를 생각하곤 한다.

'인생이란 무엇인가. 내 나이 벌써 60인데, 그동안 돈을 많이 벌어놓은 것도 아니고, 그렇다고 내놓을 만한 명성을 얻은 것도 아니다. 그렇다고 사회에 큰 공헌을 한 것도 아니다. 이렇게 그럭저럭 살다가 죽어버리면 내 인생의 의미는 무엇이란 말인가?'

그렇게 생각하자 마음 한구석이 허전하고 서글펐다. 죽기 전에 뭐라도 해놓고 죽어야겠다는 생각이 들었다. 마음이 조급해졌다. '사람이 이 세상에 와서 살았으면 과학문명의 발전에 공헌을 하거나 인류의 행복을 위한 봉사는 못 했을망정, 국가나 사회에 조금이라도 보답을 하고 가야 할 것이 아닌가.'의무감을 절실하게 느끼곤 했다. 큰돈 없이도 사회에 공헌할 수 있는 길이 없을까. 고민을 하다가 문득 좋은 생각이 떠올랐다. 몇 년 전에 허리가 아파서 정형외과에 다니면서 치료를 해 봤으나 큰 성과가 없을 때, 아는 사람 소개로 맹인이 하는 침술원에 가서 침을 3번 맞고 거뜬하게 나았던 기억이 났다. 바로 이거라는 생각이 들었다. 침술을 배워서 가난한 사람들에게 침으로 무료봉사를 해주기로 마음먹었다. 침술은 돈도 많이 들지 않고 또 큰 힘 들이지 않고도 할 수 있었다. 나이가 들어도 할 수 있는 참 좋은 봉사활동이었다. 인터넷으로 침술학원을 검색했다. 집에서 가까운 곳에 있는 침술학원에 등록을 하고 다니기 시작했다. 지리산에서 실시하는 특별침술수련 과정에도 참가하여 일주일간 산속 수련원에서 숙식을 같이하며 실습을 위주로 배웠다.

침술은 참 신비하고 오묘하기도 하고 재밌었다. 침술을 배우다 보니 배움에 대한 목마름이 커져갔다. 더 많이, 그리고 빨리 배우고 싶은 욕심에 학원을 주간과 야간 두 곳을 다니면서 이론과 실무를 정말 열심히 배웠다. 학교 다닐 때 공부를 이렇게 열심히 했더라면 전교 1등도 했을 것이다.

다음 해에는 침술의 고수라는 분을 알게 되었다. 한국에서는 침 시술에 대한 제약이 많아 남미로 나가게 되었다고 했다. 그래서 외국으로 출국할 때까지 우리 집으로 모셔다가 2주일간 집에서 숙식을 같이 하면서 침술의 철학적인 기본원리와 세심한 자침법 등의 기술을 배우기도 했다.

2년 동안 열심히 배우고 나서부터 같이 공부하는 동료들과 함께 침술학원의 원장을 따라 침술 봉사활동을 다니기 시작했다. 열심히 배우며 봉사활동을 하고 있었으나, 침술봉사에 대한 벽을 느끼기 시작했다. 법적으로 한의사가 아닌 사람이 침을 놓으면 처벌을 받게 되어있었다. 무료로 침을 놔주었다고 해도 그것은 의료법 위반이었다. 그동안 학원에서 많은 사람들이 침술을 배웠지만 봉사활동을 제대로 할 수 없는 것이 현실이다.

공식적으로 침 봉사활동을 하고 있는 사람은 김남수 옹뿐이다. 그분은 1962년 이전에 이미 침술사 면허를 받았다. 한의사가 아니더라도 침을 놓을 수 있다. 그러나 한의사가 아닌 사람들은 침술사 자격이 없다. 침을 놓을 수 없다. 물론 그동안 침을 놔주고 돈을 받는 사람들을 처벌을 했지 무료로 침을 놔준 사람들을 처벌한 경우는 없다. 그러나 만약 침을 놓다가 조그마한 사고라도 나게 되거나 고발을 당하게 되면 꼼짝없이 형사처벌을 받을 수밖에 없다. 옛말에 '좋은 일 하다가 뺨 맞는다'는 속담이 있다.

무료로 침을 놔주다가도 잘못되면 형무소에 가게 될 수도 있다는 생각을 하니 눈앞이 캄캄했다. 아무리 사회공헌을 위해서 무료로 침을 놔 준다고 하더라도 의료법 위반으로 처벌을 받을 수밖에 없었다. 나 같은 경우도 사회에 봉사하기 위해 시작했던 일이었다. 의료법 위반으로 형사처벌을 받게 된다면, 그것은 내 인생에 오히려 큰 오점을 남기게 되는 일이다. 더구나 자녀들을 범법자의 자손으로 만들게 될 수도 있다는 생각이 들었다. 침술 봉사를 해서는 안 되겠다는 생각이 들었다.

외국으로 출국하기 전에 우리 집에서 숙식을 같이하며 침술을 가르쳐 주던 침술 고수인 무오도사도, 우리나라의 침술행위에 대한 법적인 문제 때문에 우리나라에서 침을 놓지 못하고 결국 제약이 없는 남미로 가버렸다. 어떻게 보면 국가적으로 큰 손실이 아닐 수 없다. 일본의 경우에는 한의사가 아니더라도 침술자격을 받아 침을 놓을 수 있게 되어있다고 한다. 그런데 우리나라에서는 그렇게 할 수 없다니 안타까웠다.

특히 김남수 옹도 침술봉사와 더불어 뜸 봉사도 같이 하고 있었다. 김남수 옹은 침술사 자격을 가지고 있을 뿐, 뜸 뜨는 자격은 없다는 이유로 한의사협회에서 김남수 옹을 의료법 위반으로 고발했다. 사법당국에서도 침술자격만 있을 뿐 뜸뜨는 자격은 없다는 이유로 의료법 위반이라는 판결을 내려 김남수 옹은 처벌받았다. 결국 나는 어쩔 수 없이 3년 만에 침술공부와 침 봉사활동을 그만두었다.

침술을 배워보니 암이나 전염병 그리고 오래된 병은 침으로 치료가 잘 안되지만, 급성 질환에는 침만큼 효과가 좋은 것도 없다는 것을 알게 되었다. 실제로 급하게 체해서 속이 아주 거북한 경우나 발목이나 팔목을 삐었을 때는 약이나 물리치료를 받는 것보다는 침 몇 번이면 금방 좋아지는 신비한 효과가 있었다. 신경성이나 순환기계통의 질환에는 효과가 좋은 편이었다. 신비한 효과는 여러 사람이 체험을 많이 했었다. 전직 과학기술부 장관도 TV에 출연해서 간단한 침술치료법을 배워서 자기 몸의 치료를 자기가 직접 하고 있었다. 시연까지 하는 것을 본 적이 있다. 장관은 외국에 출장 갈 때도 침을 가지고 다니면서 가끔 사용한다고 했다. 나도 침술봉사를 다니지 않기로 결심한 후 응급용으로 침 한 봉지를 꼭 지갑 속에 휴대하고 다닌다.

　실제로 나는 침을 배운 후로 침을 유용하게 사용한 때가 있었다. 몇 년 전에 아내와 같이 중국 장가계로 단체관광을 갔을 때 있었던 일이다. 세계에서 가장 길다는 7,455미터나 되는 케이블카를 30분 이상 타고 천문산에 올라갔을 때였다. 케이블카에서 내려 구경하면서 걸어가는 도중에 어떤 할머니가 길가에 앉아서 얼굴이 창백해진 채로 기운을 못 차리고 있었다. 가족으로 보이는 일행이 옆에 서서 어찌 할 바를 몰라 발만 동동 구르고 있었다. 할머니의 아들로 보이는 사람이 가이드에게 약국이 어디 있느냐, 비상약이 없느냐고 물어 보았다. 가이드도 높은 산속에는 아무 것도 없다며 난감해서 어찌할 바를 몰랐다. 살펴보니 나이 많은 노인이 장시간 동안 케이블카를 타고 높은 곳을 오르게 되자 공포감에 질려 소화도 잘 안 되고, 너무 긴장한 탓에 혈액순환도 잘 안 되어 일시적으로 나타난 급한 증세인 것 같았다. 내가 일단 손으로 혈 자리를 누르며 마사지를 좀 해보았으나 효과가 별로 없었다. 손발은 점점 더 차가워지면서 눈도 잘 못 뜨고 맥까지 힘없이 뛰는 것이 상태가 많이 안 좋았다. 혼수상태가 올 수도 있는 상황이었다.

　높은 산에서 병원은 물론 약국도 없고 어떻게 할 아무런 방법이 없었다. 빨리 다시 내려가야 할 텐데 케이블카를 타는 곳으로 가기도 힘든 상태였다. 또 케이블카를 탄다고 하더라도 30분 이상을 타야 병원이나 약국이 있는 곳으로 갈 수 있는 상황이었다. 순간 내 지갑에 비상용으로 쓰려고 가지고 다니던 침이 한 봉지 있다는 생각이 났다. 지갑에서 비상용 침을 꺼내어 배운 대로 응급용에 쓰는 혈 자리에 침을 놓았다. 침을 놓고 약 10분쯤 지나자 창백했던 할머니의 얼굴에 핏기가 돌기 시작했다. 눈을 뜨고는 이제 좀 살겠다고 말을 했다. 옆에서 지켜보고 있던 아들과 며느리가 너무나 좋아하고 고맙다며 몇 번이나 인사를 했다. 상태가 좋아져서 같이 내려왔다. 내려오는 길에 할머니의 아들이 가족들과 함께 여행 오게 된 사연을 얘기했다.

"저분이 저의 어머님이신데, 금년에 70살이십니다. 고희 기념으로 가족들과 같이 여행을 왔어요. 평소엔 아주 건강하셨어요. 그런데 갑자기 위급한 병이 생겨 효도하러 왔다가 높은 산에서 큰일 날 뻔했습니다. 선생님 덕분에 무사하게 되었습니다. 정말 고맙습니다."

결국 나는 200원짜리 침 한 봉지로 할머니의 위급한 상황을 넘기게 했다. 순간 나는 면허가 없는 사람이므로 침을 놓으면 안 된다는 생각을 전혀 하지 못하고 우선 위급한 상황이라 침이라도 놓아야겠다는 생각으로 침을 놔준 것이다.

그날 저녁, 식사할 때 아들은 나에게 맥주까지 사주면서 고맙다고 연신 허리를 굽혀 인사했다. 나는 침을 배워서 이렇게 긴요하게 사용해 본 경우는 처음이다. 이런 경우에도 나는 면허가 없으므로 의료법 위반으로 형무소를 가야 한다는 말인

가. 나의 아내는 나의 침 실력을 믿어주고 가끔 내가 놔주는 침을 맞는다. 그래서 요즘 나의 침 치료의 유일한 고객은 우리 집사람뿐이다. 침 봉사를 못 하게 된 후로도 나는 사회봉사에 대한 미련을 버리지 못하고 있다. 하지만 아직 확실하게 그 무엇을 해야겠다고 정하지는 못한 상태다. 그저 세월만 덧없이 보내고 있어 마음이 조급할 뿐이다.

나이를 잊은 도전정신과 함께 꽃피운 인생,
독자분들의 마음속에도
꽃내음이 가득 번지길 기원합니다

| 권선복
도서출판 행복에너지 대표이사

　인생은 예순부터라는 말이 있습니다. 그만큼 인생은 길다는 말이겠지요.

　바야흐로 백세시대입니다. 인간의 수명이 더욱 늘어난 요즘 시대, 노후대비에 대한 고민은 오늘날 현대인들의 중요한 과제로 자리 잡았습니다. 어떻게 하면 노후를 보다 잘 보낼 수 있을까요. 이 책의 저자 고지석 님은 말합니다. 세상을 살아가는 데 있어서 도전정신과 실행정신은 참으로 중요하다고 말입니다. 바로 그러한 도전정신을 잃지 않는 것이 노후를 건강하게 보내기 위한 방법이라고 할 수 있겠지요.

　칠십을 훌쩍 넘긴 나이, 그 세월 동안 저자 분의 인생은 도전의 연속이었습니다. 나이에 짓눌리지 않았던 것이지요. 환갑이 다 되어가는 나이에 대학에 입학하고, 그것도 모자라 주경야독의 자세로 석·박사 학위까지 수여받은 고지석 님의 열정이 참으로 대단하게 느껴집니다. 배움에 있어서 나이제한은 없다고 합니다. 저자 고지석 님을 보면 그 말을 실감할 수 있습니다. 지칠 줄 모르는 도전정신은 오늘날 젊은이들이 본받아야 할 자세겠지요.

삶이란 곧 등산과도 같습니다. 오르막길이 있으면 내리막길도 있는 법이지요. 노년기에 접어들수록 내리막길에 가까워집니다. 나태주 시인의 어느 시구절처럼 올라갈 때 보지 못했던 꽃을 내리막길에 접어들어서야 마주치기도 합니다. 그런 것이 바로 인생이고 늙어간다는 것의 의미겠지요. 이 책은 저자 고지석 님이 쓴 자성록이며 지난날들에 대한 추억입니다. 인생의 뒤안길에서 마주치는 꽃은 어쩌면 그간 내가 잊고 살았던 추억일지도 모르겠습니다.

인생의 모든 걸음은 결국 꽃을 피우기 위해 다가가는 과정입니다. 이 책을 읽는 독자분들의 마음속에도 꽃내음이 가득 번지길 기원합니다.

'행복에너지'의 해피 대한민국 프로젝트!
〈모교 책 보내기 운동〉

대한민국의 뿌리, 대한민국의 미래 **청소년·청년**들에게 **책**을 보내주세요.

많은 학교의 도서관이 가난해지고 있습니다. 그만큼 많은 학생들의 마음 또한 가난해지고 있습니다. 학교 도서관에는 색이 바래고 찢어진 책들이 나뒹굽니다. 더럽고 먼지만 앉은 책을 과연 누가 읽고 싶어 할까요?
게임과 스마트폰에 중독된 초·중고생들. 입시의 문턱 앞에서 문제집에만 매달리는 고등학생들. 험난한 취업 준비에 책 읽을 시간조차 없는 대학생들. 아무런 꿈도 없이 정해진 길을 따라서만 가는 젊은이들이 과연 대한민국을 이끌 수 있을까요?

한 권의 책은 한 사람의 인생을 바꾸는 힘을 가지고 있습니다. 한 사람의 인생이 바뀌면 한 나라의 국운이 바뀝니다. **저희 행복에너지에서는 베스트셀러와 각종 기관에서 우수도서로 선정된 도서를 중심으로 〈모교 책 보내기 운동〉을 펼치고 있습니다.** 대한민국의 미래, 젊은이들에게 좋은 책을 보내주십시오. 독자 여러분의 자랑스러운 모교에 보내진 한 권의 책은 더 크게 성장할 대한민국의 발판이 될 것입니다.

도서출판 행복에너지를 성원해주시는 독자 여러분의 많은 관심과 참여 부탁드리겠습니다.

도서출판 행복에너지
☎ 010-3267-6277